安佐花園4

王慧如、張治猷 | 合著 |

from Adrian

打著 CEO 奶爸的名號，朋友說我已經到了馬斯洛需求層次理論自我實現的境界。

幾次心境極度快樂的體驗，就像坐雲霄飛車，整個心飄揚起來，無比的滿足感。一次是在紐西蘭新婚，想著家裡賢慧美麗的妻子，有一種強烈的幸福感。過去一年帶著感恩的心情，打從心裡感激工作上幫忙我的團隊，讓我每天安枕無憂。最近，50 歲決定退休做自己，那種內心的完全自由，有幾度相似。

老婆高齡懷孕，三歲小女兒跟我非常親密，加上已經到達屆退年資，幾個時間剛好湊在一起。一旦下定決心，名正言順，理所當然。發現懷孕那天跟老婆約定，一領到媽媽手冊，就跟公司提離職。這幾個月每天接送女兒，下廚展現創意，搶著洗碗盤，出差行李箱換成菜籃車，從陌生到熟悉的竟然是家裡的廚房。

猷到德國交換，讓我們的生活多彩多姿。看他的部落格，喜悅與驕傲不亞於看老婆的日記，青出於藍更勝於藍。看他 18 歲這一年的經歷與成熟，讓我領悟到讓子女做自己才是我一生的使命。這一年猷不在，Nu 成為家裡最好的小幫手，那天看他放學從書包拿出一個高麗菜，兩顆洋蔥，一盒豆腐，一條吐司，一罐豆漿……明年換 Nu 出國交換，我會非常想念他。

要感謝的人太多。未來還有無限可能，想做的事很多，偶爾追逐名利的事業心燃起，很快的一個聲音把我拉回，那就是，無論做什麼，家人永遠擺第一。

張安佐

from Nunu

哥哥去年前往德國交換，今年暑假才剛回國。經過一年的交換，他不斷的鼓勵我也要勇敢的爭取這個難得的機會。他說他在外面學到了不少東西，也結交了不少的朋友，聽了著實吸引人。

這個暑假我透過小河馬去日本交流了兩個禮拜，體驗到了日本人的生活、習俗，也了解日本人對於台灣的看法，並在兩個禮拜也喜歡上了日本。即使語言不通，當地人的熱情和文化還是深深的吸引了我，好希望年年都能前往交流。

我體會到語言這東西並非想學就學，背單字、文法只能有初步見解，最重要的是學習環境、方法與態度。在日本交流碰到一位日本大學生，她在台灣念了一年的書，就能說著流暢的中文，甚至能幫我們台灣人翻譯。

我的個性比較內向，我也想透過交換的機會突破這一步，並結交更多朋友。也想積極參與各種活動，融入當地，而不是以觀光客的心態前往。台灣，其實在國際舞台佔了蠻大的版面，很多品牌的科技產品，還有每次全球災難都看得到的台灣搜救隊，台灣並不是那麼的微小，外國人對台灣印象是很不錯的，熱情、有禮貌、有愛心……等，都是些不錯的評論。我想像哥哥一樣當個親善大使，讓外國知道台灣的美，更想讓自己有機會真正住到一個國家，真正體驗當地的生活。

交換學生們回國去了，哥哥回來了，家裡兩個星期後也即將再多了一個弟弟。當我得知媽媽懷孕時，我發了一個影片給當時還在德國的哥哥，我寫了：「哥哥，你又要做哥哥啦！不要懷疑，下一個就交給你了」，哈！

今年暑假我考上內湖高工，接著去贈物網當志工幫忙，參加了小河馬的短期日本交流、參加了北科大資工營，也參加了 WRO 奧林匹亞競賽，過得非常充實！

安佐花園 4 和安佐花園 3 都有哥哥在德國的日記，看他過得喜滋滋的，好像捨不得回來似的，讓我也開始期待自己明年出去交換的生活。等我出國，爸爸媽媽也要再一次接待外國學生，我們家的生活故事會越來越精彩囉！

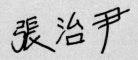

張治尹

from 妹妹

自序／治猷

過去這一年的點點滴滴在我跟別人提起時，就像從我的記憶深處重新翻起來，如同就在昨日發生，歷歷在目。細細回想起來，每一個經歷的背後，總是會站著些默默對我伸出援手的人，我要好好地感謝他們。

還記得當初剛下飛機時的徬徨無助，在看到在候機大廳等待我的第一家庭後，真的超級開心的！而在之後的第二、第三家庭，跟第一家庭一樣，給了我很多的協助，也在適當的時候把我推出去，讓我體驗那些我以前不敢嘗試的事物，像是體驗了滑翔機、參加運動俱樂部和當地小朋友打成一片、嘗試用德文寫日記……這都要感謝我的德國爸爸媽媽們的安排。我更要謝謝他們在生活上給我的照顧和溫暖，讓我這一年在德國的交換生活過得自在又精彩。

而在出發前長達一整年的準備工作中，我從扶輪社那邊真的獲得了許多幫助。我可以盡我所能的演講，把自己展現出來，基本的禮儀，很多微小的、但直到現在都幫助我很大的事情，都是扶輪社在一次次的講習中教給我們的。現在回想起來，經過一年的交換，我現在會感覺改變成長許多，我要謝謝我的顧問阿伯、謝謝台北景福扶輪社的推薦，謝謝每一回講習 uncle、auntie 的經驗分享及訓練。

感恩，是我在這一年學到最重要的課題，如果不懂得感謝每一個在背後默默付出，每一個照顧過我的人，那還有什麼資格繼續前行呢？

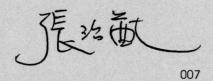

張治猷

自序／慧如

2016，對我們而言，又是極具故事性的一年。

猷在德國的生活越來越精彩，三個月就換一個接待孩子的我們也感覺生活忙碌又豐富，三月底，老天爺又送給我們一個大福氣～我們的小四弟弟，六月老爹爹退休，NU 終於上了高中，接著重拾對樂高機器人的熱情，一路分區賽、全國賽的過關斬將後，二度如願晉級台灣代表隊，即將於十一月底赴印度挑戰國際賽。休學一年的猷上了大學，忙碌的大一生活讓我們常有錯覺，好像他還在德國還沒回家……而我，順利渡過高齡產婦在孕程中的每一個關卡，在我們的安佐花園 3 & 4 即將付印成書的同時，終於也即將在兩個星期後完成我的最後一次生產使命……

細數這每一件在我們的生命中都是大事的經歷。我們的第一個最大感謝是猷的扶輪社顧問－陳文彬學長！

從猷這一年高達十二萬字的生活日記中，我們相信他在德國交換的學習和生活體驗帶給他的成長，在他的人生軌跡中，絕對是一個不容忽視的亮點。事實上，不僅僅他體驗了不同的異國生活，接待三個不同國家的孩子給我們帶來的異國人生觀衝擊，長達一年的接待經驗，對我們而言，一樣是一個無法複製的寶貴人生經歷。文彬學長的推薦之情、台北景福社的成全，是我們會一輩子放在心裡的大感謝！

繼四年前和猷、NU 相隔 12 年，老天送我們的超大禮物～我們的公主妹妹後，十一月底，準備當四個孩子的爹娘是這一年最大的喜悅！我們跟不上時下「奉子成婚」的潮流，但這回老爹爹「奉子退休」肯定是絕無僅有、酷斃的創舉！壯年退休，回歸家庭，從走進廚房連湯匙筷子都搞不清放哪的大男人，到現在每天早上捲起衣袖張羅早餐、讓我每天在濃濃咖啡香中醒來的居家好男人，看他每天騎著車送妹妹上學，再沿路採買，載著滿滿一籃子我愛吃的青菜水果回家的窩心。前幾天，在 FB 一個專頁看到一篇文章：「有孩子後，老公為你做過以下其中任何一件事，他就是愛你的！」。短短的文章看著看著，一下子就忍不住心裡的澎湃紅了眼眶……我是何其平凡的一個女子，但我擁有何其不平凡的幸運成為他的另一半！若只有做到任何一件事就是愛你，文章裡洋洋灑灑的二十件事，是他每天未曾間斷的呵護。文章裡的兩句話更是道出了從他在五月時，因我的懷孕毫不眷戀的辦了退休後的我的心情：

> 最打動彼此的不再是花前月下的海誓山盟，而是「你耕田來我織布，我挑水來你澆園」的那份默契。

相較二十年來，名片上一長串頭銜的他，四個孩子的奶爸是我更加仰望的迷戀。

社區裡一個八十多歲的老阿嬤，她的記性感覺已經退化。照面數次，每一次看到大著肚子的我牽著妹妹，總熱情的問一連串完全一模一樣的問題：「小姐你快生了吼？啊這妳第二個小孩嗎？男的還是女的？老大幾歲？……」

每一回她聽到我回她：「這第四個，老大二十歲了啦……」時，她總是瞪大眼睛一臉驚訝的說：「四個妳都自己帶嗎？吼，妳很甘願生捏！！！」

很多人很納悶這年頭怎麼有人願意生四個？尤其讓自己的生產期拉到二十年這麼長，帶小孩的時間拉的這麼長？

是啊，我真的甘願，身上的每一個細胞都甘願！就像幸福人的遊戲，每個人對人生成功和幸福的定義不同。名譽、財富、快樂，幸福三大要素，這成功的組成比重在每個人心目中都不盡相同。打從很小很小的時候，這就是我未曾改變過的「我的志願」～從小在我腦海裡描繪的幸福藍圖：有一個家，一個嘮叨擦窗擦地的媽媽，一個翹腳看書看報的爸爸，有幾個嬉笑玩耍的孩子，一個既有歡笑也有哭鬧聲的平凡家庭！

安佐花園的小小王子將於 11/25 和「安佐花園 3 & 4」同時誕生，我的小小王子，「安佐花園 3 & 4」一獻的德國交換日記和我的生活札記，獻給安佐花園二十年來最辛苦的耕耘者～我最親愛的老公！！

目　次

003　from Adrian
004　from Nunu
006　from 妹妹
007　自序／治猷
008　自序／慧如

016　生日快樂，親愛的孩子們！
024　Weihnachtsmarkt besuchen
026　Konkurrenz
029　聖誕樹、永遠的麵包
031　Krankheit
032　gehen nach Schloss für Mittagessen
034　第二次籃球賽
038　Frohes neues Jahre
041　扶輪青少年交換學生月報告書（2015 年 12 月）
044　連續的下雪天
047　Ein schön Tag mit zwei alte Leute treffen.

048 搬家
051 第一階段結束《2015/08/01 ～ 2016/01/09》
加拿大治恩
056 大陸台灣議題 mit 中國人網友
060 接待日記：《交換》第二階段的開始~丹麥王子玠宏
064 到第二轟家後在假日第一次出遊
068 Tanzen
070 Deutsch lernen mit klein Bücher für Kinder
071 接待日記：丹麥王子《一月》
078 德文課
081 送機 .Nancy
084 帶 Thady 逛
086 Ausstellung
089 扶輪青少年交換學生月報告書（2016 年 01 月）
091 水餃皮
093 deutsch Chinesisch Neue Jahr
098 過年～不一樣的團圓

105 西洋棋
108 Essen mit gast Schwester Freund
110 我的問題
112 浪跡德國－蛻變
115 披薩聚會
117 娃娃日記：《三歲兩個月》依舊是個愛哭妹
123 扶輪青少年交換學生月報告書（2016 年 02 月）
126 和 Thady & Liz 一起到柏林
133 逛 Jenny 家周圍
135 扶輪社報告
137 浪跡德國～第二階段尾聲
141 第一階段接待心得－加拿大治恩《8/14 ～ 1/9》
146 2016.3.18~3.19 第三個轟家
154 環歐前一天
158 第二階段接待心得－丹麥玠宏《1/9 ～ 4/9》
162 娃娃日記：《三歲四個月》我是張治甯！
165 謝謝你來當我們的寶貝

173 扶輪青少年交換學生月報告書（2016 年 03/04 月）
181 四天連假
194 樂高誤會
199 即將邁入另一階段的 NU
203 坐滑翔機了喔～
208 關於學校
214 住在 Thady 家
219 第三階段接待心得－捷克彥柏《4/9 ～ 6/11》
227 CHINA WEDDING《給你。我們的二十週年》
231 大肚婆日記：《16 週：小王子 or 小小公主？？》
235 最後的聚會
237 娃娃日記：《三歲六個月》公主地位屹立不搖
242 扶輪交換學生歸國報告書（交換年度：2015/2016）
261 接待第四棒～換回兒子囉！
269 大肚婆日記：《21 週》卸下心中大石頭
276 大肚婆日記：《25 周：生日快樂大肚婆！》
280 2016 NU 的精彩暑假

292　交換生涯的正式結束
295　上大學囉！
301　大肚婆日記：《29 週》肥～肥～肥
310　大肚婆日記：《第 33 週》踏實……
314　大肚婆日記：《36 週》倒數 21 天的碎碎念

2015/12/15

生日快樂，親愛的孩子們！

親愛的 NU、妹妹，今天是你們 15 歲和 3 歲的生日！

15 年和 3 年前的這一天，就在媽媽寫著日記的這一個時刻，媽媽生下了你們。
這是你們兄妹倆一起慶祝的第三個生日，
媽媽覺得，這是自己這輩子留給你們最特別的紀念。

瀏覽了這三年全部的相片，媽媽挑了幾張你們兄妹倆的合照為你們的生日做記錄。
照片中的你們張張笑得開懷、張張互動是那麼的親密。

照片中的妹妹，最愛膩著小哥哥，而 NU 對妹妹的疼愛，就在每一張照片中真情流露。

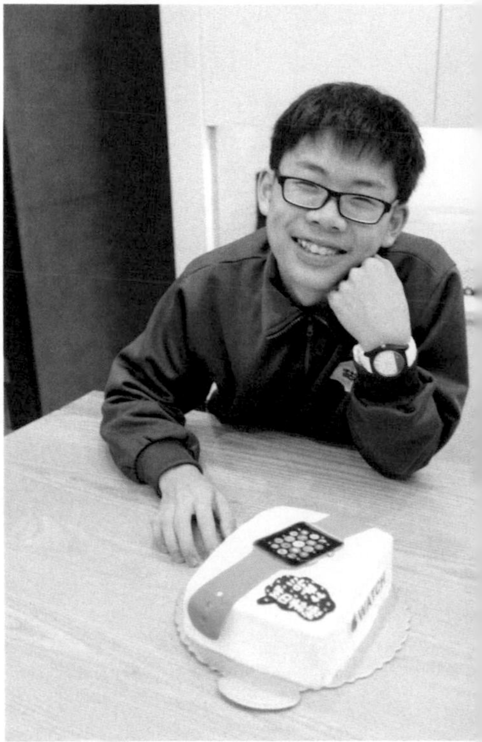

親愛的 NU，這是媽媽最愛的你。開朗、樂觀、總愛自嘲的笑嘻嘻樣。
但上國中這三年的你，話少了、笑容也變少了……
親愛的 NU，在你 15 歲生日的這一天，在幾個月後就要面對人生中第一次大考的這一天，
媽媽想用一首最近很喜歡、覺得歌詞很適合你的歌送給你：

路要自己走

我知道對你來說　這世界有一點複雜
我知道你肯付出　卻不懂該如何表達
我知道你不喜歡　成人世界的偽裝
我知道關於未來　你有自己的想法

天地萬物都有　存在這世上的意義
沒有一個人有放棄的權利

我會牽著你的手　但是路要自己走
面對選擇的時候　聽聽心底寧靜的角落
有一天我會放手　因為路要自己走
失去方向的時候　記得抬頭仰望
清澈的天空

從你小小小小的時候，媽媽就這麼一路牽著你的小手，
深怕你不小心跌倒、跌疼了，
你慢慢慢慢的長大，媽媽開始喜歡遠遠的看著你，
看著你專注比賽的神情，遠遠看著你贏得勝利時，臉上露出開懷又充滿希望的笑容，
也遠遠的看著你面對失敗時，臉上的懊惱和落寞。
Dear NU，知道嗎？這就是成長的過程，你會嘗到成功時甜美的果實，也會吞嚥失敗的苦澀。
媽媽一直覺得，你是個有獨特天份的孩子，有自己的想法，有你的熱情，
但台灣的填鴨式教育環境其實一點一點的在抹殺你的創意和天份。

NU，媽媽知道有著很明確興趣和方向的你，被歷史地理古詩搞的暈頭轉向的你，著著實實會是體制內的犧牲品。
但，這是個所有學子都要面對的現實。
媽媽只想告訴你，不管明年的會考抑或未來漫漫人生要面對的種種選擇或關卡，
成績單上的分數不代表一切，任何的數字也不會遞減媽媽對你的肯定和信心。
媽媽會一直遠遠的看著你，默默的為你打氣。
媽媽相信，聰明如你，定會走出一條屬於自己的路，一條會讓自己大放異彩的路！！

NU，如同歌詞裡的一個段落：

我會牽著你的手　但是路要自己走
面對選擇的時候　聽聽心底寧靜的角落
有一天我會放手　因為路要自己走
失去方向的時候　記得抬頭仰望　清澈的天空

勇敢的選擇，勇敢的走，儘管走錯了路，也能體會峰迴路轉的美！
孩子，15 歲生日快樂！
媽媽對你的期許依舊，希望 NU 健康、平安、開心、樂觀！！！

至於全家人的掌上小明珠～治甯妹妹，
打從出生就備受三個男人疼愛的妳，終於又長大了一歲！
自從兩個哥哥長大後，媽媽好不容易在爸爸面前回復結婚前輕聲細語、溫柔的小女人樣，
但就在妳進入兩歲後的這一年，媽媽在爸爸面前的形象已經徹底毀滅，
爸爸說我對妳沒耐性，爸爸說我對妳不夠輕聲細語，
但他有所不知妳每天是如何的用「番」和「哭鬧」來考驗老媽的溫柔。

三歲生日的這一天，媽媽除了祝福我們的治甯小公主，健康平安快樂長大，
更期許妹妹三歲生日後的每一天，咱們母女倆一起當爸爸左摟右抱的大小天使！
那個……不管左邊還是右邊，好歹分一邊讓我取暖吧 ?!

2015/12/15，生日快樂，我親愛的小龍子和小龍女！！！！

這一年 NU 和妹妹生日全家大合照的最大不同，就是 Yoyo 不在，治恩填補了猷的位置。
原想，可以和猷視訊，一起唱生日歌、一起切蛋糕，
偏偏正好碰上 Yoyo 課最多的一天，待他回到家，我們都凌晨囉。
拍了弟弟和妹妹的蛋糕 line 給他，他遠在德國，但我知道他的心會和我們同樂。
今年，為一直渴望一隻智慧錶的 NU 訂製了一個 Apple Watch 造型的蛋糕，
而妹妹則是 ELSA 的公主蛋糕。

剛滿月的妹妹和十二歲的 NU。

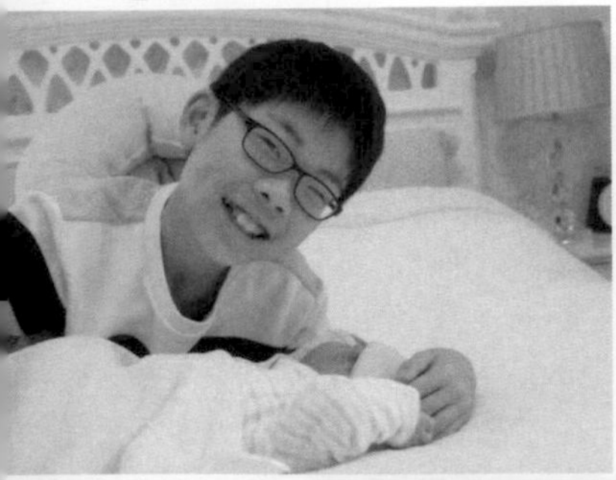

NU 十三歲，妹妹一歲生日囉！

一起做麵包的兄妹倆

像小猴子般相親相愛的模樣。

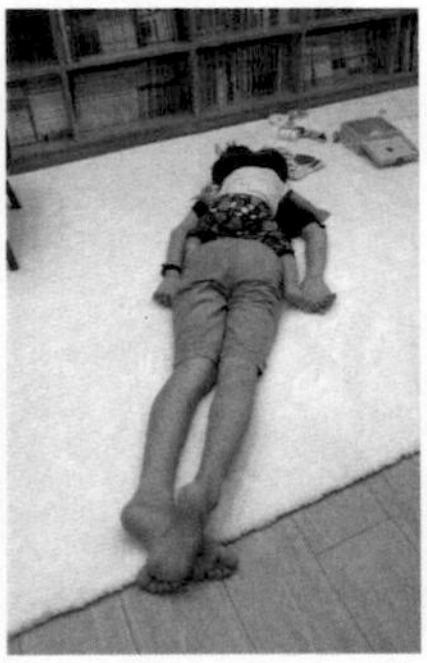

認命讓妹妹當馬騎的 NU。

小女人的撒嬌，小男人的溫柔。

背著妹妹遊北海道，一白分的好哥哥！

細心餵妹妹吃飯的好哥哥！

妳兩歲，我十四歲囉！我們一起過的第二個生日！

DIY 手工小皇冠，親手幫妹妹戴上。

唸書也不忘認命當馬的 NU。

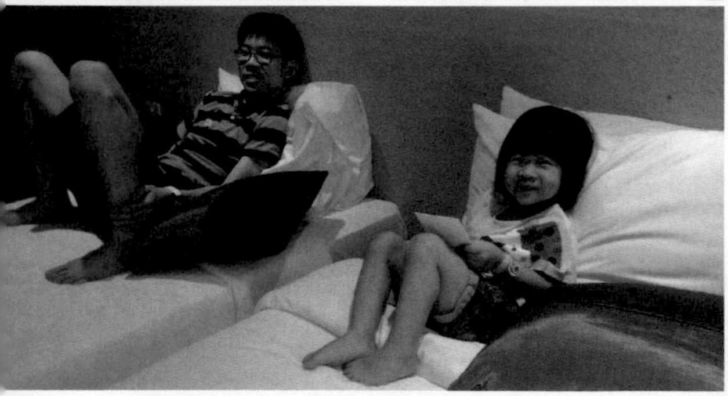

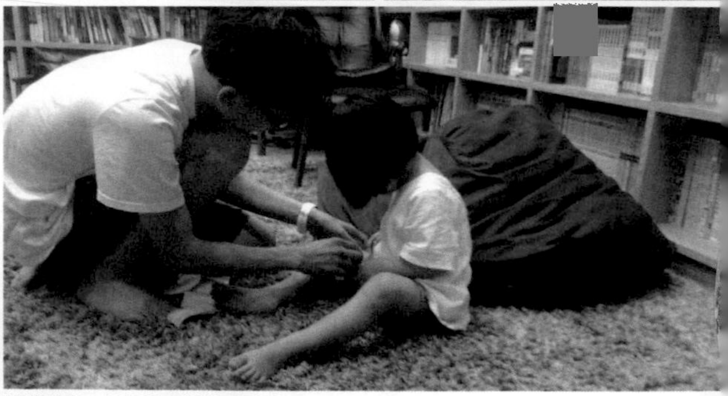

受傷了，不哭，哥哥秀秀～～～

看過一張又一張的照片，長大後的妹，我想她一定會逢人就說：有哥哥，真的好幸福！

WATCH

WATCH

2015/12/17

Weihnachtsmarkt besuchen

so viele Essen.

Heute einladung meine Mutters Frundin, Maike, mich ein Austauschschüler Aktivität teilnehmen. Nicht von Rotary, das heißt "AFS".

Sie treffen in Weihnachstmarkt für ein bisschen Essen und Wine trinken auch.

Erste gehe ich mit Beate nach ihr Maikes Hause. Sie sagt mich dass Maikes Sohn, Luca, wird nach Weihnachtsmarkt mit mich gehen zu Fuß auch. Wir gucken ihnen Hause. Sie wohnen in zwei Hause zusammen, Sie machen die Wand weg und ist das so super, dass in Maikes Zimmer so viele Bücher sind! "ERAGON" ist auch da! Sie schlaft mit Bücher. Ich möchte auch.

Danach gucken wir alle Dinge und Zimmer in ihnen Hause, gehe ich mit Luca nach Schloss. Wir laufen um halb sechs los. Laufen wir für zwanzig Minuten und kommen wir nach da. Aber sind da kein Leute deshalb mussen wir warten noch. Es ist fünf voer so vielleicht Minuten später werden Sie hier sein. Wir warten sie unter ein sehr groß Weihnachtsbaum für zehn Minuten. Sprechen zusammen, wir über unsere Austausch Jahr. In die Ende, hier sind nur zwei Austausch Schüler und sin d andere acht Deutscher. In nächste Jahr werden Austausch Jahr haben. Zwei Frau und ein Mann sind Eltern von diese Schüler.

Wir gehen nach Weihnachtsmarkt.

Erste kaufen wir keine Dinge nur laufen und gucken wir. Und später wir laufen allein und kaufen selbst. Nach Kaufen, wir stehen zusammen und essen, trinken. Weil möchte ich nicht Wine, deshalb trinke ich Glühwine ohneAlkohol (sehr interessant dass in Deutschland Wein ohne Alkohol da ist), Luca auch. Wir essen ein bisschen sußwaren und Brot mit Fleisch. Satt bin ich in die Ende. Wir stehen bis halb zehn Uhr zu Plaudern.

Ich glaube, dass ich nach Hause fahren selbst muss aber Maike sagt mich sie wird mich nach mein zuahuse fahren. Es ist spät schon und dunkel so viele dank ihn :)

In das Auto, ich Plaudern mit Luca noch, auf Deutsch echt, über LoL. Er mag das spielen. Ich einladung ihm ,um das zusammen zu spielen. Für mich das ist gut weil kann ich üben mein Deutsch bei Deutsch sprechen mit Luca bei skypen und Ceusen auch.

Vor die Tür von mein zuhause, Maike einladung mich zu ein Basketball Spiel gucken. Luck spielt in "Shark" und wird mit andere Bedingles von Wolfenbüttel spielen. Alles gut, ich werde das teilnehmen.

| 事後註記 |

之前就來過聖誕市集了，但今天被 AFS 的交換組織給邀請再過去那個市集逛逛，順便跟其他交換學生交流交流。今天也是跟著他們聊了很多，真的是留下不錯的回憶。

2015/12/19

Konkurrenz

wwwwww

Ich bleibe heute in zuhause allein weil Vater und Mutter gehen Arbeiten bleiben. Ich spiele ein bisschen LoL mit Luca von acht Uhr. Weil wacke ich heute morgen früh um sieben Uhr denn habe ich viele Zeit für Pause.

Wir sprechen zusammen mit Curese auf Deutsch. Es ist sehr gut dass kann ich spiele und Deutsch Lernen Zusamme. In Taiwan, aus sechszhen jahre alt bin ich, ich spiele ein Spielen "Tibia". Das ist ein super English Spielen weil wenn möchtet du das spielen, du musst auf schreibt in Spielen auf English. Deshalb ist es schwer für mich in die Beginnen. Aber spiele ich mit Google Übersetze und das ist besser.

Danach spiele ich Tibia, ich versuche andere Spielen "The Elder Scroll" Auf English nur auch. Das ist super weil das hat viele Dialog in diese Spielen deshalb du kannst training deine Anhörung. Ich spiele viele bis zwei Jahre später. Ich muss vorbei weil kann ich mehr Zeit haben und bereit Prüfung für Uni. Ich glaube aber das ist gut für mein English.

Egal, nach Spielen, gehe ich allein nach ein Sporthalle Luca hat ein Konkurrenz mit andere Stadt heute :"Wolfenbüttel". Diese Spielen beginnst um drei Uhr, vorbeit um halb fünf.

Ich komme nach jenen Sporthalle und treffe Lucas Mutter, Maike. Und gucken wir das Spielen zusammen aber später geht sie los weil hat sie ein andere Aktivität über Fußball Spien sie bildung Kinder in Fußball aus. Vielleicht ist es ihne Arbeiten. So bleibe ich hier allein.

Wenn haben Spieler Pause, ein klein Mädchen lauft immer nach Austragungsort zu ein bisschen Korbball spielen. Sie ist nur elf Jahre alt vielleitcht. So jung ist sie und kannst sehr gut Korball spielen. Jeden Versuchenn sind erfolg. Ich finde dass, ich habe achtzehn Jahre alt sein aber nicht sicher wenn habe ich ein super Interesse....ich weiss dass ich lerne gern IT sachen aber was habe ich gemacht?

Ich habe keine Ahnung. Ich sage mich seble dass ich habe kein genug Zeit zu so viele Dinge machen zusammen, Deutsch lernen, Blog und Report machen, Party teilnehmen(X.

Ich muss mein besser versuchen.

In die Ende, Lucas Badingtes hat das Spielen gewonnen 64:55 und Luca hat 11 Punkten gewannen. Er spielt sehr gut :).

Nach diese Spielen, gehe ich zurück nach zuhause zu andere Aktivität bereiten. Wir haben ein Cocktailparty in Neles Carpot. Dreizig order mehr Leute kommen da und stehen Runden neben Tisch. Sie plaudern mit Biscuit und Grühwine. Ich mag nicht Wine deshalb trinke ich Grühwine ohne Alchohol(?.

Wir sitzen auf denn Sofa und Fernsehen nach mein Duschen. Weil kaufe ich heute nur ein bisschen Brot als Mittagessen, sie finde das und denken das ist nicht so gesund für mich. Sie sagen mich dass ich bin zu dünn auch. Als ein Witz war, ich zeigen ihnen meine Abs. Aber hat das keinen Sünn. Vielleicht muss ich siebßig order mehr Kilogramm sein und sie können endlich befriedigung. Alles gut.

事後註記

今天一整天超多事情的，早上玩 LoL 順便練德文，下午看 Lukas（之前一起去聖誕市集）的籃球比賽，晚上參加附近鄉鄰辦的飲酒活動。

我在描述這些事情以前好像都有稍微提到我在之前玩過的兩個遊戲，對我的英文有非常多的幫助，可能因為不只在「學」而是有在「用」吧……？

除此之外，我還在看完比賽獨自走回家的時候，發現景色特別漂亮，就手癢拍了幾張照片。

2015/12/20

聖誕樹、永遠的麵包

有時候覺得當個現充也是件煩惱的事，好忙啊

這一週感覺好充實啊，星期四的聖誕市集、星期六的籃球比賽，還有突然發現玩遊戲也是一種學德文的方式，突然認識一堆德國朋友，skype curse 都敢用。因為他們年紀小，所以理所當然英文不大好，只能跟我用德文溝通，也是滿好玩的。

今天倒是沒有什麼事，九點起床吃了麵包早餐。不記得有沒有發過早餐的照片，禮拜六、禮拜天的早餐基本上沒變過，所以不多提。早上在他們出去騎車的時候，我因為剛洗澡完，頭濕濕的，所以就沒跟去了，躺在床上補眠，早上就這樣混混地過去了。

十一點把電腦打開開始碼字，順便打了幾場遊戲，就到了中餐。寫到這邊，感覺超流水帳的，但事實就是這樣。原本想把中餐也拍下來的，因為是一種獨特的麵，長得像米，但沒拍到，不是因為相機沒電這種理由，是因為一時找不到，然後要開飯了，就先吃了。

講到這邊想起一件事情，我的相機，來到德國後，還沒充電過。

咳咳，切入正題。今天的晚餐讓我見識到德國人對於麵包等於華夏人民對於米飯，這是我們的晚餐，哈哈哈哈哈哈哈！聽說很多德國家庭真的晚餐都是這樣。我感到很慶幸，我有兩位在工作上非常繁忙以致中餐只能啃麵包，所以晚餐必須吃熱食的爸媽。

另外就是竟然有聖誕樹ㄝ！今天爸爸把這棵樹給搬進來的時候我就把寫到一半的部落格拋開直接衝上去了。雖說中間有跑去幫媽媽弄相片什麼的，但可以說，掛飾有一大半是我弄的哩！

在台灣看到的聖誕樹都帶著濃濃的商業氣息，想要像在這邊這樣一邊聽著爸爸跟我說「今年是白色裝飾為主，但紅金色比較漂亮，所以就這樣裝飾」云云，應該

是不大可能了（我倒是比較想看那個所謂標示著「藍色聖誕樹」的聖誕樹會長啥樣子）。所以，要珍惜在這邊的一切事情啊，很可能是過去一次就不會再遇到了。當然，到德國讀書就會看到更多次啦。

莫名的魚（後面）。

2015/12/21

Krankheit

(‘ Д´) /< **Stellen!!!!** λ λ λ λ λ λ.....

Es ist Montag. Wir habe fünf order mehr Leute Präsentation über Praktikum haben. So in diese Schule Tag, unsere meiste Zeie ist zu Präsntation Hören. Aber haben wir ein klein Unfall. Johanes schrist plötzlich: "ich gefällt mich nicht so gut!" (bin ich nicht sicher, meinst gleich aber.) Seine Gesicht hat grün schon sein. Nicht so gut...und unser Lehrer, Herr Vieweg rennst da und schleppte ihm schnen nach Fußboden. Er hebst seine Beine hoch und schnen zugeführt ihm mit Wasser.

Zehn Minuten später, Johanes gefällt besser.

Seine Mutter kommt und hebst ihm auf nach Hause für mehr Pause haben. Ich habe Augst, In Taiwan, Lehrer darf nur sagt und lassen wir können hier schnell rennen für Hilfe. Taiwan ...egal. Andere Grund ist Taiwans Schüler mehr Drucken über Lernen haben. So, das ist die Ende von diese Unfall. Aber nicht alles in diese Schule Tag.

Am Nachmittag, andere Schülerin meinst und laufst draußen von Biologische Raum. Erste weiß ich nicht was ist passiert und danach kommt ich nach Hause, mein Freundin Alice sagt mich dass weil sie hat ein nicht so gut Erveichung, denn weinst. Ich finde dass in Deutschland gibt es hoch Druck üben Lernen. Aber weiniger Leute haben das. In andere Weg auch. Elend Schüler bin ich. =.=

| 事後註記 |

好帶給人衝擊的一天！今天先是 Johanes 臉色發青地倒下來，再來是在學校快要放學的時候一個女生突然抱著頭痛哭後衝了出去……wtf ？平常是一個優雅的女生，突然就來淚奔是怎樣……？

事後問了相熟的朋友，她說那個女生以前就會這樣，有點奇怪的一個人……

不管怎樣，她讀過我的 Blog，還鼓勵我，我還滿喜歡她的，希望她能好轉吧。

2015/12/22

gehen nach Schloss für Mittagessen

Brot.

Heute haben wer andere besonder Früstück zusammen in Kunst Unterricht haben. Ich muss nur mein Becher,Teller nehmen und warte zu essen. Wir sind glücklich mit viele Weihnachten Liede singen.

Ich kann diese Liede euch zeigen. Da sind einige Links von Liede in Youtube...:

Last Christmas

All I Want For Christmas Is You

In der Weihnachtsbäckerei

yolohafte swagnachten ist nur ein witz von mein Freunde :P

Winter Wonderland

Corol Bells

Ich habe mein Freunde gefragt, dass was die gut Weihnachtsliede sind, und diese Liede sind die Antwort.

Ich gehe mit Johanes nach die Kirche zu andere Aktivität teilnehmen. Schüler isngen da für Weihnachten. Diese Liede sind sehr schön für mich. Weil habe ich einige Liede schon gehört deshalb kann ich sogar ein bisschen Teil von jenen Liede singen. Diese Aktivität ist in unsere dritte ud vierte Unterricht.

Zu unsere fünfte und sechte Unterricht, Mate, spielen wir andere Spiele was haben wir letzte Woche gespielt.

Zwei Leute gehen draußen von Klasszimmer erste.

Alles schreiben ihnen besonder neue Name auf schwarzboard und sitzen auf ander Stuhl.

Zum beispiel, ich schreiben "FREI". Das ist nicht unsere wirklich Name. Und gehen jenen zwei Leute zurück von draußen. Versuchen sie ihre Besten, um die richt Name finden und stelle uns in richtig Sitz. Wählen sie zwei verschieden Name und sagen uns. Diese zwei Leute mussen ändern ihre miteinander Sitz. Weil sie wissen nicht welche Name sind von wer, desbalb mussen sie versuchen weiter und weiter. Ind die Ende, alle Leute sind in richtig Sitz. Und gucken wir we hat mehr sitz zurück gemacht, Interessant.

Am Mittag, weil habe ich heute andere Früstück deshalb mein Gast Familie gebt mich kein Mittagessen. Aber, vergessen wir dass ich habe heute ein lauge Schule Tag. So habe ich viele Hunger. Ich frage mein Freund wenn kann ich einige Essen in Shules Mensa kaufen und er sagt mich stimmst Aber er möchtet mich nach andere Platz zeigen. So gehen wir nach Schloss zu etwas kaufen und essen. In die Ende kaufe ich ein Hamburger bei 199 Euro. Lecker und billig.

Wir sprechen viele andere Dinge ohne Essen. Comics, Roman, Manga, Alime und viele. Weil Johanes liebst diese Dinge viel. deshalb das ist mehr einfach zu sprechen zusammen über diese Dinge Mein Freunde in Uni senden mich einige Film, SAO, Sword Art Online. Ich habe schon dsas gesehen aber nur in Romane so es ist ein neue Erfahrung für mich noch. Wir sprechen viele mit Spaß.

事後註記

聖誕節的特殊活動，一大早就開始了完全不用上課的玩樂過程，每個人要帶若干食物過去給其他人吃。在這之後我們還到了教堂去聽聖歌，玩了一些好玩的遊戲，今天大概就這樣了。

2015/12/30

第二次籃球賽

發現第一次的籃球賽還是處於草稿的狀態

昨天已經跟理髮店預約好了，所以今天一早就到那邊報到，然後給那邊的阿姨剪頭髮。要求不多，就說：「麻煩剪短，給我撐一個月。」她輕笑了下。可能這種要求的年輕人不多吧？我怕她會給剪個大光頭，所以就跟她說：「兩邊打薄，中間留一些。」她問我要留幾公分，這我倒是答不出來 o.o……。總之，到最後很順利地結束了，剪頭髮的過程中沒有被剪刀誤傷或是因為其他理由受傷，整體上舒適得讓我幾乎睡著，超舒服的。

回到家 Rafael 也才剛醒來。他是從巴西來的前交換生，四年前就住在這個家，現在在德國讀大學，適逢假期就過來這邊看望我們。我們在前天晚上將他從他那時的第一個轟家接過來，到了這邊聊了很晚。不過，我因為有點小感冒就先睡了，十

點多就到床上休息了，所以沒有全程參與到。隔天早上他跟我去理髮店，但因為事前沒預約所以沒空位，只好到今天才剪。當天晚上，我們到一家義大利餐廳吃飯，麵吃起來有點像擔仔麵，除此之外根本一點也不符合大廚是義大利籍的供餐品質。中途有位老先生疑似心臟病發作，擔架衝進來將他抬到救護車上面。總之，這就是一頓普通的晚餐。扯了好多啊。

回歸正題。剪了頭髮後，我突然想在他走之前跟他拍個合照，所以就照了這一張照片。他教了我非常多東西，尤其是在德文學習方面給我了非常多動力。他跟我我解釋說，他是來這邊交換一年而不是要讀四年的大學，算是一個大學就讀期間的交換吧。好好啊，我也要～。

今天晚上有 Luca 媽媽 Maike 的籃球賽邀約。因為姊姊跟媽媽已經出去採購了，在四點半我就只好自己搭車到了 Braunschweig。其實滿驚險的，時間差一點抓錯。因為我原本是打算在火車來的前一分鐘準時到達車站的，慢慢走過去這樣時間剛剛好，但我下樓梯後打開玄關的門，卻發現大門是開著的？？？！！！當下反應是有賊闖入，趕緊先將門關上，小心翼翼地將頭探出玄關外張望下，沒發現什麼東西後果斷地將玄關門關上，將自己先保護在一個小空間之內，一手拉著玄關門的手把，一手把手機掏出撥打轟媽的電話，急需知道接下來該怎麼做。結果，就在這時大門被敲響了，連續敲了三聲。我不敢直接開門，先弄上門鍊再打開一條小隙縫。結果，發現是虛驚一場！原來是爸提早回來了。一般來說，一個半小時後才會回來的轟爸竟在這個時候就回來了，然後開完門鎖之後發現忘記拿東西又跑回車上拿。這一段時間被剛下樓的我發現，還以為是賊闖空門！這種事情發生的概率真的……。而且，還是在我急著要出門的情況下，真有夠慘的！因為我回程的時候不會經過車站，所以也不能騎車，只能用跑的。就這樣，一路跑過去，才發現火車幸運地在這個時候遲來五分鐘。啊，我愛死總是不準時的德國火車了，總是給我不確定的可能性啊！

再讓我選擇一次要不要踩著時間出門，我大概也是一樣的選擇。因為這邊跟台灣不一樣，早到十分鐘就是會被冷風颳長達整整十分鐘。這個我忍不了，所以大概還是會在同樣的時間出門吧。

好不容易搭上了火車，五分鐘後總算是到達了 Braunschweig 的總車站。出

車站大門往左拐，到了約定碰面的地方——一個舊舊的火車車廂，基本上是基於一個雕像的意義存在著。畢竟那個型號太舊了，也應該壞掉了吧？算了，不重要。總之，到了那邊就發現 Maike 已經在那邊等著了。

回到他們家，接了剛回到家的 Luca，聽說是剛訓練完。緊接著，就到了運動館，十塊錢買了學生票就進去了，時間也大概是要開始了。我原先以為會在運動館解決晚餐，所以沒有先吃東西，但他們卻已經吃過了 T.T。自己花了七塊多買了一杯可樂加一份起司麵包，超貴的！聽說注意力放在球場上能撫慰自己受傷的心靈，認真看球賽吧，哈哈。

上半場 Braunschweig 跟上次一樣領先十分多。對手是誰我不知道，我只知道他們在這場的表現非常強大，完全無視現場各種球迷的干擾。各種噓聲、各種在漏球時的歡呼、在後半場反超十分，跟上次的情況一模一樣啊。這讓我有種錯

覺，是不是他們故意先在前面輸十分，到後面再用全力反超，讓球迷們可以在前面雀躍歡呼……！這樣 Braunschweig 好可憐啊，被疼惜了。

然而，整體上來說還是非常讚的一場比賽！很多精彩場面，外加休息暫停的時候場上的表演，一次比一次精彩，真的非常不錯。雖說 Luca 因為是用籃球俱樂部的身分進入場地，所以是跟其他俱樂部的孩子坐在一起，但我和 Maike 還是看得非常開心。

比賽結束已經是晚上八點半了，找到 Luca 後就慢慢地迎著晚上的微風走向停車的地方。中間 Maike 給我吃了個喉糖，痛不欲生。為什麼這樣說呢？因為這是跟我在台灣吃過的喉糖中的一種一樣的，就是吃過後會幾乎無法呼吸的那種，因為氣息太冰涼了。完全沒預期到這一點就把喉糖吃了下去，我只能說在零上兩度吃這個喉糖真的是帶給人永生難忘的感受。

回到家，跟爸媽看了電視後就睡了。

2015/12/31

Frohes neues Jahre

Jahre!(JA!)

Es ist heute die letzte Tag von diese Jahr. Wir haben ein große Party in diese Nacht für "Frohes neues Jahr!" Weil ist am Mitternacht das Aktivit't, denn gehen wir spät um acht Uhr los. Wir fragen unsere offziel Klamotten und wir haben schon alles gebereiten.

Erste kommst Ronjas Freundein nach unsere zuhaus, danach gehen wir. Lutz nehmst ein groß Tasche mit. Weiß ich nicht, was in das ist.

Wir kommen ein Selbstbedienungsrestaurand von Griech. Ich weiß nicht, wie viele das koste Weil frage ich nicht. Ichglaube dass das nicht so teuer ist weil es ist in Weddel. Egal. Ich frage das nicht auch weil ich fühle mich so sehr seltsam, dass ich alle Dinge wie viele kostet fragen als ich hier für vier Monaten gebleiben haben Wir haben ein Familie sein. :)

Wir treffen Neles Eltern und andere zwei Nachbar. Es sind neun Leute das und essen zusammen. Wir nehmen unsere Essen selben. Viele besonder Essen sind da. Ich versuche viele und finde, dass ich nicht Gans Fleisch mag=.= Das ist ein

bisschen gepulvert....wie kann ich sagt. egal

Wir essen und paudern bis halb zehn. Sie plaudern weiter und ich versuche alles verstehen.

Um elf Uhr spielen wir einige Spielzeug. Ich kann nicht diese Wörte auf Deutsch finden so lege ich hier Fotos und Bild von Google ww.

In Vaters Tasche sind viele Feuerwerk und diese spielzeug. Wir spielen viele mit Spaß. Um zwölf Uhr gehen wir draußen und gucken die Feuerwerk. Es ist sehr schoön.

Das ist ähnlich das neues Jahr von Asia aber andere Feuerwerk weil alle Manshen in Weddel Fereuwerk spielen. Am die Mitternacht ist in Taiwan verschieden. Leute sind nur in die Nähe Taipei 101 oder ander groß Gebäude zum beispiel, Supermarkt. Egal, nicht so wichtig. Das ist aber ähnlich wenn Asias neues Jahr alle Familie Feuerzeug spielen. :D Ich fühle mich gut. Manschmal fühle ich ähnlich in Taiwan.

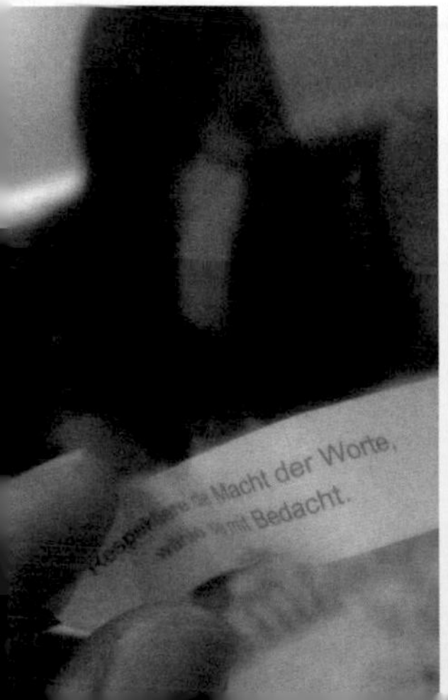

Nach Feuerwerk, wir machen einige besonder Keks auf. Ich weiß nicht die Name von das. Wenn machst du das auf, du kannst ein Papier in das finden. Das sinnd etwas setze von Verwarnung für diese neue Jahr. Meinesetze ist hier. Das meinst " 禍從口出 "...XD. Allesgut heute.

事後註記

今天是今年的最終一天，鄰居和 Ronja 的朋友過來跟我們一起慶祝這非常特別的一天。我們選了各自最好的服裝，到了一家餐廳就開始了我們的派對。

我們聽著音樂，吃著盤子上的美食，聊一聊最近發生的事情。

我們還帶了一些特別的小玩具，有些像是彩帶一樣的東西，例如有一張照片，我用吹的方式把一個紙卷給吹出去，挺好玩的。

出來看了個煙火。感覺西方的新年跟東方的新年完全不一樣，直接在城鎮裡放大煙火，直接在頭頂爆炸出煙花的感覺真的很讚。

ROTARY YOUTH EXCHANGE COMMTTEE
DISTRICT 3480, TAIWAN
國際扶輪 3480 地區青年交換委員會

MONTHLY REPORT FOR INBOUND STUDENT
扶輪青少年交換學生月報告書

Month：2015 年 12 月

Student's Name：張治猷　Country：德國　District：1800

Sponsor Club：景福扶輪社　Host Club：Braunschweig RC

Present Address：Im sparegefeld 14
38162 Cremlingen(Weddel)

ACTIVITIES DURING THIS MONTH：（以下每項回答至少須有 200 字）

1、Public speaking for Rotary meeting etc. attend or listening visits if any:

我在十二月十一日有參加扶輪社週末的活動，但因為我執意要用德文寫出來所以遲了。因為在這個月我給自己訂下的目標有點多，整整十二篇日記，其中有九篇是用德文寫的，所以真的沒有時間。其實，講了這麼多都是藉口。我錯了，下次會寫更快。

開玩笑的（感覺已經被德國笑點給同化了）。這個月沒有跟顧問接觸，也沒有到當地的社去報到，已經覺得非常奇怪了，所以有跟他們在問說：「為什麼我不用參加？要不要我用德文做個自我介紹什麼的？」感覺他們對這方面不是太用心啊。跟轟爸媽說過了，聽說了上面幾屆交換學生一年就過去兩三次，跟我差不多的情況，就放心了。

寫這個報告的時候已經是一月了。其實，我在十一月的時候就在寄信說能不能到社那邊去報告，過了好久顧問才說好，但沒給時間。所以，就一直在用 Email 問顧問，一直沒回信就一直重新寄。因為想說，如果到最後出事，如果我沒有嘗試去爭取，那倒楣的一定是我，所以該做的嘗試還是要做的。然而，到一月才收到顧問的一封信說：「這方面不是我負責，所以我無法給你一個時間，要去問 YEO。」=.=……那一開始就跟我說好不好？搞到兩個月過後才跟我說，到現在我也不知道要不要去說了，感覺沒做自我介紹也沒什麼不對了。在班上跟家人都已經介紹過了，感覺就差不多了。當然，只是感覺上的氣話，我還是會去說的，應該說已經寄了就在等而已。不知道又要等多久，自我介紹遙遙無期啊，哈哈。

2、Describe your daily activities at present (School, Private Invitations etc.)

2015/12/31 第二次籃球賽

2015/12/22 deutsch gehen nach Schloss für Mittages...

2015/12/21 deutsch Krankheit

2015/12/20 聖誕樹、永遠的麵包

2015/12/19 deutsch Konkurrenz

2015/12/17 duetsch Neihnachtsmarkt besuchen

2015/12/10 deutsch Spiele

2015/12/09 deutsch Überweisung²

2015/12/08 deutsch Diskutieren

2015/12/07 deutsch Überweisung

2015/12/06 deutsch Musik hören in Kirche

2015/12/5 生病

學校生活更加地快樂了，感覺以後大概會一個月比一個月更加快樂，所以就先在這邊說了，「學校生活更加地快樂了」這句萬金油以後請自行代入當月的月報告，我有自信能一個月比一個月好（自信）！！

3、Total Impression of this month:

剛到德國的前兩個月，一直聽家人說我德文超級好，那時我總認為是客套話。但經過無數次的價值觀衝突之後，讓我無比確信的是他們真的這樣覺得，絕對不是客套話。不過，我在一開始對這些稱讚還是不以為然。因為我想自己作為一個身居

異鄉的交換生，當然會在一開始表現較為拘謹，很多事情都會考慮得比較多，所以看起來不錯是應該的。另外，在其他交換生身上看到的是跟我相比不差的學習能力，有的妖孽甚至是從幼稚園開始學德文的——讓我稱霸德文實力的夢想直接流產，天才也沒辦法彌補十多年的學習差距啊，所以，我真的不覺得我做得很好。但是，直到十二月，看到了無數的德國人，不同的學校學生，都說我的德文真的非常好，那，我能不能欣慰地說一句「我的德文很好」呢？

順帶一提，第二轟家對我的德文是用 fantastic 這個字來形容的ㄝ，好高興啊。

4、Suggestion / Question:

第二轟家的媽媽說，她感覺扶輪社在對於事前教學這方面沒有做到非常好，她說上一個交換生是一個從義大利來的女生，可能因為義大利的上廁所習慣比較不同，所以每次上完廁所以後廁所的味道就更重一分，於是媽媽有一天就進去把廁所全部擦一遍，結果擦到垃圾桶時翻到一包包用衛生紙包得非常厚的東西，翻開來看後她尖叫一聲然後衝去質問那個交換生，她才知道味道是從哪邊來的。

因為是用德語說的，所以我也不太確定，但好像義大利會把排泄物包起來？？因為只是衛生紙的話是不需要包那麼多層吧？好可怕 :P 怪不得轟媽會尖叫啊。

所以，轟媽跟我說這方面扶輪社應該更加地用心和注意，某些基本的但是在網路上搜尋不到的東西就要藉由學長說出來，例如：德國人天性冷淡，要一段時間才會認同你；或是，德國火車準時是奇蹟，根本不符合德國人超準時的傳說等等。這是這次的建議，請笑納。

No. 1 of times met counselor: 11 5 2015 Signature:

This reports should be sent to:D3480 Youth Exchange Committee Office(before the 15th of next month);Fax number:886 2 2370 7776 ; E-mail:r3480yep@ms78.hinet.net

2016/1/4

連續的下雪天

真正的冬天來了

今天睡得特別久，早上沒和爸媽見到面，但起床後沒浪費時間，立即打開了電腦整理起相片來了。之後，再滑滑手機時間就過去。到了中午，將昨天吃剩的飯菜拿到微波爐熱一熱，就是我今天的午餐了。之後，又把前一個月的囤積部落格草稿整理整理，就到下午兩點了。

感覺時間過得非常快啊。在假日之中。

昨天拿到了三張明信片，心血來潮，決定在今天將它們寄出。郵局是早上九點到十二點、下午三點到六點開。早上頹廢掉了，兩點了才開始寫明信片，三張分別寫給了家人、死黨，和一個即將過生日的朋友。感覺在 FB 上面喊生日快樂真的是太沒感覺了，超敷衍的，現在甚至還有提醒功能，這樣下來基本上沒有表示祝福的是無視，有祝福的是應該，不大喜歡這樣的風氣，所以來點特別的吧 :)。

花了一個多小時完成了三張明信片，全副武裝——厚夾克、圍巾、雨傘，就這樣出門了。會帶雨傘也是因為我想得太天真了，原本想說外面雪下得好大，擋一下應該會好些吧，還可以順便拍照，所以還帶了相機勉強塞在口袋裡。結果發現先不說冷風颯颯讓我拿傘的手都 hold 不住了，根本沒能力拿出相機來用另一隻手拍照 or 影片。相機因為是勉強塞下的，結果另一隻手根本塞不進去我的口袋啊 =.= ！還好原本順便要去超商買東西，帶備了購物袋，於是把相機往裡面一塞，之後再用腋下夾著就 OK 啦，真是萬幸！然而，因為一邊要撐著傘，那隻手就一定得忍受寒風的刺骨 o.o ！這一點我一開始想說能用一隻手來換取整體上的溫暖也是值了，走到後面才發現大家在路上都不用雨傘的，傻傻地等到回程才用兜帽和圍巾把臉蓋住。值得一提的是，我身上這一件大衣是母親大人親自挑選的防水防寒衣，雖說冷風擋不住，但雪花這種程度還是輕輕鬆鬆地就擋住了。

到那邊當然不會只寄三張明信片就結束了，那這樣冒著大雪出門的犧牲精神就太不值了（誤）。拿出口袋裡的一千五百歐元——這可是大錢啊，當然要小心，所以我就用好多個橡皮筋把它給綁起來了，所以在解開它的時候費了些時間——開玩笑的，德國式老爸的幽默，看看就好。拿這麼多錢過來當然也不會只是因為要把它存進帳戶去，真是這樣的話也會在第一天就把它給存進來，是因為要給負責環歐旅行的……扶輪社裡面的某一個人或是一個辦公室，隨便啦。

於是，我就用我破破的德文非常流利地唸出了如果照翻成中文是這樣的意思的一段話：「請把這十五個一百塊放到我的帳戶裡，然後直立（？）到這個帳戶。」噗！哈哈，事後才發現好像轉帳不是那個詞啊。總之，意思是表達到了。然而，這個櫃台的負責人——也就是 Nele 的媽媽，告訴我說，跟我轟媽說她會用電腦幫我轉帳，於是我錢存進去了，但大概要等到明天才有時間來處理這個吧，或是後天，因為今天媽媽會晚上九點才回來，工作辛苦真不容易啊。說到環歐旅行，當初一直在擔心的環歐資格總算是在信件寄到的那一剎那確定了，只要收到這封信件，然後在一月三十一日前有把錢轉帳戶或是寄到指定的帳戶或是地址，簡單說——有送到錢，就可以參加旅行，大概就是這樣的意思。

當初擔心自己學習跟不上，總算是放心了。說不擔心是騙人的，雖說我很認真，但架不住人家比我年輕、人家也是個人、搞不好人家比我更認真啊……。隨便啦，我盡力就好。有時候會覺得，真的沒必要把自己在這一年逼太緊，但當然也要有一定的水準，問心無愧最重要，畢竟自己在這一年過得最開心，不要憋出個憂鬱症啥的當然是最基本的。

好沉重啊，跳過這話題吧。

今天最重要的就是，雪啊啊啊啊啊啊啊！！！雖說在之前就有一篇關於雪的日記，但今天是第一次在雪已經下到一定厚度之後出去走路的。嗯，踩起來的感覺……像塑膠 o.o，說不出來的奇異感覺。那種厚厚的感覺真的很奇妙，整個空氣都清新了起來。

因為雪，我整個人都興奮了起來！除了因為那個相機真的太卡手，逼不得已必須把它給放回到家裡，所以先回家了一趟。這樣說起來也不算是繞路，反正就這樣到了超市買了今天的晚餐和甜甜圈——避免做飯失敗的備用品，另外就是做湯的材料、一些調味粉還有蔬菜、火腿等等。自己從冰箱拿了根香腸切一切增增料，當然不只是白拿，我也有順便買牛奶和吐司給家人——買回來後才發現好像原本就夠用了，我買太多了 :P。

到最後湯失敗了，勾勾的（過稠了），難喝死了。這會兒，甜甜圈就派上用場了。就算我當晚煮了三人份的湯，然後全部喝完了，但那個味道真的不怎樣，所以沒有飽的感覺，啃了兩個甜甜圈總算是好了些。

在出去的路上看到很多人都在剷雪，就想說也來剷雪吧，爸媽回來都晚了，也是要幫忙下的。誰知，份量多得驚人啊！到最後甚至心裡糾結，想著：「剷完的雪要放哪兒呀？」因為實在太多了，車道上當然不行，那兒是車子開的通道，行人道也同樣道理，到最後只好統統倒在花園裡了。繞過樹幹、繞過花朵，這樣應該就可以了。將停車棚弄乾淨，外面的人行道外加門前的台階也都處理過，然後就回家裡煮湯了。

原本以為這會是一個美好的下雪天，到最後我卻忘記把車庫門給關起來，直到爸回家中間有一個多小時的空窗，聽說是沒被偷走東西，但我還是感到非常抱歉，在爸吃飯的時候連續說了好幾次對不起。這一天大概就這樣結束了。晚上因為發現囤積的草稿實在太多，就趕緊先拚命趕部落格了。也是為了報告，所以爸媽當然不會說什麼 o.o，我也在盡我的全力用德文寫，也算是有練習到吧。

before

after

2016/1/8

Ein schön Tag mit zwei alte Leute treffen.

Das ist lustig ich diese Aktivität jetzt schreiben. Ich schreibe am 8.2.2016.

Ich muss jetzt viele Blog schreiben für mein Report über Taiwanund Deutschland beides so schreibe ich diese Tage Buch:P.

Das ist ser schön heute weil ich mit zwei alte Leute wer selben Chinesisch lernen treffen! Das ist super für mich. Nach sechs Monaten Deutsch lernen, ich weiß wie schwer Chinesisch ist. Es tut mir leid dass ich ihnen Name vergessen. Nicht ganz aber Teile. Ich erninne dass sie Bauer heißen. So, Frau Bauer trefft mich Kirches koncert vorher. So einladung sie mich in ihnen Hause treffen und ein bisschen Chinesisch sprechen.

Ich habe das Address gestern in Google map gesuchen .Obwohl aber ich das gemacht, ich kann nicht einfach das finden noch. Ich habe Glücklich dass Frau Bauer zu mich warten vor vor die Strasse stehen. Sie zeigt mir ihnen Garten und zuhause. Sie haben schon alles bereit. Tee, Kucken und etwas. Wir plaudern ihren Chinesisch Lernen. Der Mann vor Frau Bauer und Herr Brauer sind Lehreren in Uni beiden aber nur er Chinesisch selbst lernen. Jeden Morgen stehst er auf und Chinesisch lernen. Er hat ein eletronic Wörtebuch deshalb er einfach selbst ein Stunde lernen kannst. Öben sprechen, lessen, schreiben...alles pben. So kannst er jetyt sehr gut Chinesisch sprechen. Sogar mit ich.

Nach lange Zeit plaudern, vielleicht drei Stunden, wir sind schon möde sein So verlasse ich. Das ist echt ein schön Tag.

事後註記

跟在教會認識的兩位老人見面喝茶，非常美妙的一段經驗。

我分享了我如何學習德文的辦法，他們也跟我說了他們的方法：每天早上五點起床練習寫中文，睡一下後再繼續兒童繪本翻譯工作。非常強啊，自學中文。

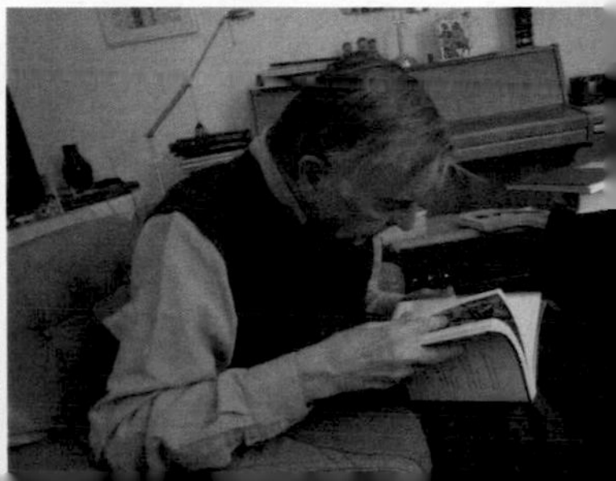

2016/1/10

搬家

心情非常複雜啊

就在今天換轟家了，很不真實的感覺。

一個小時就把我在這個家待過的痕跡都清理乾淨了，一趟車就把行李帶到新的家了，就這樣非常輕易地搬離了我待了四個月的家。

從八月底到了這個家，他們帶我去了新的學校、帶我坐火車、煮東西和準備每天的午餐給我，有爭執也有歡笑，不論是什麼問題到最後也都用好的溝通解決了，非常多的旅程，最遠甚至到三小時車程遠的地方去玩。

我知道在這個家裡餐具、廚具擺放的地方，我能自己在廁所找到指甲剪，我能在我晚上想吃東西的時候悄悄地踩著特定的台階才不會發出聲音吵到早早睡覺的爸媽去找東西吃。從一開始不敢隨便拿東西到現在的隨便拿沒有負擔，從一開始的不用做家事，總算是拿到丟垃圾、買東西這兩個工作。

講不完呢。這四個月經過很多事情，但就這樣過去了。

因為已經到過新家那邊了，雖說沒有寫進部落格但也是一個不錯的經驗，所以沒有太大的疏離感。第一句話不是說：「很高興見到你。」而是：「好久不見了，過得如何？」這一點倒是讓我稍微安心了一些。但可能因為整個過程太順利、太快了，中間交接的過程就是在餐廳坐著講些我的習慣和休閒娛樂這樣子，很快就把我放在這了。

我到新家是吃過在第一轟家的最後一頓午餐才過去的，到的時候大概已經三點多了，一切處理完大概就到了四五點吧。轟爸媽因為有跳舞課程所以要先把我放在家裡，我因為要整理行李所以也挪不開身同去，哈哈。原本以為會跟第一次整理行李的時候一樣花非常多的時間，結果沒有。可能有經驗了，所以非常快就結束了。

一個人沒事做，於是躺在床上胡思亂想。

換了一個家的實在感覺到現在才比較清晰地能感受到。

不知道為什麼，這比在台灣機場給大家送機的時候還讓人不舒服，有種被賣掉的感覺。說真的，很奇怪。或許是因為在台灣時已經被問到爛掉了「會不會想家」，潛意識裡已經做好心理準備了，所以不會有太大的感覺？這種明明非常近卻換了一個家的感覺真的非常奇怪，而且一想到之後可能會因為距離問題不可避免地疏遠就會感覺有點奇怪呢。

感覺好多好多的事情都沒有來得及寫下來就匆匆地過去了，或者是太過於日常，所以就忘記寫下來了。躺在床上時突然注意到這件事。

我在這個家的時候，天天六點十五分起床，吃吃果醬、吐司，喝喝牛奶，五十分出門，騎車慢慢騎到車站搭上十分的火車，大概七點二十分到達學校。基本上一路是聽著音樂過去的，時間壓力基本上沒有。接下來，就是有點枯燥的學校生活。枯燥的不是整體，而只是課程。雖說有一位好朋友會不時看心情幫我講解課程內容，但我的問題是已經全部都學過但是字彙都不一樣，全部學又有點浪費時間⋯⋯。或許這是一個突破點，多學不是壞事。之後去問問吧，繼續。術科因為都聽不懂，所以我在學校的課程基本上都不會差太多。倒是數學、英文部分，因為德文的障礙比較小，所以倒是比較能輕鬆地聽懂，而且連考試都能參加。藝能科方面，美術跟體育毫無疑問地能參與，就算沒有聽老師的講解，光看著同學照著做也能做個七七八八。不是我說，德國人的畫畫程度真的讓人覺得非常可愛，大約是我在小學一年級的程度；如果上的是素描課，那非常多人會把同學畫成畢卡索或是小叮噹，可愛極了。

偏題了。課程方面另外比較特別的法文課、資訊課不用去，這兩科不用去的原因是因為經過嘗試完全跟不上，再加上是可以選擇不要去的，所以就沒去⋯⋯。越講越傷心呢。因為就在這大半學期，我就住在那兒，想到很多。

媽媽很溫柔，常常會跳出很可愛的舞蹈；對我很關心，我做錯事會細心地慢慢跟我說；做事非常地仔細，家裡可以非常輕鬆地找到一堆記錄事情用的小紙條；每天吃的東西也都很好吃呢。爸爸真的長得很像我——哈哈，每個人都這樣說呢，有時有點兇，但大多數時候都是一副笑笑的樣子——那副高度數的鏡片真的有時候挺可怕的，會讓眼角變得非常尖呢；該罵的時候會大罵，該玩的時候會說出一些冷冷的笑話，雖說冷冷的，但量實在太多了，所以其實也挺好玩的；體力很好，第一次跟他去慢跑跑到隔天生病待在家……

先這樣吧，很多很多事情其實都沒有寫出來，但要全部寫出大概是種奢望吧。我會想念這個家的。

2016/1/11

第一階段結束《2015/08/01 ～ 2016/01/09》加拿大治恩

2016/01/09

治恩搬到第二轟家，接待的第一個任務結束。

第一個帶的外國孩子，像兒子卻又不是兒子的關係，這是一段很奇妙的經驗和歷練。
儘管帶了他近五個月，除了一般母子之間會產生的摩擦，
我和他之間，其實還有著文化認同的差異和偶爾對彼此語言產生的誤解。

大多的時候，他是把我當自己媽媽一樣的依賴撒嬌。
但他的個性和我是相像的，吃軟不吃硬的個性，脾氣來得快，很容易被激怒，一生氣說話就越來越衝。
於是我和他，五個月來，總在平和中猛不期然的冒出激烈的火花。

我就是一個平凡的媽媽，當了二十年全職媽媽，打理這個家，照顧每一個人是我的習慣，
感受每一個人對我的需要，是我自我肯定的最大價值。
帶自己三個小孩和老公如此，對治恩，他顯現出來的人格特質、他的依賴、他的需要被照顧，更是激發我所有的母愛。
對他，我確實完完全全的把他當自己的孩子一樣的照顧和疼愛。
五個月來和他的關係，除了第一個月的衝撞磨合，一直是互動頻繁親密的。
偏偏到搬家前的兩個星期，因為一件事，和他卻是不愉快到得由他加拿大的媽媽出面調解。最後的兩個星期，更是似乎每一天兩個都臭臉相向……
當關係陷入膠著，秋香（治恩的第三轟媽）曾問我，對他，期望他給我什麼樣的回饋？
期待他往後在重大節慶時會捎來問候？期待他力邀我去加拿大看他？還是有更多的期望？
捫心而問，我未想過以後的期待，但對於當下的相處，我確實期望他也視我如母。
儘管最後兩個星期爭執頻繁彼此不悅，儘管最後兩個星期兩個互相傷對方心的話都說了，
搬家前兩天，他給了我長長的一封信。
儘管他還是不成熟的十六歲孩子，但我，相信他寫給我的每一句話。
於是，對這五個月的相處，對於這段短暫的母子關係的分離，我是感性的。

Yoyo 出發到德國前，想要提醒他叮嚀他的事一件又一件，
即使說了 N 百遍，到了出境前，我還是嘮叨的拉著他最後的叮嚀。
治恩搬家前的一個星期，發現自己做著一樣的事情，

每天晚上坐在他旁邊，說了又說，叮嚀又叮嚀。
給他的 line，也是一條又一條的提醒。
不同的是，Yoyo 出發，我是開心的送他，因為一年後他終將回來。
而治恩離開，我是感傷的，因為對以後沒有期待，所以更是不捨感傷緣分的短暫。

搬家當天，寫給他一封信。
我的第一段異國母子情，我想以祝福的心送給我的第一個外國兒子～治恩。

治恩：

　　當你看到這封信，我猜你一定想：噢，又來了，嘮叨的媽媽！

　　這五個月，我不敢說我完全的懂你。但媽媽觀察到、感覺到的你，是一個需要關懷、需要支持、需要極大安全感、需要滿滿的愛的孩子。

　　在一個害怕被拒絕，害怕被傷害的心靈下，你習慣用冷漠、不在乎，也用拒絕別人來保護自己。尤其對你在乎的人，你更是習慣用這樣的方式來假裝自己的不在乎。

　　當媽媽生氣了，說了讓你覺得受傷的話，你就用更犀利不帶感情的話，要讓媽媽感覺你不在乎。也許你覺得，這樣就掩飾了自己心裏真正的感情，也許，潛意識裡，你用一次又一次的不在乎，想知道你在乎的人是不是真的在乎你。

　　你昨天問我，假如，當初你選擇了另一個國家，不是你來到我們家，而是另一個人，我也會這樣愛他嗎？這個假設的狀況，媽媽也不知道答案，而它也不可能有答案。因為冥冥中註定，就是你會來到我們家，對著沒有血緣關係的我叫媽媽。中國人，稱我們的這種相遇叫做「緣分」。儘管只是在漫長人生中的短短幾個月，

　　可以相遇同住一個屋簷下五個月，可以在這樣的方式下相遇成為你五個月的媽媽，這就叫上輩子註定的緣分。

　　第一次見到你，我只知道我會盡一個轟媽的責任照顧你。慢慢的，我想給你更多的關心、希望給你更大的安全感。再慢慢的，我知道你已經像 Yoyo、Nunu 和 Meimei 一樣，是讓我用心在愛的孩子。你知道對一個媽媽而言，什麼是兒子呢？

就是不管他的表現是好還是壞，不管他長的好或不好，不管他是不是我期望中的優秀，他就是我的兒子。

治恩，在媽媽心裏，確實很奇妙的，在短短幾個月裡，媽媽真真確確已經把你當作我的第四個孩子。

治恩，搬家前，媽媽還是要重複提醒你：打開心，用心和你的第二個、第三個家庭的家人相處，用正向的心和你最帥氣的微笑回應對你友善及值得感謝的每一件事和每一個人。

當你覺得孤單、覺得難過，不要忘記你說過：我是你最愛的媽媽，也是你最好的朋友。

只要你需要媽媽陪你，聽你說話，我隨時都在這裡。

兒子，媽媽真心的祝福你！

Dear Ryan:

When you receive this e-mail, I guess you may think " Oh! Here comes again, the nagging Mom."

In the past 5 months, I am not that confident to say that I fully understand you, but from my observation, I feel that you are a kid who needs much care, support, security, and full love. With a heart being afraid of be rejected and hurt, you are used to disguise yourself as a indifferent and unconcerned child and also turn down others to protect yourself. Especially to those who care a lot about you, you are even more used to this way to disguise your indifferences. When Mom gets angry and says something might hurting your feeling, you would say something more sharp and feelingless to me just to let Mom feel that you don't care. Maybe you feel that you can cover up your true feeling, or maybe under the subconscious mind, you want to know how much people□who care a lot about you□care about you by showing your indifference and unconcerned.

Yesterday you asked me if I would also love another child from other countries in the same way if it's not you. I don't have the answer for it with this assumption. We have no answer for it because it is the fate and destiny, which you would come to my home and call me Mom who has no blood relation to you. Chinese call this encounter situation "fate or destiny." Even though it is only a few months in our whole life, we can meet and stay in the same house for 5 months, and I can be your mom for 5 months under this situation. I think it is the fate.

The first time I saw you, I knew that, as a home mom, I would take care of you with all efforts. Gradually, I wanted to give you more care and also hoped to give you more secure feelings. Later, I realized that you were just like Yoyo "Nunu and Meimei and worth having my entire care and love. Do you know what a "son" means to a Mom? He is my son no matter if he performs well or not so well, no matter if he is good-looking or not, and no matter if he is outstanding as I expected. In my mind, it is really wonderful to truly treat you like my 4th child within past a few months.

Before transferring to another family, Mom still needs to tell you again, Open your mind and get along with your 2nd and 3rd families with attention and care. You just need to interact with others positively and response them with optimism and the most handsome smile. Be thankful to everything and everyone who is friendly to you. When you feel lonely, when you feel upset, don't forget what you said, "I am your dearest Mom, and your best friend." I am always here for you whenever you want Mom to accompany you and listen to you.

Wishes you all the best ! Love you.

Mom

2016/1/11

大陸台灣議題 mit 中國人網友

以下單純個人見解

今天晚上原本因為第一天從新家上下學非常累所以打算提早睡的，但不自覺地就在網路上流連了一個半小時以上。

其實是在 LoL 中遇到疑似用漢語拼音在說話的玩家，從遊戲 ID 看不出什麼，但我還是用破破的漢語拼音跟他嘗試對話。之後，因為打得也不錯就互相加了好友。原本想說就下線睡覺了，但還是忍不住點開他的對話欄跟他聊了起來。

最近發現我玩遊戲不是為了玩，說真的，我發現我在一場遊戲結束後遇到投機的玩家並在加了好友後的對話讓人最是開心，不管是溝通最順暢的中國人還是只會用破破英文的西班牙人，甚至是只會用德文的十四歲德國學生，在之前最誇張的是遇到二十九歲的德國人，都可以在暢談的過程中讓我感到愉悅，甚至有些德國人會在我的要求下用 skype 只用聲音來溝通，練練德文也好。

今天遇到的這個中國人大概是我遇到過身世最特別的一個，考量網路上的潛規則，名字是不會說出去的，所以我在一開始只知道他是住在義大利的中國人，一開始就拋過來一句：「台灣人？那跟大陸人一樣啊？」讓我有點難堪得接不下話。

差一點就跑去堅持那不知道能幹啥的民族氣節，直接嗆說「台灣是獨立的」直接把視窗關掉了，經過幾秒鐘的沉澱後還是忍了下來。因為前幾次也遇過幾次中國人，但很多次都因為理念完全不同所以互相不理解，你講你的、我講我的這樣，最後也是不了了事。這次就不一樣了，也幸虧我忍了下來，慢慢地跟他攀談，才能在最後知道這麼多我以前不知道的事情。

不能以害群之馬來斷論一群人啊，遇到前面那幾個真的也是我運氣不好吧。

當然，跟他說了我是在德國的交換學生，他也跟我說他是在義大利跟父母一起打工的二十六歲青年，國中二年級輟學。我還是滿驚訝的，這種背景真的不多見啊。中國父母竟會讓孩子輟學？讓他國二那年就跟他們一起到國外打拚？應該都會以讀書為最高目標的，不是嗎？

先不論這個。我們一開始基本訊息交換完後，我看氣氛良好就說出這句：「但台灣還是有自己的政府啊，你們目前也沒有掌管我們的實際權力，這兩個都是事實，你不能否認喔。」

他的反應沒有太激動，跟之前的中國人不一樣，只是淡淡地說了一句：「我們都是中國人，是龍的傳人。」當下我愣了下，這些個月一直在心中糾結的台灣和大陸的衝突，卻忽略了最基本的事實。對啊，我們身上流的都是中國人的血，為什麼要這麼在意我們彼此之間的不同呢？

在一片和平的氣氛下，我提出了互相交流各自對自己本國及對方國家的看法。我先說的是我在國中三年所學的歷史，有關於民國初年那時期，大概就是把共產黨俄羅斯派人來中國成立、張學良挾持停戰、打日本時背後捅國民黨刀這些課本上的東西用相對溫和的口吻講出來。至少一開始是溫和的，因為講著講著，發現中國教的歷史內容差不多沒有另外添加怪怪的東西，只是比較不好的東西刪減，然後打日本這一塊特別龐大以外，都是差不多的。沒有被打斷地順利講下去的情況下越講越興奮，所以就越談越多了。

發現彼此對課本上教的歷史都抱持存疑態度，大概是我們真正敞開心胸開始大談特談的時候，我們連台灣立法院打架事件都談到了。我知道我把台灣的黑暗面翻出來有損我國顏面，但，那個東西連德國小孩都知道了，那基本上對岸沒聽說過真的非常奇怪啊？所以說了應該沒差？

不重要，總之，可能是因為我做了一個拋磚引玉的動作，他也跟我說了非常多對中國政府的不滿。

他說，他會輟學出來，有一部分也是因為不滿共產黨的緣故。

「越南，還有好多的東南亞國家，中國常常就把大筆大筆的款項丟向了國外，那都是我們的血汗錢啊！」他這樣說，「薪水低，花費高，怎麼活？連自己的國家都沒顧好就先把款項往國外丟，也不知道多少年才能拿回來！……共產黨一堆貪官（原話）！」聽到他的話後我也是非常驚訝，貪官這種事情國外也會有，原來不是只有台灣有？他說他會出國打工也是因為外國的消費是和賺錢能力成正比的——有點看不懂這句話的意思，大概是指不管高低薪資都能過得很好吧？在義大利賺錢比較好，在這邊多賺一點回國花。看到這邊我莫名地感到有點心酸。

最後這邊是重點了。我問：「你說我們都是中國人，那，台灣如果跟大陸合併，你覺得如何？」忐忑地問了，結果秒回：「別，千萬別。。」這答案出乎我的預期之外啊，我以為會聽到「這是理所當然」之類的話，結果？

他說，台灣自己一個小島過得很好，不用變，現在就很好，如果加入共產黨那不知道會被壓榨到怎樣的程度。又說：「如果當年國民黨勝了，那現在我們就是美國啦。」也是，有一個能讓人民貢獻全部心力在賺錢的政體外加上比美國不知道大多少的人口基數，想不成為世界第一也是挺難的。他跟我說：「有人動台灣的話中國一定會揍他媽的。」應該是會幫我們報仇的意思吧？「你看看朝鮮，當初如果不是我們幫忙，美國早就占領啦，連美國都不敢動我們。」一個大哥護小弟的概念？哈哈，好可愛的概念。

然而，他真的非常不喜歡共產黨，說他在大陸看的各種抗日片都是把大陸描寫得非常勇猛，台灣就是非常的賤、沒品，他才不信那些東西。不過，讓我大笑的是，他也在這同時回了我一句：「你們台灣的馬英九也是一個猛人啊，做事能讓人找出那麼多笑點。」我只能跟他說馬總統已經做得很好，只是在這個時間點沒有總統能做好事情的。話題繞回去那個嗆我說「沒有中國就沒有台灣」的中國人身上時，他也非常氣憤地說那些人就是被中國洗腦的狗。

教育制度也是有做稍微的交流，他國中輟學所以不大清楚大陸的方面，但還是有自己個人的獨到見解：

「讀書做什麼？我現在打工賺的錢比清大、北大出來的薪資都高啊。」

「我們台大的可以賣雞排。」

「那個我知道，但我們比你們早就有了。」

真的是越講越歡樂，但也是辛酸。長達一小時的暢談我只記得片段了，也因為當時的情緒高昂非常地興奮。

今天感悟了很多，最重要的一點大概就是「同樣流的都是中國人的血」這一點吧，真的對我來說非常重要。原本因為武力上的完全差距讓我生不起反抗心，自我催眠說就算真的回歸了也可以是自治區的逃避心態也被我正視，或許他說的可能帶有偏激，但就是激醒我了。

當然，對這一切當然還是要保持著懷疑心態的，跟他說的一樣，相信自己就好。

2016/1/12

接待日記：《交換》第二階段的開始～丹麥王子玠宏

2015/01/09 交換！

一字排開，我們三家人是陣容堅強的接待家庭組合。

這一年，三個原本互不相識的家庭，因著這三個交換學生，變得關係緊密，

因為，我們是遠渡重洋來到台灣的三個孩子的共同家人。

三個媽媽有個 line 的群組，我為它取名為：三媽加油！
平常時，三個媽媽互相分享三個孩子的生活狀況，
三個媽媽會為三個孩子不同的問題，一起討論處理的方式。
每一個月，我們會聚在一起喝咖啡聊三個孩子的是非⋯⋯
交換前一週，我們甚至特地碰了面，再一次把孩子的個性喜好詳細的一一交接給下一棒。

交換前幾天，訂好了餐廳，我寫給了兩個媽媽：「1/9 下午三點，咖啡樹餐廳交換小孩。」
看了看，似乎蠻怪的，「交換小孩」！但再想了想，沒更適當用詞了。
秋香說：「聽起來很怪耶！交換小孩？」
「我也知聽起來很怪，不然妳來改，叫什麼好？」
「交換爸媽 ?!」
「暈⋯⋯有比較好嗎？半斤八兩的用詞好嗎 ?!」

當天，三個孩子和三個媽媽忙得像在打仗。
他們忙著打包，媽媽們忙著換洗床單，忙著為下一個孩子把房間回復原狀，
因為載走一個，晚上馬上就要帶回另一個。

換孩子的過程也是有趣的！
三台車緊鄰著。
後車廂打開，第一台車的家當往第二台搬，第二台車的家當往第三台搬⋯⋯
大夥兒一度腦筋打結，楞了一會兒有沒有換錯孩子的行李了？
一陣慌亂後，關上後行李箱的車門，看著他搬到另一台車的行李，我紅了眼眶⋯⋯
原本跟前跟後叫媽媽的孩子，好像就這麼不留痕跡的走入另一個家，開始另一段家庭關係。

所以這一天，我的心情是極其糾葛的！

老公問了很多次，你那天會哭嗎？
其實何止這一天，對於分離，我像個孩子一樣，害怕離情依依的感覺，
雖然只是五個月的兒子，但分離總讓我覺得焦慮不安……

對治恩，一起生活了五個月，走過不愉快的磨合期，走過互相感謝的蜜月期，甚至在換家庭前兩個星期，更很不容易的走過了幾近決裂期，
對這個讓我母愛大爆發的孩子，我隱藏不了我的牽掛和不捨。
對玠宏，雖然從秋香那也聽了四個月關於他的一切，
但對於開始一段新的關係，其實我是焦慮也緊張的。
秋香說，他是個重隱私、很獨立、很有想法、自主性很強的孩子。
而我，是個無法忍受雜亂，每天要進每個房間這裡收、那裡整理，每天碎念嘮叨的媽媽。
這一方面，治恩倒是從第一天開始就毫不介意的隨我任意進出他的房間，
隨我照我的方式做房間的整理。
但對重隱私的玠宏，生活習慣和模式，其實我是擔心極有可能出現的摩擦。
但，這就是交換的最大意義！
不止孩子們要學習融入不一樣家庭的生活習慣，學著和不一樣個性的家人相處。
我們，也要學著適應不同國家的文化差異，學著和來自不同教育背景、不同家庭背景、不同個性的孩子相處。
對所有的家庭成員，對來交換的這些孩子，這一年，都是一段很難得、很特別的學習之旅。

很有親和力的玠宏，所有家當搬進房間的開始，妹妹就緊緊跟在旁邊跟他嘀嘀咕咕說不停了。
玠宏哥哥長，玠宏哥哥短的硬是幫倒忙的把他全部的東西拉出來要幫忙整理行李。
臉上永遠掛著可愛微笑的他，索性陪著妹妹坐在地板上，
拿出他一樣又一樣的寶貝，跟著妹妹童言童語的說不停。
這個孩子，來到的第一個晚上，很多的貼心，

讓我相信，這第二階段，絕對是一段值得期待的另一段異國母子情。

歡迎你！我的丹麥王子，媽媽真心歡迎你的加入！

2016/1/16

到第二轟家後在假日第一次出遊

精神飽飽的

昨天晚上在極限的時間把報告寄出去了，我絕對不會說是當天才動工的。其實壓力不大，就算只有一天給我做月報告，我也還是趕得出來的。因為我跟其他人不一樣啊，中國小說家有辭庫，我有部落格啊，於是就 %%%% 地把文章連結，全部複製貼上就搞定了，哈哈哈。

這樣做其實也沒輕鬆到哪裡去，說真的，應該沒有交換生會跟我一樣這樣搞部落格吧？一個月最多十三篇ㄝ，甚至到最後大半都是用德文寫的。問心無愧，我是平常的努力換來現在的便利。

早早就睡了，因此早上起床過程不會太艱辛，聽到聲音就起來了。吃了跟在第一個轟家基本上差不多的麵包大餐，就是豐盛了些。

吃完早餐就直接出去了，跟昨天晚上說好的一樣，我抱著「不論轟爸媽邀請我去啥地方、做什麼事我都答應」的原則跟著他們去了 Reisenbüro。這大概就像是旅遊社之類的地方吧……旅行辦公室？隨便啦，反正就是說明要在何時到什麼國家去做什麼事，然後他們就會幫你安排。

到了城市裡先去洗衣店把轟爸的西裝外套拿去洗，接下來才要去旅行社。停車在超商的最頂層上面，停車完必須走一段距離，大概就是在這時吧，貌似下雪了。為什麼我的語氣是這樣地不確定呢？因為雖說這篇日記是當週寫的但就是忘記了，咳咳。等等會說在我的記憶中雪的大概狀態、時間點，因為忘記了，所以在這邊寫出來也順便理清自己的思緒。

在那邊等了一小會兒就先出來了，因為服務人員說：「目前沒有洽談的位置，所以要等一段時間，要不要先出去逛逛，然後我們打電話給您？」之類的，於是我

們就出去了。因為我對門口前廣場上的一群身穿螢光黃衣服的人感興趣，不知道他們在宣傳什麼，於是我就跟爸媽過去詢問。原來是農夫對於農產品價格的提高要求。在那邊站了一會兒，聽不大懂。然而，只要話題是關於我的我大概還是能理解的。跟我們說話的大媽說她是個讀農的博士——臥龍藏虎掃地僧的感覺啊，路邊一個宣傳的大媽都是博士 XD。重點不在這裡。聽她說她有個台灣朋友，所以她在聽到我是台灣人的時候很驚訝，也同時對我的德文程度感到驚訝，但她接下來說的我就有點聽不懂了。她說台灣喝湯的習慣跟德國不一樣，德國是先喝湯再吃主菜、甜點這樣子，台灣是先吃主菜再喝湯。我在當下因為同時在說麵條的事情，就先入為主地說台灣是麵跟湯一起吃的，左手湯匙右手筷子，沒有分先後的。到現在寫日記才想起來，台灣家庭也是會喝湯的ㄝ，可能因為在家中喝湯的記憶不多吧，所以真的忘記這回事了。算了，事情都過去了，頂多明天早上跟爸媽解釋一下好了。在這邊有個傳單，拍下來給你們看看。

聊了一段時間我忍不住了，因為站在大街上直接颳著冷風，我雖然用圍巾和口袋把嘴巴、手等等重要部位都保護住了，但臉卻沒辦法了，所以真的忍不住了才跟轟媽說。畢竟也聽不大懂，是有點專業的議題，於是我們稍微道別就進去了商場，轟媽跑去逛衣服了，我和轟爸就在旁邊椅子上聊天。

轟爸有一點其實讓我不是太舒服，所以我在這邊跟他提出來了，就是：就算是非常簡單的句子他也會用英文跟我說。可能我想學德文的心情非常著急吧，最近一聽到有人跟我說英文我就會不爽。說過後好多了，但還是會有一點點，無奈，大概要用時間去解決了，讓他能在本能上確信我的德文是不錯的可能要一段時間。

我們大概就是聊聊台灣的事情、兩岸紛爭和新總統、食物和文化之類的。我們聊得很開心，轟媽逛得很開心，到最後還買了另一件大衣，讓我們家的衣櫃的負荷更上一層樓。我跟轟爸說：「媽媽在哪個國家都是一樣的。」他大笑。

接下來，我們就回到了旅行社。等了一下下，吃個巧克力後，總算是等到了一個資訊台的空閒，就立刻過去坐下。可能因為要追求效率，所以語速稍快，我都聽

到超商買了今天的午餐材料，外面雪超大的

這個機器可以自動辨別回收的瓶子種類再給你錢ㄝ，超強的

不懂。另外，我發現在這邊，對於青少年在正事中使用手機，沉浸在自己的世界中不是太反對，畢竟很多時候根本不關他的事，所以我就順理成章地掏出了我的手機看看小說，不然就是拿起旁邊的介紹牌子無聊地用一如既往爛得跟啥一樣的 Google 翻譯來翻譯，翻出一些好玩的東西也可以讓我會心一笑。例如，我看著應該是「奶嘴」的這個詞被翻成「吸吮胸部」，就覺得 Google 翻譯真的是沒救了，畢竟明明第二順位的翻譯就是「奶嘴」你硬要挑第一個，根本亂來，哈哈。

弄完這個後，雪下得越來越大了，我記得。在我的記憶中，直到我們走到停車場，雪花才開始大得讓人難以忽視。在這之前大概都只有一點點，還因為地面溫度太高導致地面上的雪都沒有什麼堆積，都直接融化了。

如果沒記錯的話，我應該是在午餐結束後，也就是三點左右，一路睡到了五點。然後，爬起來寫部落格，寫個沒幾行就先停下了。因為跟爸媽說要前去看電影的時間差不多了所以就先把文本關掉，打開了《爐石》，殺殺時間、抽抽牌保持身心健康，時間就這樣過去了半小時。我等到爸過來說要出發了就直接二話不說把遊戲關掉，畢竟交換生涯是最重要的，遊戲啥的不重要。爸對此感到很欣慰，說：「青少年不是應該要百般推託說『等一下，等一下，馬上就好』的才對嗎？」哈哈。

大雪紛飛真的超漂亮的

到了影城，看了電影。怎麼說呢？長達兩個多小時的電影果然不同凡響，各種血腥畫面噴濺慘叫，從頭到尾看到了百個人的死亡，是一部非常非常現實的片，聽說拿到了奧斯卡獎？票在這邊，片名在最上面。真的非常不錯，但就是太真實了，有些血腥場面連我都有點受不住。年紀漸漸大了，對於死亡不會像以前那樣地麻木。看到影片中一個個活生生的人死在一根冷箭下或是直接被砍頭，就會不自覺代入自己——如果自己死了，家人會怎麼想？

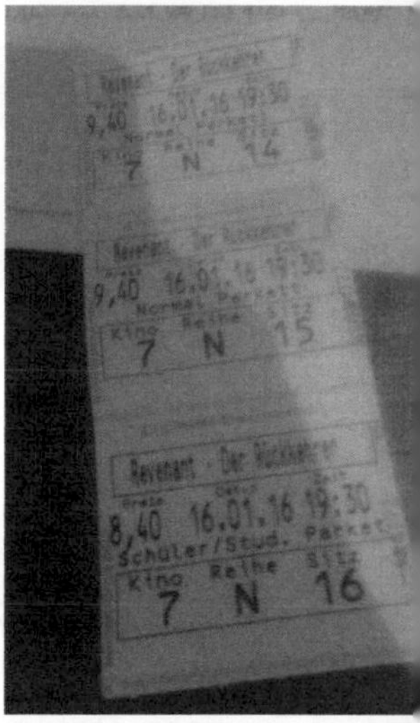

再加上或許是因為太久沒看電影了，那種特殊的拍攝角度和聚焦方式讓我在一開始頭就非常暈，還好有轟媽給的巧克力讓我感覺好受了些，真的非常謝謝。但說真的，這一部片不大適合女生看，有強暴畫面，有各種屍體，轟媽都有點看不下去了，就我對媽的理解（親媽），真的會看不下去。

但真的是一個好電影，給我一個在這一天最好的結束……原本是這樣覺得的。正當我興沖沖地回到家，打開電腦決定把這一特別的一天記錄下來時，網路又出問題了。先是 Youtube144 畫質都看不了，遊戲更不用說了，現在連部落格都無法儲存，超生氣的。越寫越火大，於是直接關機上床睡覺去了。結果失眠，那部電影果然太刺激了，動不動夢見自己被刀貫穿 or 拿刀砍別人頭等等根本睡不著，明天和爸媽約定的慢跑大概是泡湯了，這樣下去不知道早上自己會睡到何時呢！爬起來發個簡訊說明下原因，好睡多了。

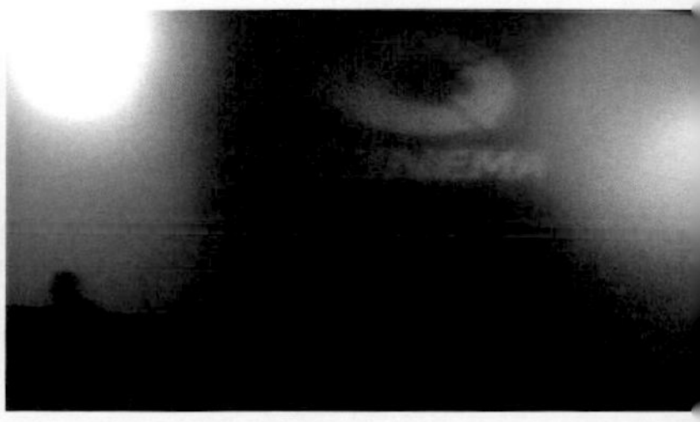

2016/1/17

Tanzen

ich habe noch nicht getanzt, heute nur gucken.

In die erste Wochende muss ich mein Koffer aussortieren so gehe ich nicht mit.

Am diese Sontag fahre ich mit Stefie und Ulli nach ein Tanzenraum wo neben Braunschweig hbf ist. Um sechs Uhr fahren wir los und kommen da um halb sieben. Das Unterricht ist von sieben Uhr bis halb neue. Ein British Lehrerin lehrt über fünfzehnLeute Tango. Ich kann nicht das tanzen so guche ich nur und sitze wo neben die Platze für Tanzen ist.

Stefie bereit etwas Keks für mich. Deshalb führe nach mich nicht so langweilich :P Immer esse ich in diese neue gast Familie.

Stefie tanzt lustig. Weil sie noch lernt. Ulli tanzt ein bisschen besser. Das ist ein gut Erfuhrung für mich dass ich heute diese Aktivität mitgehen.

Ich glaube aber dass ich nicht das teilnehmen werde :P. Erste Mal ist immer interesant Zweite....vielleicht nicht. Deshalb werde ich allein zuhause am Sontag Abend bleiben. Das ist kein Problem weil ich auch etwas mein Zeit haben möchte.

Es ist heute ein Schön Tag.

事後註記

我在第二轟家的第二個週末抱著觀摩的態度來參加轟爸媽的舞蹈課程。轟媽有給我準備零食，所以我不會太無聊，拍拍照，吃吃東西，時間很快就過去了。

轟媽是新手，轟爸會帶她跳，所以也沒太大關係，但挺好笑的。

今天他們叫我來看他們跳，我真的很開心。

2016/1/19

Deutsch lernen mit klein Bücher für Kinder

für Kinder....

Meine gast Mutter denkt vielleicht mein Deutsch möglich besser sein kannst. Deshalb gebt sie mich einen Kinderbuch echt auf Deutsch. Lasst mich das lese und lerne als sie kochen. Das ist ein gut Idee zu Freizeit benutzen.

Ich finde dass ich nicht für lange Zeit das lesen habe. Orz. Ich vergesse das.

Ich habe Glücklich dass ich heute diese Tage buch schreibe und finde was habe ich nicht für lange Zeit gemacht, Okay, Tage buth ist scheißegal. Ich gehe jetzt nach oben und Kindebuch auch Detusch lese! Witz Das ist aber wirklich dass das ein gut Idee zu Deutsch lernen ist.

事後註記

大致上在說轟媽為了我的德文請我在她煮飯的時候唸故事書給她聽。然而，因為我的德文程度問題在當下寫出來的東西讓我現在有點搞不懂我當初在想什麼。很多的文法都怪怪的，內容也滿跳 tone 的，無預兆的跳段落，現在看起來真的有點有趣呢。

2016/1/25

接待日記：丹麥王子《一月》

我們的第二個孩子～來自丹麥的 Asger 盧玠宏！

有個很可愛逗趣的鳥窩頭，說起話來聲音、表情、動作，戲劇性十足的老讓我跟他習慣發出的語助詞一樣「噗嗤」不停的忍不住大笑，
一起生活的一開始，感覺，他喚醒了我心底沉睡已久的好奇心，
也喚回了我一直以來對生活質感的追求。

搬來的第一個晚上，他的第一個疑問和第一個要求是：「為什麼房間沒有垃圾桶？我可以有一個垃圾桶嗎？」
為什麼沒有？真是好問題。這個房子住了十年，
一向習慣整個房子只有後陽台一個垃圾桶。
爸爸說：「這是媽媽的習慣，垃圾集中一個地方，保持家裡的整潔。」
他問題來了：「可是多一個垃圾桶，每天清理，家裡也一樣能保持整潔。」
爸爸愣了一會兒，語塞結巴的答：「這樣說也沒錯，但在我們家一向媽媽說了算！」

暫時妥協的他，拿了衣服洗澡去。

沐浴後拿著衣服，手指上拿著他的隱形眼鏡，換個方式繼續問我：「為什麼不能有垃圾桶？」邊說邊表演的理由是，洗完澡，拿下隱形眼鏡，他得視力模糊的把髒衣服拿到後陽台，這樣會走路踉蹌有危險，

秋香是對的，他的任何問題，如果沒辦法給他一個很具體能說服他的理由，他會不放棄的一直問：「為什麼？？」

確實，十年來，只有後陽台一個垃圾桶，是我毫無理由的習慣。

掙扎了一會兒，雖然不願意，但心裡，其實對這孩子打破沙鍋要問到一個能說服他的理由，對他勇於表達爭取的個性打從心裡覺得欣賞。

這，是台灣孩子很欠缺的一個精神，逆來順受所有的規定，很容易沒有意見的對所有不管合理或不合理的規定妥協。

來自不一樣的教育背景，這，是他給我的第一個衝擊，第一個欣賞！

好吧，一個小垃圾桶，跟你妥協了。

我說：「好，媽媽去找一個好看一點的垃圾桶放你房間。」

終於，他滿意的帶著微笑道晚安！

過了一星期，帶他到 Costco 採買，不一會兒，他 line 來了一張垃圾桶的圖片，

拖了一個星期還沒給他一個垃圾桶，他不死心的又來爭取他的垃圾桶了……

再一天，帶他到烘焙材料店採買，拿了一包小麥麵粉問：「媽媽，這上面寫了

80% 的小麥，

那還有 20% 是什麼？」

看看包裝背面的內容物，不清不楚的標示，或許，不該說不清不楚，而是有寫我也有看沒有懂，一向個性是隨便隨便，差不多差不多的我，兩眼無神的看他，這……

我哪知呀？？

汗顏自己的不求甚解，心裡更想，為什麼我們大部份台灣教育出來的孩子，都沒有這麼多的問題，都沒有這般好奇求知慾？

就讀成功高中的他，第一個星期，每天看他一身帥氣的打扮出門，其實我的心裏畫了一堆的問號？？？

我必須說，這孩子是個超級型男！
每天在成功的白襯衫外頭，套上外衣＋牛仔外套＋合身八分褲＋繽紛亮彩的襪子＋黑皮鞋，天氣涼些，配個小毛線帽和長圍巾，
每天帥氣十足的出門！
隔了幾天，終於忍不住問他：「玠宏，你穿這麼帥，這樣可以進校門？？」
他說：「圍巾外套帽子脫掉，就進去了。進去再穿起來！因為制服太醜了。」
偶爾，碰到體育課，他也堅持打扮帥氣穿著皮鞋，寧願大費周章的把運動服和運動鞋塞進包包，沉甸甸的背著，寧願體育課換上再換下。
他說，他絕對不穿運動鞋出門，因為運動鞋就是運動才穿的，平常穿太沒型！
OMG……突然覺得真囧，一個十七歲的孩子這麼重視穿著的品味，而我是這麼邋遢，老是牛仔褲和T恤，永遠就穿著一雙球鞋就出門了。
很快的，看著超級型男，我又上了一課～生活質感的第一課：注重穿著的品味！

三個媽媽都說，他身上散發一種貴族的氣息，極有王子的風範，於是我們稱他：『丹麥王子！』
而他，真真確確是個值得我們學習的生活家。
放學回家，書包一放，拿出備好的丹麥餅乾麵團，優雅的烤個新鮮餅乾。
然後優雅的拿出咖啡豆、磨豆、泡咖啡，
這是王子的下午茶時間，優雅的品咖啡，優雅的嚐自己的手工餅乾。
優雅的和皇后聊天。
打從他來後，我也變得氣質高雅了。
一日和他聊天，問他：「玠宏，你知道三個媽媽都稱呼你什麼嗎？我們都叫你「丹麥王子」，你知道嗎？」
聽到丹麥王子，他笑了，他說：「那彥柏是捷克王子，治恩是加拿大王子！」
我說：「對，你是丹麥王子。那問你，王子的媽媽是誰？」
他不解的搖搖頭。
我說：「笨笨，王子的媽媽就是皇后！就是我啦～～媽媽真高興你搬來，有 個王子的兒子，媽媽變皇后咧！！」

晚餐時間，圍裙一圍，王子變身大廚了！
連續三天，他為我們做了超級美味的番茄義大利麵、白醬義大利麵和青醬義大利麵。

忍不住拍了午茶和晚餐照片給他的大媽和三媽，忍不住炫耀起我的皇后生活……
有人伺候午茶和晚餐，我是皇后轟媽！！

搬來的第一天一早，他問了爸爸一個問題：「這裡的土地公在哪裡？我要跟土地公拜拜！」
一向無神論的我們，互望了一眼，這……住在這十年了，我們還真不知離我們最近的土地公在哪？
他的第一 home 爸教他，每個地方都有當地的神，到了一個新地方，要跟當地的神祈求平安。
這個什麼都很認真的小孩，搬家的第一天，要做的第一件事，真的就是要找土地公求平安了。
跟三個媽聊了聊，三個媽媽都說，也對，他提醒了我們，我們應該各自帶三個孩子去跟土地公打招呼才對。
只不過，當晚，記性差的我，又把這件要事給忘了……
頗不好意思的跟他說：「媽媽忘了，明天我再帶你去！」
沒想到，他雙手一揮說：「沒關係，我已經先跟阿婆拜過了，我有先跟阿婆問好了！」
這小孩，真是讓我肅然起敬了，他變通的真快，拜土地公重要，跟住這家裡的阿婆牌位拜碼頭更重要！這，太妙的小孩了！！

週末，決定帶他拜土地公了，前一天問他：「玠宏，你明天拜土地公要跟土地公說什麼？」
他想了想，煞有其事的說：「土地公你好，我叫盧玠宏，我的中文不好，我要用英文說……」開玩笑的逗他：「這樣不行，土地公聽不懂英文，你要全部說中文才可以。」
他說：「會，他聽得懂。我上次拜文昌公，我也是用英文，他都聽得懂，所以他讓

我華語考試考很好！」
瞧他虔誠閉眼恭敬的模樣，我們一炷香拜三下後還等了他好久，真好奇他在心裡到底跟土地公說了什麼漏漏長的話？？

很愛動手做的孩子，一進咖啡廳，看到可以 DIY 的 pizza，看到可以自己沖調咖啡，圍裙一圍，馬上就動手！
頭頂上兩段文字，覺得根本為他而寫：
「烹飪是門燃燒的藝術，你必需放肆投入，享受那浪漫而富創造力的過程！」
「也許……你體內留著大廚的血液，需要透過做出一個完美 PIZZA 來釋放潛能。」

每每看他動手的模樣，確實感受到王子那股浪漫和創造力，
每每看他認真投入的態度，也真真確確感受了這孩子無限的潛能！

動手做出了爸爸口中這輩子吃過最好吃的 PIZZA，
只看到他走向黑板牆，拿了紙條，寫下了覺得可以更好的意見。
很特別的孩子，太多地方都值得我們反思學習的一個孩子，

許…
內流著
大廚的血液，
透過做出一個
完美PIZZA來釋放潛能

中，你看到了什麼？」
引導，
時腦中浮現的聯想…
想法，一張寫一個主題，
的格子裡。
可以更好的
？我有疑

短短一個星期的相處，這孩子給我的感覺，真像本內容多元、精彩的像個寶藏的藏書！！！
每天給我無數的驚奇，每天說唱俱佳的逗的我笑叉了氣。
和秋香說，我只不過要寫他第一個星期的日記，
怎麼感覺寫了好長、寫了好多，還寫不完他這個星期每一件值得記錄的小事?!
接待的第二階段，這三個月看來精彩可期！！！

不經意帶他經過一家代理十幾種丹麥品牌的傢俱家飾店，
這個健談重生活品味的孩子，對每一個品牌侃侃而談。
和老闆相談甚歡的幾乎想留在店裡當顧問了。
玠宏的第一個星期，覺得我每天就在「哇～哇～哇～」的驚嘆聲中渡過。
這一個階段的接待，反倒是他有太多地方值得我的挖掘學習！

2016/1/25

德文課

感覺好忙……

家教老師在前一週已經聯絡過了，聽說是位非常好的婦人，就要在今天放學後到那邊做第一天的學習了。

今天禮拜一是半天，早上的課壓力也都不會太大——雖說基本上沒有壓力大的課程，哈哈。早上上完課就坐在交誼廳吃著轟媽給我的午餐，一邊考慮到底要幾點出發。因為學校下課是在一點，上課時間是三點，看地圖是不遠，但要考慮我要研究怎樣搭車的時間，所以就在最後提前了一個半小時出發 o.o。

地址不好在這邊說出來，反正不重要，經過我稍微研究後，發現有非常多種方式，一種當然是走過去，但如果有更省力的方式我當然就不會用走的啦。從手機上面查詢到的結果有 422 和 413 這兩班公車可以到那邊，於是我就坐到校門口前面那站的下一站就下了車，從鐵軌車的車站走到公車的站牌，卻發現 413 這個號碼在那個站牌上面被塗掉了，換成了另一班，於是我就走到前面一站……好像有點難以理解。畫個圖。

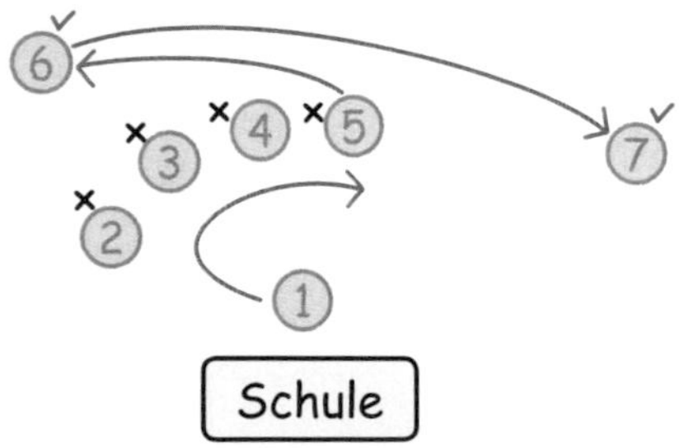

（②～⑤都在整修，只能往回走去搭⑥到⑦）

簡單來說，我繞路了。一開始搭鐵軌車從 1 到了 2，走路到了公車站的 3，結果發現被塗掉了。繼續往下走到了同樣是公車站的 4，這次更糟，公車站牌只剩一根鐵桿，讓我在那邊找了半天才注意到。繼續往下走。因為想說從學校走到這個站牌也不會太久，於是就保持著再慘也不會慘到哪裡去的心態繼續往下走……我這次連那一根東西都看不到了，慘。最後，拖著沉重的腳步欲哭無淚地走到另一頭的公車站，這邊倒是有 413，但只能往市中心搭，。就這樣搭到總站 Rathaus，然後再像個白癡一樣地搭另一個方向的 413 總算是到了那邊。總共費時一個半小時。

在德國也待了一段時間了，知道德國人說是三點就一定要三點按電鈴，所以就稍微在周圍晃了下，之後就準時地戳了下去，爬了三四層樓才到那邊。門口站著一位慈祥的老奶奶，看上去很慈祥，稍微寒暄了下。她聽說我用了一個多小時後才過來覺得非常奇怪，就非常熱心地用地圖幫我確認。結果，只要徒步十五分鐘就可以到了。在那剎那間我的腦子大概被三字經給填滿了吧，就當作吃了教訓吧，下次慢慢走過來也是不錯。

天藍色的桌墊上鋪滿了糖果、餅乾，同時在旁邊放著同樣吸引我目光的兩本德國小孩的字本，雖說前者還真的滿誘人的，但今天的重點應該是在那書上。然而，我好像搞錯了，不知道為什麼，我們把零食打開後書也不打開，就這樣開始聊天。當然是用德文，雖說我講得哩哩拉拉，但基本上是可以理解我在說什麼的。

就這樣一直聊天，聊天，聊天，天南地北地聊。聊天氣，聊家庭，聊交換生活，德文程度倒沒有特意去提及。期間有稍微打開書籍，裡面超簡單的字倒是讓我無語，「蘋果」之類的。但後來想想，轟媽在跟她打電話的時候我人也在旁邊，有提到我的德文非常好，甚至還與同時在跟這位老師上課的扶輪社交換學生做比較說我是如何的……奇幻——應該就是客套性的很好的意思吧？都講得很清楚了，再怎樣也不會用這麼初學的字來問我啊。稍微想過之後大概就知道了，可能因為身為法文、英文老師，教學方式較為謹慎，所以在一開始會先花一堂課的時間知道我的程度，然後在後面再做調整。我希望是這樣啦，但就算下一堂課她繼續教我非常簡單的字，我也不會說什麼，因為這是免費的！！！正常來說，一個學生一個小時的課程，她讓我想待多久就待多久！還是免費！太好了吧?! 所以我必須將我的心態擺正，不管怎樣教，我至少多出了非常多的時間來練習我的德文口說，為什麼要拒絕呢？

就這樣，從三點鐘待到了五點鐘。四點 Liz 來，四點四十五分一個學法文的學生過來。五點我跟 Liz 一起回去，Liz 說她要去打拳擊！！讓我好心癢啊，我知道我大概打不成但還是想去試試，下次問問她吧，但已經太多運動了所以不知道能不能再多一個啊。會有點累。

前面可能忘記說，從市中心到這邊方向的車子因為施工都取消了，反向的倒是 OK，所以回去完全沒問題，順利地回到了家。奇怪，爸媽怎都不見了？但想說沒吃晚餐大概也不會怎樣，就睡了下。

之後籃球打完跟上次一樣筋疲力盡，卻感到非常充實，吃完德國式越南炒飯大概就直接睡了。禮拜一超忙的啊。明天有重要的事，不能沒精神。

2016/1/26

送機 .Nancy

什麼事情都有可能都會在這一年中發生

有一個朋友說因為家裡因素她要先回國了。

很久以前就有聽說過一點風聲了，卻也只是聽進去罷了，對這件事發生的時候會有什麼感覺卻沒有事先想過，當然也無法事先想到吧。

就在上禮拜的扶輪社週末活動時聽說這件事，太突然了。可能在之前沒介紹到，她是以加拿大身分過來的中國女生，Nancy。

我們三個從台灣過來的交換生完全不知道該怎麼說話，尤其是我，我會不禁想到她現在笑嘻嘻地說出這件事的同時，心中是不是在強壓住那份不甘心，然後再找一個地方，可能是在禮拜二的飛機上的廁所偷偷地哭泣，做著幾乎不算是發洩的發洩，要提早回去，因媽媽生病，想必很不甘心的同時也特別的擔心吧？

大概是因為已經是最後一個扶輪社週末吧，她特別地黏我，在那三天就是各種勾臂彎抱抱等等。然而，在這六個月，我已經完全熟悉了外國女生的開放，所以對於在我眼中台灣女生不會做出的那些個舉止行為（大概吧）也已經不會有反應了。好像更冷血了，哈哈。總之，看她一直抱過來，才突然想到她也不過十五六歲而已，可以當我的妹妹了——阿妹以後長大大概也會這樣吧。她越貼過來，我就越會去想她是怎樣地在傷心、她是怎樣地不捨我們。她越不顧場合一直拉著我們說話，也許正是想珍惜這最後的時間吧。

因為覺得這是必要的，我就問爸媽說這一天能不能到機場送機？路程有點遠，車票要自己付，但這些都不是最重要的事情，有些事情錯過就會後悔一輩子，那為什麼不做呢？

爸媽說他們非常支持我去送機，於是我就在當天放學三點半時拚命趕到車站，用最快的速度買下到漢諾威的車票。因為是第一次自己買車票並單獨坐車，時間又不允許我坐過頭然後再搭下一班車，有點緊張。在看到看板上面的前兩班火車都被取消，心中再怎樣努力都難以平靜下來。因為已經買票了，心想：不知道能否用特快車的車票搭普通車？退票的話時間不知道夠不夠？只剩二十分鐘，就怕連第三班車都搭不上，也擔心這個 von Braunschweig nach Hannover Flughafen 的車票不能先到總車站再到機場。丟錢是小事，趕不上是大事。約好了五點在漢諾威車站集合再搭車到機場，但我真的擔心自己趕不上那個時刻，所以在等車的時間已不停地拿著手機用 What's app 和她們說話，希望一切順利。在我的那班車來之前，還剛好遇到班上另一個交換學生……讓我莫名地感覺輕鬆了不少。

最後，總算是在五點五分到了漢諾威總車站，還遇到了同樣遲一些的怡安，在 What's app 裡翻到漏看的一條訊息—— Jenny 因為扶輪社例會不來，而 Nancy 則要等等才跟家人一起過來。

無法避免地錯過一班車，但沒關係，剛好有時間給怡安買票。不過，Nancy 突然打電話過來，帶著一點哭腔抱怨著第二轟家的媽媽很奇怪。詳細狀況我不知道，但光是在最後一天突然罵她「交換學生沒有做好一個交換學生的本分」這一點讓我覺得非常地奇怪。不知道她們一大早因為什麼原因吵架，甚至客人來後就讓她直接待在自己的房間裡一整天不下去了。

這也太慘，最後一天和住宿家庭鬧僵。

我和怡安先到了機場的麥當勞，點了東西吃一吃後 Tobias 也過來了。他是一個西班牙來的天才，德文雖說只先學了一年但講超好的，而且超認真，一過來就掏出了法文作業。能不能不要這麼強？母語西班牙文用德文寫法文作業，太神啦。他也是個好人，會在今天過來送機就是最好的證明。

在這之後要來送行的另外三個交換學生和 Nancy 過來了，氣氛有點小微妙，因為 Nancy 不知何故只和第一轟家說話，感覺情況真的不大好。對我來說這種情況應該不會發生吧？這樣說起來怪怪的，應該是說我會盡量避免發生，因為我已經在今天用旁觀者的角度看過了。如果真的發生了，對我來說會是個遺憾，再加上我和三個轟家看起來都不錯，所以應該不會發生這樣的問題。

在等登機的這段時間大概就是分成西班牙文、中文、德文這樣三個群在聊天，另外兩個送機的女生講西班牙文，雖說不確定最後一個是不是 Rotex。

登機的時間非常快就到了，在這起身準備出發的瞬間感覺氣氛完全不一樣了，前一刻還在跟怡安談遊戲、拿 Nancy 贈送的禮物，就突然要送別了，感覺好突然。已經提前四天知道這件事了，但還是覺得心理準備不夠，為什麼這麼突然呢？

大家都搶著幫她拉行李，可能是在最後一刻才驚覺要跟她分別好一段時間甚至是永遠分離了吧 ?!

沒有拍照，因為她說她會哭。

進去的過程很快，比想像中快很多，我的眼睛乾乾澀澀的。

2016/1/28

帶 Thady 逛

應該是在上個禮拜就已經先跟 Thady 約好了今天一起出去。我在早上六點就奮不顧身在連假中拚命地爬了起來，六點五十分就跟往常上學日一樣出門搭公車，大概在八點半左右搭火車到了 Weddel。需要這麼早，是因為我要去見 Beate，拿我的居住證明文件還是啥的，這對我等等要做的事非常重要，是必須要弄到的。又因為她等等要工作，所以要在一定時間之內到那邊，九點半以前要到那邊，我為了預防萬一，只能提前一小時搭火車過去了。

今天的主要目的是要和 Thady 一起出去，到 Rathaus 那裡一塊兒去弄新的車票。文件 Beate 已經給我們了，不用擔心，甚至連錢都不用帶，直接人過去就可以領到了。非常簡單，但 Beate 不知道是搞錯還是怎樣，非常華麗地買錯了車票，火車車票買成公車車票。我也是醉了，忘記火車車票能搭公車，公車車票不能搭火車。總之，我們只能搭公車。然而，我在過去的四個月從來沒搭過公車啊，只能在今天邊嘗試邊實踐了。說真的，從家門踏出去的那一刻我心中還是有點不安，這個感覺在之後花了五分鐘找公車站牌、五分鐘找時間表的之後完美地體現了出來 =.=，應該說是幸運嗎？

路邊有一個阿嬤過來問公車的事情，我就用我破破的德文稍微問了一下哪班車能到 Braunschweig。那位問問題不成反而被問的阿嬤真的是好人啊，還有在旁邊觀望一陣子後主動來幫忙的阿姨也一樣，到最後我和 Thady 沒有意外地順利到達了 Braunschweig。然而，在辦車票的時候卻出了些問題——因為居住地的錯誤，所以 Thady 不能在今天拿到車票。這邊有點複雜，Weddel 雖說是在 Braunschweig 旁邊，卻是附屬於 Cremlingen，而 Cremlingen 又附屬於 Wolfunbüttel，所以不能在 Braunschweig 的辦事處處理，有點麻煩啊。因為雖說禮拜四、五對學生來說是假日，但 Beate 他們還是要上班的，所以不可能帶

Thady 領車票，到最後不知道他們怎樣處理的 :P，反正我的車票是拿到了。

接下來我和他就在那邊漫無目的地亂晃，從教堂到商店街、商店街裡的書店、Thady 的學校、Schloss 這些都逛過一遍，到最後因為時間差不多所以就先回家了。啊，對了，Beate 那張車票是兩個半小時內通用的，所以如果我們能在兩個小時之內重新搭上一班公車，那就不用再買一張車票。我們兩個非常有默契地決定起碼要在市中心逛夠兩小時，於是我就順著剛剛講的那順序，把 Braunschweig 給稍微地展示了下。因為我知道在一開始的學校 Thady 一定會非常地無聊，所以我就決定在開學前一個禮拜的今天，把一些可以買到英文小說的好地方跟 Thady 說，然後把哪家店便宜、哪家店選擇多也順便一起說了。

回去的車程倒是出了點小意外——因為 413 不知道為何要停在那邊半個小時，經過我的交涉後也不能讓我們在裡面等，所以我們必須要在外面的停車站吹著冷風縮著身體在那邊等 =.=，真不爽！我就和 Thady 在那邊下手機裡的西洋棋，打了四盤吧，雖說全勝挺爽的，但還是抵銷不了在冷風中發抖的痛苦。好不容易上了車，真的打從心底痛恨那個司機，他本身坐車子在裡面開著暖氣享受得很，卻不讓我們上車等，沒道理啊。除此之外一切都沒問題，很順利地回到了家。我們再稍微休息過後就繼續出門，基本上是照著我在很久以前打的 Weddel 參觀路線圖走，讓他知道哪邊是郵局、哪邊是麵包店這樣子。順便也把在之前的路線圖裡面沒提到的體育館帶給他看，因為可以在之後 Beate 會給他安排這樣的活動吧。一整天宅在家，除了我這種沒事可以打部落格，再沒事可以打 LoL 的宅男，大概都會覺得難受的。

今天的活動到這邊結束……呃，除了因為睡太死讓轟媽回家後喊了半天沒回應，讓她以為是遭賊了，而且我被滅口了或是啥的，差一點嚇昏過去之外，一切 OK，我也就是太累了嘛 o.o。

2016/1/31

Ausstellung

müde.

Ich mache heute noch etwas besonder. Ws habe ich heute gamacht? Lasse ich mich kurz Zeit in meinKopf suchen....okay. Ich habe das vergessen. Na. Witz. :P

Heute möchte ich nur Bilder legen. Ich vin schlampig..ganz müde heute.

Ander Grund istdas zu schwer zu auf Deutsch erklären. Wirgucken am Sontagein, ein, nein, ZWEI Ausstellung.

Das ist über toten Tiere. Aber sind diese Zwei bisschen verschieden. Die erste ist nur über die Problem aber die Zweite..ist etwas besonder. Sie legen toten Tiere in einige Chemikalien zu Epidermis wegmachen.

Ohne das Haut Das ist super weil du einfach was drinnen in gucken kannst. Ah.....ich vergesse zu sagen. Nicht nur Tiere Machen auch. Zwei oder mehr sind ohne das Haut da. Etwas Schrecklic. In ander Seite, ist das aber schön. Weil ich nicht normal Dinge gucken kann.

Lassen wir die Bilder gucken! Ich sage mal zuerst, das ist nicht so schön Fotos am Ende.

Ammmmmmmmmm, ich finde ein Dinge für mich ganz super ist. Gibt es heute hier ganz viele Frau und Kinder. Diese Ausstellung ist nicht so einfach in Taiwan machen weil es nur Mann gibt wird. Wie kann ich sagen....? Das ist zu viele für unsere Frau dass ich denken.

Aber machen Leute hier mit SPAß?? SPAß mit toten Tiere??!! Deutscher sind super:3

Nach das Ausstellung Gucken, wir fahren nach zuhause und ein Handball Spiele gucken. Deutschland hat mit Spanien gewonnen! Das ist ein sehr gut Nachricht weil Spanien letzt Jahre Meisterschaf war. wwwwwwwwwww. Ein andere schön Tag.

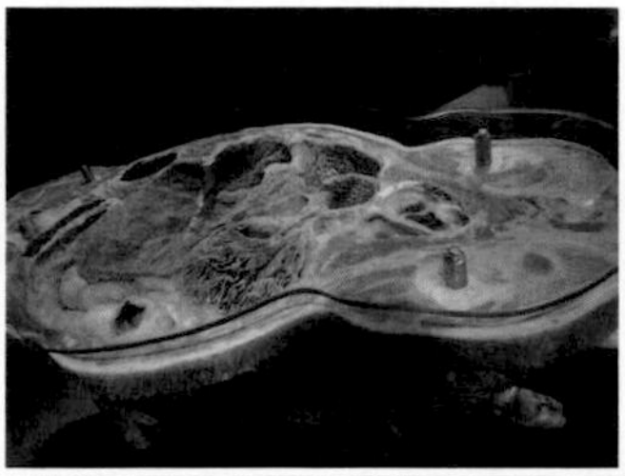

Super groß.

Es gibt auch ein Mann.

事後註記

一開始我們先去看了一個美術館，是展示標本的。第二個則是今天的重點，用特殊藥劑把野獸甚至人的皮膚給溶化到只剩下肌肉——展示給一般民衆看的這些東西，一如照片所示，真的帶有著異樣的美感？

比較有疑問的是，德國這邊有很多家庭會帶著小小孩來參觀，這種東西……真的可以給他們看嗎？

ROTARY YOUTH EXCHANGE COMMTTEE
DISTRICT 3480, TAIWAN
國際扶輪 3480 地區青年交換委員會

MONTHLY REPORT FOR INBOUND STUDENT
扶輪青少年交換學生月報告書

Month：2016 年 01 月
Student's Name：張治猷　Country：德國　District：1800
Sponsor Club：景福扶輪社　Host Club：Braunschweig RC
Present Address：Im sparegefeld 14
38162 Cremlingen(Weddel)

ACTIVITIES DURING THIS MONTH：（以下每項回答至少須有 200 字）

1、Public speaking for Rotary meeting etc. attend or listening visits if any:

真的有點扯，我這一欄位寫了六個月還是寫不出東西。但可喜可賀的是我在三月八日就會贏來我在德國的第一次扶輪社聚會……。這樣講真的不太好，但感覺這個扶輪社有點不負責任，新來的一個交換生 Thady 在第一週就已經去過了，雖說聽說到那邊會有點無聊，但我還是想認識更多人（已經自行反映過多次了但一直沒收到回覆，沒辦法，人家信件都不讀的，我能怎辦……）

2、Describe your daily activities at present (School, Private Invitations etc.)

這邊先附上網址，這一個月的日記大部分還停在紙稿或是草稿的階段，因為這邊的網路不像第一轟家的那般穩定。剛好我玩的遊戲會自動偵測網路速度，所以可以知道實際的數據而非只是一個感覺。第一轟家大概都在 120ms 左右，第二轟家很極端，大部分時候 70ms，常常會爆炸到 800ms 再慢慢縮回來，有時候甚至會到 3000ms，到這個時候基本上什麼都做不了。而且，要做照片上傳工作的時候更誇張，當我在傳照片的時候其他人做不了事情，網路完全癱瘓。再加上我有強迫症，想一次弄完，不要文章說附有照片卻沒有把照片放上去這樣。所以，就囤著了 :P。

但這邊還是有六篇日記，雖說大部分文章的語氣聽說已經有點大陸化了，但還是請過目

http://changchiyou.blogspot.de/

這部分還是在紙稿的狀態下，所以要講一下。我在第二轟家時多了非常活動，禮拜一有西洋棋社團、德文課、籃球俱樂部，禮拜三有 Minecraft 社團、羽毛球俱樂部，禮拜二是整天，禮拜五有體育課，再加上在這個家基本上晚餐都吃超久的，所以晚上也不像第一轟家那樣常常閒閒的不知道要做什麼。簡單來說，就是生活變得非常充實。

3、Total Impression of this month:

這個月非常地充實，德文也應該有長足的進步，雖說跟扶輪社這個地區裡的某些怪物比起來還是不足，但我也不會像在前幾個月那樣一直去跟別人比，人家是多強關我什麼事呢？當作一個參考指標就行了。

寫了這個報告好多遍，還是覺得第二、第三題可以看成放在一起的東西，每次在第三大題都寫不出來。

4、Suggestion / Question:

沒什麼好說的，感覺說來說去就是要多用各種方式學德文這樣子。關於態度問題，那些是人類根本的問題，不是一個建議就改得過來的。每個國家之間的問題也都不同，甚至每個城市也各有差異，所以越來越不知道該在這邊寫什麼呢。

No. 1 of times met counselor: 11 5 2015 Signature:

This reports should be sent to:D3480 Youth Exchange Committee Office(before the 15th of next month);Fax number:886 2 2370 7776 ; E-mail:r3480yep@ms78.hinet.net

2016/2/4

水餃皮

目標：水餃皮

自從確認了要在這個禮拜去德國北部扶輪社參加中國新年會就非常地興奮，恨不得把工作都攬下來。然而，大部分工作好像早已經擬定了，無非就是採購東西這樣子。我不會煮東西，所以也不知道要做什麼，到最後撈到一個買水餃皮的小工作。就這樣，決定今天學校結束後就去買。

因為剛好是 Thady 的第一週上學，就想關心一下他，有點多管閒事地把他拖出來，帶著他逛了一下 Schloss 的食物區，順便在 Nordsee 買了午餐。

之後就直接前往亞洲超市，邊聊天邊往 Schloss 外面走。我和他二人聊天的內容，大概都在說學校的事情吧。他說在他的學校甚至班上也有其他機構的交換學生，而且都是從墨西哥來的，他們來這邊並非只是坐在那兒呆呆地聽，而是真的在這邊讀書，回去不用重讀一年這樣子，和扶輪社的交換生不一樣。所以，Thady 有點小壓力——他擔心別人會想：「同樣是交換生，怎麼德文程度差這麼多！」當然會有人覺得奇怪，因為基本上這些人不會去想說這是因為來自不同機構之故。因此，基本上就沒有了緩衝期，還好 Thady 已先學過德文，所以沒有到太糟。我也有過這種經歷：Anna 也是已經學過兩年德文的，所以我一開始壓力真的超大，雖說她只待一個月，但走了之後又來一個從幼稚園就在學德文的阿根廷人 T.T。

我們到了就位在 Schloss 旁邊的亞洲商店，直接走進去開始找水餃皮，稍微看了下，沒那個耐性自己繼續找就直接問了。德、英、中混雜著講，好不容易才把我要表達的意思說給那個店員聽——這邊真的非常多父母是中國人孩子卻出生在德國的人，一臉中國人樣貌卻不會中文的人真的非常多，這個也是，還好有稍微學過。

水餃皮總算是……找到？才怪。這麼順利的話我就不會是我了。理所當然地在

這家店沒有賣水餃皮，我找到了雲吞皮，哈哈哈，感覺不錯ㄝ（自暴自棄）。在我看來，在亞洲商店找不到水餃皮這一點真的非常奇怪啊。用 What's app 問過其他人後還是抱著「隨便啦」的心態買下了雲吞皮，聽說有點薄，但用兩層一起應該還是可以的。

買完後原本想說就直接各自回家，但聽說 Thady 在家裡有點無聊所以要在這邊城市裡面晃一下，就跟著他到處走。從亞洲商店繞了一大圈到了我的學校——途中經過兩個車站、一個大公園、一個紀念碑，直接就進去了學校，打算要在這邊等一段時間，看看能不能等到我住在 Weddel 的一個朋友，因為我想說在上學途中應該會遇到吧，畢竟一定要坐火車過去的。

結果等不到，二人就開始玩撞球。忘記說了，我們學校有撞球桌ㄝ，我常常跟朋友來這兒打。這邊沒有制服這種東西，所以可以非常輕鬆地沒有阻礙地進去。也因為這邊老師常常有事，所以就算是課間在那邊打撞球都不會有事。

打完撞球就各自回家了，雖說時間只到三點多，但雨越下越大，所以 Thady 的閒逛三小時計畫就這樣泡湯了。

2016/2/6

deutsch Chinesisch Neue Jahr

immer Essen o.o

Heute fahrt Ulli für mich nach Braunschweig hbf. Ich muss um zwanzig nach neun nach Hannover hbf zu mit andere zwei Mädchen kommen aus Taiwan auch treffen. Vorher fahren wir nach Braunschweig bhf, gebe ich ein Dinge als Geburtstag Geschänke zum ihm. Das ist für einige Arbeitekarte legen.

Weiß ich nicht wieso, Danach kommen wir da, Ulli fahrt zurück ohne Hilfe für mein Fahrekarte Kaufen. Er hat vielleicht noch Arbeiten....manchmal Falsch mache ich weil viele kleine Dinge passiert zusammen in gleich Zeit so habe ich keine Ahnung. Diese Mal, er hat viele Arbeiten in diese Woche deshalb ist er immer müde. Ich mache falsch als ich Fahrekarte kaufen. Ich kaufe das in Automat, das ist gleich wie macht ich vorher. Aber in diese Mal...das Automat hilft mich zu flasch eins kaufen o.o. Ein Hundert und vierzig Euro für hin und rück. Was ein Scheiße. Ich kann mit ganz ICE oder IC einsteigen sogar... das ist die am Besten Zug in Deutschland aber brauche ich das nicht T.T. Ich habe keine Zeit zu das ändern machen und fragen. So habe ich keine andere Wählen. Yian und Jennys Fahrekarten kosten nur sechzig Euro für hin und rück.

Wir treffen in Hannover ud finden wir ein sehr groß Gruppe. Sie nehmen Wein und vief. Das sieht nicht so gut. Des halb ree wir nach Gleis und warten für unsere Zug. Das ist aber unpünktlich. Wir muss fünf und vierzig. Minnten warten. Wir gehen Bank zuerst weil wir mehr mehr Geld nehmen müssen. Rotary musst für uns Fahrekarte bezalen aber immer spät so haben wir keine Geld haha. Nach das finden wir ein Sitzen und pladern. Das ist aber Scheiße dass wir Zeit vergessen. Unsere Zug ist um zwanzig nach neun zuerst. Nach das unpünktlich, das ist um siebennach zehn.

Wir kommen das um acht nach zehn. Einbisschen spät. o.o Deshalb müssenwir mit ander Zug fahren. Das ist aber ICE. T.T Ein Leute einsteigen zu Menschen fragen ob sie richtig Karte gekauft haben. Wir müssen mehr Geld bezalen.....weil Yian und Jenny haben falsche Karten gekauft. Ich habe schon ein falsh Ticket gekauft deshalb muss ich nur ein Euro bezalen. Sie müssen ein mehr Ticket kaufen. 80 Euro mehr bezale glaube ich. Ich muss nur ein Euro bezalen kk.

Wir habe Glücklich dass wir bei Rotary bezalen können. Das ist gut. Wir brauchen diese Geld zu in Eruopa Tour benutzen. haha. Die Frau wer einladung uns sagt uns dass wir möglich unser halb Geld zurück nehmen können. Weil der Zug spät war. Ich hoffe das funktioniert.

Als das Leute kommt und frag, wir essen zum Mittagessen. Da ist nur ein bisschen so kaufen wir mehr Essen. Sushi und einige Getränk in Hamburg kaufen :D. Weil nächste Zug eine Stunde später ist wir laufen in Hamburg hbf. Wir gucken etwas und kaufen die Geschenke für heute wer einladung uns und Post Karte.

Versuchen wir ein kalt Tee. Das schmeckt gut!

Nachander Stunde, kommen wir nach Hohenwestedt. Frau Gesa war schon da sein. Wir fahren mit Auto nach ihr zuhause. Es gibt sechs Austauschschüler kommen aus Taiwan auch. Drei Rebound, drei outbound. Das ist so gut.

Ich finde dass ich wer einladung uns sagen vergesse. :P Sie heißt Frau Gesa. Ihre Tochter war in Taiwan vor vier Jahre. Sie einladung uns zu Chinese neue Jahr zusammen teilnehmen. Das ist sehr gut dass wir viele Taiwwan Essen haben werden.

Als wir da kommen, es ist schon halb drei. Ich weiß nicht wie kochen aber versuche ich auch. So nehme ich das bis sechs teil. Wir essen um halb acht. Sehr lecker....! Unsere Chinesisch neue Jahr Abendessen!

Nach das, Wir versuchen Duschen gehen. Aber funktioniert das nicht. Wasser kannst nicht heiß sein. o,o Ich trage nichts und stehe da zu warten für fünf Minuten.

Das ist ein Rebound wer wohnt in diese zuhause, sie kocht sehr gut~

Jenny macht Milch Tee.

T.T Mir war zu kalt. Es ist aber egal. Wir duschen nicht jeden Rotary und Rotex Wocheende.

hahaha ich habe viele Mal gewonnen.

Spielen wir später Mahjong. Ich kann nicht das spielen vorher komme ich hier aber lerne ich das heute. Zehn Minuten ist genug zu lernen :P. Das ist nicht so schwer. Wir spielen das mit Spaß. Ich spiele bis zwei Uhr und gehe ich mit Jenny nach Oben zuerst schlafen. Andere vier Taiwan Leute spielen bis vier. Das ist müde aber gut denke ich. Ich lerne ein wichtig Spiele heute und viele Essen haben auch :D.

Wir essen was wir gestern essen. Lecker noch.

Am Morgen, essen wir was wir gestern essen. Weil wir zu viele Essen gekochen haben, wir essen Hotpot am Morgen zu Früstück. Wir haben nicht mehr Zeit zu andere Aktivität haben. Das ist aber ganz genug für uns. Es ist nur für ein Tag aber ähnlich wie ein Rotery Wocheende ist. Mehr Spaß und Chinesisch sprechen. Wir fahren los. Das ist ander vier Stunden Lange Reisen.

Die letzte Foto.....tchüssssssssssss

事後註記

在外多個月，很久沒吃台灣的食物了，一聽到有其他地區的人舉辦了這個新年聚會立刻就答應要參加，就算花了二百歐左右的車票錢，我依舊很樂意。

我們到了那邊後，一起花了整個下午的時間熬了一鍋雞湯，包水餃，煮了火鍋，好多好多，甚至在之後還打了麻將～。

真的是非常美好的經歷。

Wir essen was wir gestern essen. Lecker noch.

hahaha ich habe viele Mal gewonnen.

Die letzte Foto.....tchüsssssssssss

Die letzte Foto.....tchüsssssssssss

2016/2/7

過年～不一樣的團圓

2016 春節，玠宏和我們的全家福。

除夕夜，一年之中最重要的團圓日。
今年過年，因婆婆去世未滿週年，省掉準備供品回老家祭祖的準備。
第一個婆婆不在，媳婦當家的年，
碰到一個和我一樣，沒任何大大小小的規矩，什麼都以簡單為最高原則的老公，
即使小冰箱裡空無一物，年夜飯吃什麼還都不知道。

一早醒來，慵懶的躺在床上，出神的凝視著窗外……
特別的日子，特別的想念 Yoyo。
想著他出境時拉著行李，轉身和我揮手再見的模樣，
想著他傳回來的每一張照片裡的笑容。
這半年，最最想他的一天，大概就是這個該一家大小團圓的除夕夜了！
起床準備晚上要包給孩子們的紅包，包了一包留給猷，安慰自己想念他的心。

帶著愛拜拜的玠宏到北埔的土地公拜拜去。
解釋著供桌上的三牲和四果，我胡亂地教，他倒頗認真的聽。

接待家長的群組裡，大家接龍似的上傳年夜飯和交換學生的圍爐照，
每一張照片，都是一大桌子盤子擺的滿滿的豐盛的年夜菜。
而我們，很沒新意的媽，照舊端上一鍋清淡簡單到極點的一個小火鍋，
桌上簡單到真是無顏跟著接龍上傳我們的圍爐照了。

玠宏和我們一起過年。

這個孩子彬彬有禮、健談、說話表情動作逗趣十足、臉上永遠是這樣甜滋滋的笑容，

九天的年假沒有特別的安排，就是慵懶隨性的窩在小木屋。

頗無趣又不熱鬧的的長假，慶幸三個接待的孩子，剛好是輪到他和我們一起過年。

和一般時下年輕孩子很不同的他，和他相處，只能形容：
是一種享受，是一種學習！

他懂得安排自己，懂得欣賞挖掘這個北埔客家小鎮的不同：
他跑去和佐京學做客家麻糬，原以為做完麻糬一個小時內就會自己走回到家。
大家窩回被窩睡了個香甜的午覺醒來，咦？玠宏呢？還沒回家?!
NU說：「他會不會走迷路了啊？已經三個小時了耶……」
趕緊撥了電話問他：「玠宏，你在哪裡？」
「我還在佐京這。」
「啊？不是只要半小時就可以做好麻糬？你還在那？？」
「對啊，我在學一種新的樂器……」
原來他，耗在那一個下午，好不容易學會拉了一首世界名曲：一閃一閃亮晶晶！
這小孩就這麼一整個下午就泡在佐京茶坊，學做麻糬，學拉二胡，又跟著學著泡茶和品茶……
我們慵懶的回家睡午覺，他就在佐京編織著他的「佐京丹麥分店」的夢。
這雙對所有事物好奇而發亮的雙眼，對生活熱情的態度，因他，對丹麥這個國家，我的雙眼也因好奇而發亮！

打從有了小妹妹，NU的過年鞭炮就此改變，陪著妹妹蹲著點仙女棒，陪著妹妹看一點都不刺激的小火花。
Yoyo不在，他這個小哥哥當得稱職！

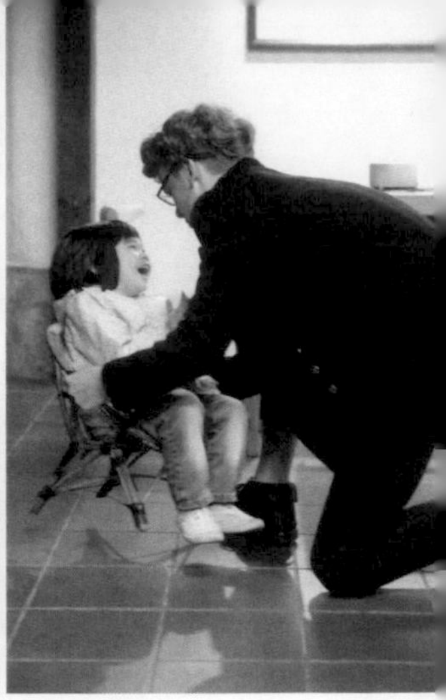

好可愛的照片，180 的高個兒，難得的有一個很單純的心，總願意蹲下身和稚氣的妹妹玩在一塊兒！

短短一個月，這個孩子征服了我的心，

打趣的和他的顧問說：我家妹妹可惜太小了，妳有三個女兒，這麼貼心優秀的孩子不留下來當女婿多可惜。」

Fenny 也回：「確實是！扶輪社只有規定不能談戀愛，沒說不能直接訂了，應該就直接留給我女兒！」

平時個性顯得害羞慢熟的 NU，驚訝他和這位伯伯能這樣自在的聊著他的熱情和他的興趣！
明年暑假讓他和哥哥一樣，出去交換一年，我相信，他的改變也會讓我們驚豔！

初五晚，接受爸爸給的挑戰，用中文介紹丹麥！
今晚，是屬於玠宏的「丹麥之夜」。
很有大將之風，很不容易的用僅僅學了五個月的中文做演講，
分享丹麥和台灣教育的差異，
介紹丹麥的風景和人文。
美華阿姨包給了他一個大紅包！
勇敢接受挑戰的孩子，值得大大的鼓勵！

2016/2/8

西洋棋

奇妙的感覺

就在今天，我在上個禮拜報名的西洋棋社團正式開始了（有點快）。先不說那位以為下禮拜才開始的中國女生已經打定主意到社團就是要觀摩學習，好好當一個新手，到了那邊才發現，雖說學生的年紀都比我小卻強得可怕。

先說自己的弱智 o.o。我以為自己是了解西洋棋的，又以為規則跟象棋不會差太多，再加上要對付的只不過是年紀大概在小學生、國中生年紀的小屁孩，所以我大意了，我悲劇了。打五場，三負一勝一平。感覺最後面那兩場，她就是在讓我啊，所以基本上可以看成 100% 敗率，有沒有很強 (X ？也虧得我在籃球俱樂部已經被虐得不要不要的（很慘）了，所以承受能力已經強了不少，才能淡然地被一個在我眼中大概是小學生的女生打爆……說真的，還真的是好慘啊！

心中當然知道要注意，但每次就是會笨笨地走上去一些給她吃的位置，然後好大的「城堡」或是啥的就沒了，前期優勢莫名地就飛了，被結果的那一瞬間真的常常有點莫名其妙。身為一個比象棋的「帥」多出無數移動可能性的「國王」莫名其妙地在五分鐘就被自己的棋子給堵死後絞殺，真的是讓人非常地鬱悶啊。第一場，說真的不騙你，就是五分鐘結果。當然，也有因為計時器帶給我很大的壓力的關係。

說到這個，在我剛到的時候，看到他們在擺棋盤和棋子，我就過去跟他們一起弄，弄到最後面，就發現他們掏出一個個像木頭磚塊的東西，結果是萬惡的計時器。這東西（我在很久以前上圍棋課的時候就知道了）會給人很大的壓力，因為一個人下棋的時間有限，你的下棋速度會被不自覺地加快，導致你本身的思考過程變得更加地不堪，於是我就爆炸了，五分鐘被了結，呵呵！當對面的小女生直接把計時器收起來的時候……我在前面都沒有感到問題的自尊心微微地受創了，默默地收起來，讓我對自己的棋藝真的有點哭笑不得啊。之後的兩盤也是被各種絞殺，常常更是有我不知道的規則就這樣出現了。舉例來說，「國王」往左邊走兩步和「城堡」交換位置了，我在那個當下完全不知道發生了什麼事，T.T。

如果我被同年紀的女生用象棋爆打，那我大概真的會受創，然後就不玩了也說不定。然而，這個小女生真的人好好，在第四盤我用一個非常簡單的「城堡」+「皇后」連鎖就解決了，簡單到我自己都不相信我能做到。在這之後，我又跟一個剛進社團的小孩玩，因為實力不高嘛，所以我打得非常輕鬆，跟剛剛那個根本不是一個LV（level）的。在這個社團裡大概實力也是有分的，我因為太早到，所以非常順利地被捲進去這一場大亂鬥了，很違和地兩個小女生旁若無人地就在我們隔桌用0.5秒一手的速度劈哩啪啦地在我們四盤的時間裡面起碼下完了十盤，讓我在旁邊聽著那啪啪啪啪的聲音真的是壓力山大啊。

到最後因為時間不夠，必須要趕去十五分鐘腳程遠的德文課，所以最後一局就和局了，也算是完美的結束（？）吧。下午的德文課老師還把台灣大地震的新聞報導剪下來給我，我稍稍閱讀了下」。「地震傷害大原因：豆腐渣工程」，咳咳，我是這樣翻譯的，有沒有種莫名的悲傷感覺 T.T，這篇報導連海砂屋都解釋得清清楚楚了，我也真的不知道該說什麼，沒什麼可以幫台灣辯護的機會呢。這樣說也是怪怪的——想要幫台灣辯護，但從本心上來說是不喜歡台灣某些黑心建築公司的，有點難說清楚我現在的感受啊，大概就是「自己的兒子自己可以罵，別人罵不得」這樣的感覺吧。雖說海砂屋已經揚名國外，再加上這次帶來的傷害應該會有一定的制裁，但在外國的報紙上看到時就是會不舒服，本能地想要為之辯護卻辯不出個什麼東西的感覺也是非常地不好受。

德文課上完就是籃球課了，一樣從晚上八點到十點的訓練，讓我雖說打得不好但也是有充分訓練到的感覺。我從最一開始跑一局就一定要停下來休息的腹痛青年，變成現在不用下場直接從頭一小時打到尾的……堅挺青年（？）也是有著非常大的進步——技巧沒進步，留在場上禍害隊友的時間倒是變強了，哈哈。結束後有跟同樣在籃球俱樂部打球的美國交換生說了一些話，感覺他是個一到週末就到各種酒吧喝酒的神奇交換生。另一個機構聽說是不會限制交換生喝酒的，反正我也喝不了，跟我沒關係。

這一天大概就這樣結束了，明天轟爸要在凌晨五點出門，所以轟爸媽會早點睡，我也就跟著一起早睡了。

P.S.〈被小學生屌打啦〉，此為前標題，被大陸小說嚴重影響，經過提醒後醒悟，更改為〈西洋棋〉。

2016/2/19

Essen mit gast Schwester Freund

...nicht so glücklich bin ich heute.

Ich treffe gast Schwesters Freund mit fast Mutter. Das ist ein besonder Tag. Ich fahre it gast Mutter nach MK zu ihm treffen. Und dann laufen wir zu Fuß nach unser Rastaurant. Vor her möchten wir in ein Italien Restaurant zu Mittagessen essen. Aber ist es schon voll Leute sein. Deshalb laufen wir nach ander Restaurant.

Ich fühle mich heute nicht so gut weil ich gestern ein Nachricht bekommen. Meine Eltern sagen mich dass mein Report ganz nicht gut ist. So esse ich lecker Essen aber kann ich nicht echt glücklich sein. Ich weiß ich besser sein kann aber ist es zu schwer. In das Report muss ich vier verschieden Fragen antworten. Die Erste ist über Rotary Club. YEO. Counsuler. Ob treffe ich mit ihnen oder etwas. Ich kann nicht das einfach schreiben weil ich mein erste Mal in Rotary Club treffen werden.

Das ist Scheiße. Ich habe schon viele Mal Email geschriebt zu die Datum über Treffen fragen. Aber. Mein Counsuler antwort mich nach Monaten oder mehr dass "It's not my job to decide the day when you have the meeting. I only have to check if you have a meeting." WTF!? Nach Monaten und diese Scheiße Antwort bekommen!? Was a Kake!? Ich kann nicht verstehen.

So frage ich zu ein YEO. Er sagt mich das ein gut Idee ist. Wir können in Weihnachten Urlaub in Rotary Club treffen. Wir entschieden aber nicht wann trefen wir. Es gibt kein sogar ein echt Datum! Deshalb frage ich nocheinmal und ander Monat warten :D. Ich werde am 8.3 mein Präsentation haben. Andere drei Fragen sind etwas schwer für mich auch. Ich habe schon drei Mal geschrieben aber kann ich nicht mehr einfach schreiben. Report und Blog sind zu viele für mich jetzt, ich muss das beide machen weil ich das echt wichtig ist denke. So. Weiter machen aber mein besten versuchen. Ich und Stefie plaudern über diese Problem vorher treffen wir mit Maxi. Deshalb schreibe ich so viele hier in eine Tagebuch.

Lassen wir zurück nach unsere Mittagessen :P. Das Essen ist lecker. Stefie liebt das. Ich spreche nicht so viele weil ich nur zuhören versuchen. Sie sprechen sehr snell.

Danach vertig wir alles Essen, finde wir dass es in Toilte gut riecht. Und dann gehen wir sogar drinner zu wo das von ist finden. Lustig.

Nach Essen, gehen wir etwas klein Laden und gucken einige Dinge. Sport Laden, Kleidung, Geburstag Karte kaufen. Diese Dinge vielleicht vorher langweilig ist aber jetzt interessant für mich :D.

Maxi musst gleich nach Sporthalle gehen zu trining. Deshalb ist unser Treffen um drei Ur vorbei. Das ist aber nicht alles heute. Ich gehe mit Stefie zu etwas kaufen. haha. Wein musst sein.

Ich bin richtig :D. Wir fahren nach ein besonder Laden voll Wein. Es gibt ein sehr süß Hund!! Ich versuche mit ihm etwas spielen. haha. Stefie kommt hier zu echt toll Wein kaufen. Weil ihre Freundin ein Wein von diese Laden getrank hast. Und ist das sehr gut. Deshalb kommt Stefie.

In Stefies Plan, wir werden ein Spaziergang haben. Es ist aber regen. Das ist besser für mich haha weil ich zu müde war. Ich nehme ein Mittagessen mit Maxi und Stefie teil danach vertig ich mein Sport Unterricht. Das ist für 2 Stunden. Es gibt noch ein Stunde für etwas gucken bei zu Fuß auf die Straße Laufen. Ich bin schon sehr müde... Ich habe schon zwei Stunden Sport Unterricht haben. Laufen wir lange Zeit auch. Ich brauche Pause in zuhause o.o So habe ich Flücklich dass muss cih nicht weiter auf die Straße gehen. Ich schlafe aber nicht. Meine fast Eltern denken dass das nicht so gut zu früh Schlafen ist. Ich versuche meine Besten bis elf Uhr. Orz. Müde. Schlafen.

事後註記

今天雖說標題是〈跟轟妹的男朋友吃飯〉，但很大一部分段落是我在抱怨我的月報告。爸媽說我的報告不大好，我很委屈啊，很大一部分我根本寫不出來東西。顧問推卸責任，YEO 不給我安排活動，這個「和當地扶輪社互動」我怎麼寫⋯⋯？我那時真的很想把我每兩週寫的一封信直接推到他們的臉上，讓他們看清楚我到底面對了什麼情況⋯⋯但後來心態擺正我就好多了。

2016/2/20

我的問題

問題不大但還是不舒服

原本以為在第二轟家的生活會這樣非常順利地度過，但還是有點小問題。怎麼說呢？問題不大，因為只是稍微被說一下，然後及時改過，問題就沒問題了，但我還是不開心。不是因為被唸，而是因為對於做出這樣事情的我感到羞恥。

一般人都會把做錯的事情隱藏起來，我這樣光明正大地說出來也是挺強的（擦汗）。不是開玩笑，我真覺得正視自己的問題並時刻謹記作為警惕是非常重要的，所以我才這樣做。

或許因為最近過得太順了，每個人都說我的德文非常好，可以跟人盡情用德文聊天的我大概也有點飄飄然，參加了非常多原本不會參加的活動、社團、運動俱樂部、課外補習，生活非常地充實，也就因為這樣，忘記了最基本的事情。這大概會被說是藉口，但我就是做錯了，我在這邊承認。

我在前一個週末參加了扶輪社的活動，禮拜日回來的時候袋子丟在房間地上就不管了。另外，也因為我在盡我所能地把日記寫出來，禮拜一的籃球俱樂部甚至因為太忙而放棄掉了，當然下午的西洋棋社團和德文補習沒有丟。袋子就一直忘在地板那兒。事情發生在禮拜二，當天轟媽回來時我正在玩遊戲，LoL 這東西又有中離懲罰，就是中間離開會出事，畢竟是多人網路遊戲要對隊友負責，所以我不能輕易地關掉遊戲視窗。在此之前，曾經跟轟媽解釋過這個遊戲不能隨便結束（跟她說我有德國網友的時候她有點擔心就問了下），以為她能理解，但我錯了。加上在廁所的問題讓她非常火大，雖說沒有做出諸如強拔電源線或是斷網路這樣的事，但還是生氣了。

我就關掉了遊戲，當然心中還是有怨氣——說沒有是騙人的，畢竟我是跟著德國同學一起玩，而且還是當天的唯一一場。我離開線上他們心中一定不好受，今天的這一場大概也是輸定了，因為這東西就算只是離開幾分鐘也會有非常大的問題。然而，我當然還是以現實為重，這是一定的。我於是就先乖乖地把行李收拾好，然後把因為多日拉肚子所以異味開始瀰漫的廁所窗戶打開，洗個澡，再把換洗衣服拿到地下室的洗衣室，然後再被唸個五分鐘說我應該要注重房間的乾淨，於是我就把垃圾桶拿去清理了下。

廁所那個我事後也覺得我挺扯的，覺得不高興最大原因是因為這個，我讓他們家味道變不好——轟媽是非常愛乾淨的，我怎能這樣辜負她對我的期望？大概是這樣想的。但在那當下我真的不是故意的，因為味道是一天一天濃烈起來的，也因為跟芳香劑摻雜一起了，所以我第一時間沒有察覺那是我的「米田共」味道瀰漫出來了。真的神經非常遲鈍啊我，還好開窗戶不到五分鐘就解決了。至少，知道了要在上完廁所過後就把窗戶打開。

衣服說是忘記拿下去也不對，完全是我理解錯誤，以為自己聽懂了卻搞出問題來，真是……不知道該說什麼。我還在想德國人這麼剽悍，我在第一轟家一天洗一次衣服被罵，換成兩天洗一次，到第二轟家卻變成要兩個禮拜才洗一次（因為環保問題，天氣冷不流汗，再加上水很貴，其實 OK）。當然是幾套衣服換著穿，平均一套穿三天，交錯著穿，這樣可以輕鬆地省下不少的洗衣水，其實不賴。然而，事實是我把一個禮拜聽成兩個禮拜了，所以轟媽很生氣。

當我回去遊戲時，贏了，四打五也能贏的隊友真的嚇到我了。也因為他們，我才能在事後立刻拋下多餘的心情好好自省，真的謝謝他們了。

事情做錯一定要正視，不要只是找藉口，因為別人會生氣有非常大概率是你本身的問題，我這次處理得不是太差，還好。

2016/2/27

浪跡德國－蛻變

去年八月二十八飛往德國交換的猷，到今天，剛好離家半年！

六個月，印象中和他 Skype 通話了三次。
想念他嗎？其實還好……
除了中秋、聖誕、過年這幾個覺得應該一家團圓的特別節慶，
確實體會了每逢佳節倍思親這句話的感覺。
其他的時候，偶爾看到他傳回來的幾張照片，
照片裡的他，張張都可以看出他的笑容變得陽光又自信。
偶爾看到他部落格裏更新的日記，筆下的生活札記，
篇篇都可以看得出他的個性、態度變得正向又樂觀。

記得看過很棒一句話：「年輕的流浪是一生的本錢」。
融入德國的家庭生活、體驗德國的高中學習，

好期待他流浪一年後回來的分享，因為好奇到德國後的他，
從對任何提議都是一句「不用了，謝謝」，感覺個性畏縮、感覺對生活毫無熱情的他，
蛻變的從他日記的點滴，可以感覺他變得勇於面對問題、勇於嘗試新事物，
變得心細的會常常想到家人，懂得在旅遊時給爸媽稍回一張明信片，
懂得在弟弟妹妹生日時，為弟妹挑選禮物寄了航空包裹回家。
變得在做了讓轟爸媽不悅的事時，懂得檢討自己，主動溝通，更懂得改變自己。
這所有的細微改變，照片裡越來越開懷的笑容，我知道他不一樣了。
他變得陽光、變得充滿自信、變得積極又正向！
這一年，我相信真真確確是個蛻變的旅程！

這是什麼樣的生活習慣和品味？打電腦配浪漫燭光！
看了這張照片，第一個念頭就是：明天買個燭台去！明晚我也要配著燭光寫日記。
伴著燭光和鮮花，我的日記，一定溫馨浪漫爆表。
事實上，打從玠宏搬來後，我開始跟他學習著注重生活中的每一個小細節，
學習著重視生活的質感和品味，學習著放鬆自己，用心品嘗每一口食物、啜飲每一口咖啡。
這樣的生活態度，這樣對品味的堅持，確實是台灣近來的罐頭速食文化該反思的地方。

今天，覺得淑鶯寫了一段相信很多叔叔阿姨看了都會認同的話。
她說：

> 以往你們一家大小的照片只有一種風格，就是很溫馨、很甜蜜、很幸福，那是你的風格！
> 今天看到治猷的照片……落差好大，
> 彷彿有了他自己的天空、自己的顏色，那屬於他自己的年輕風格！
> 可以在異鄉笑的那麼自信，可以相信他是有想法、有能力、已經長大了的孩子！

很棒的一段話，正是媽媽心裡最大的欣慰。
幫他做了段短短的影片，每看一次，我的嘴角就不禁上揚一次。
這傻不愣登、總是少根筋的兒子，真的長大成熟了！
猷，這一年的流浪，相信會是你「蛻變」的養分，
媽媽滿心期待七月帶著滿滿回憶和收獲的行囊歸來的你！

猷的第二轟家，媽媽哥哥和姐姐。

2016/2/27

披薩聚會

久違的中文文章呢

昨天因為生病所以沒有參加到那個聽說非常棒的聚會，那今天說什麼都不能錯過啊。於是，在今天下午跟著轟爸媽一起到了上次一起吃墨西哥餐的夫婦家，開車大概半小時吧，挺近的。

在事前媽媽有跟我說過她不大喜歡他們家的女兒，因為都不打招呼的。有時候覺得媽媽真的非常容易因為小理由就會不喜歡一個人呢，但事後她又會因為一個細微的舉動又重新喜歡上這個人。說起來，她其實只是非常忠實地把自己在那當下的感覺說出來這樣，改變後也又直接說出來。我當下會覺得她這樣怪怪的，事後卻看出她真的是非常直率。遺憾的是，這種個性大概不大適合在台灣表現，因為台灣就是會包裝，心中的想法不會立刻說出來的。

反正這次一到那邊就開始吃，哈哈，有超好吃的小麵包配上各種特色醬料，有橄欖裡面包東西或是蝦醬或是其他東西——其實我沒辦法全部說出來，哈哈，大概有七八種配法這樣，然後就跟著手指長的切片麵包一起吃，非常開胃。我就這樣吃了十多塊（掩面），太好吃了，真的沒辦法呢，欲罷不能！

在他們聊天的時候也稍微喝了點小酒。在此之前他們的女兒就下來了，挺漂亮的。可能因為被轟媽媽影響吧，對她印象不是太好呢。下來也不會跟我一樣站在那邊聽大人說話，就是一直纏著媽媽說事情，又跟我一起喝了點給兒童的低度數酒。% 數滿低的，但我喝著喝著有點想睡覺……。我不知道自己為什麼一喝酒就想睡覺，不會醉，就只是非常想睡覺。不過，今天的度數低，所以其實 OK :P。

就這樣，喝著小酒，吃著麵包，聊聊天，看看那個上次下廚超級厲害的大叔在那邊擀麵。咳咳，說到這個就非常好笑，今天早上看見轟媽媽在弄一坨乾巴巴粉粉的白色物質，不知道是什麼，就這樣問了下，原來是麵粉啊……在那當下是很想說出來「轟媽媽妳弄錯了」這樣，但因為不確定，只好用「可能要再濕一點」這樣含糊的回答回應媽媽的問題：「你覺得如何？」永遠都萌萌的媽媽。

果然，到晚上那位大叔看到這坨東西立馬就噴了，差點笑岔氣，超乾的。於是，廚藝強到可以把自己餵成鮪魚肚的大叔就直接開始擀麵，時間上可能有點耽誤，但我們之前吃那個小麵包也吃得很開心，所以倒是沒什麼感覺。在這段等披薩的時間我也到處亂看看，找到一窩小貓，在那邊跟牠們玩得很開心。

披薩非常快地出來了，餅皮好了後就直接用轟媽帶來的機器和這邊本來就有的一台一起開始烤，速度加倍的關係所以沒有等太久。口味有三種，基本的夏威夷和希臘味和一種特殊的起司。看著這位大叔手法優美地灑上一種種調味料我就好興奮啊，第一時間就每種各拿一塊吃。

就這樣，兩個多小時一下子就過去了，聊聊天，吃吃東西，時間就這樣飛快而逝。然而，我不知何故從昨天就非常疲累，直到現在仍感覺非常地不適，頭部甚至會無法控制地的亂晃。他們讓我躺在可以展開的沙發上休息，有點扯，但就這樣躺了三個小時，直到該告辭的時候我才被叫起來。

這樣非常沒禮貌，但我轟家和他們其實好像覺得沒關係。我在那個時候其實是睡在重低音音響上面，真的是身體非常不舒服，才會睡到連這麼大的音樂都聽不到。我昨天也是因為倒在床上就醒不過來而錯過了那個聚餐。應該真的是病了，回家後轟媽讓我吃了藥。柏林之旅可不能生病呢～

今天雖說有點遺憾，但也是無法避免的，算是完美的一天呢。

2016/2/28

娃娃日記：《三歲兩個月》依舊是個愛哭妹

娃娃日記整整中斷四個月，原因只有一，

因為發現我的修養耐心並沒有因為四十一歲才得女變得更好，
對於哭鬧，我的容忍度和二十幾歲時帶兩個哥哥時是一樣的。
儘管老爹爹拍了些酒窩深邃笑容可人的照片，
挑著相片，閃入腦海的，除了三秒擠出眼淚尖聲大哭的模樣，
對於這階段每天讓我理智斷線的阿妹，我該為她的三歲兩個月做什麼樣的記錄呢？

前陣子一次聚會時，三個轟媽帶著三個小孩聚餐。
所有的交換生，應該沒有人和他們三個一樣，有個這麼小的轟妹。
玠宏治恩兩個說到妹妹，開始學著妹妹說話，開始和四月才要住到家裡來的彥柏分享著和妹妹相處的種種趣事。
但最後兩個結論是，她真可愛，真聰明，不過真是愛哭！每天都有莫名奇妙的理由讓她嚎啕大哭。
玠宏更是學著每天早上必定上演的劇碼說：
現在，我都不需要鬧鐘。
每天早上聽到妹妹喊：「媽咪，我要喝奶。」我就知道差不多六點半了。
再來，聽到媽媽說：「好，等一下。」後，一定就會聽到妹妹等不及的一直重複：「媽咪，我要喝奶。媽咪，我要喝奶……」
然後，妹妹安靜後通常我會再閉上眼睛休息一下。
再過一會，一定就會聽到妹妹開始哭：「媽咪～～媽咪～～」
等到聽到媽媽開始生氣大聲的說：「不要哭，哭沒有用，用說的！！！」
這個時候，大概是 6:55，當聽到媽媽這個聲音，我就知道該起床了……
好氣又好笑的摀住他的嘴，什麼不分享，把媽媽潑辣的一面又演又說的讓大家笑翻天。

有趣嗎？我可覺得一點都不好玩，因為這就是每天上演 N 遍的劇情。
常常出現的對話就是類似媽媽問：「妹妹，你要吃餐包嗎？」
繼續玩著玩具，頭也不抬就回答的妹答：「不要。」
充分尊重的媽回了一個字：「好。」
下一秒，回答不要的妹立即一秒放聲大哭的衝過來：「我要！我要吃，我要吃……」
再下一秒，嘴巴張開正準備一口咬下餐包的媽一把火立即衝上腦門，＃＄@%＄……
耐著性子問：「妳不是說不要嗎？」
「我要吃，我要吃，哇～～～～」開始放聲大哭。
遞過餐包，劇情結束嗎？ NO ！
接下來，毫無例外的就是：「我不要，我不要吃！」

「說清楚，妳到底是要還是不要？」所有人都聽出這個媽已經失去耐性，頻臨崩潰。
每一個問題，就在上一秒「要」，下一秒「不要」中，把我的優雅消磨殆盡。
我知道，門口的「安佐花園」真的早該換成「咆哮山莊」了……

老爹爹總是臣服於女兒這燦爛無比的笑容。
對於我的沒耐心，他跟唐三藏一樣每天在我耳邊重複又重複的說：
「老天爺在我們這個年紀還送給我們一個女兒，要懂得珍惜，
妳看這麼可愛，幹嘛要罵她……」
冷看他一眼，再冷笑三聲「呵，呵，呵」。
碰到這天生氣質跟兩個哥哥大不同的妹妹，在她三歲兩個月的年紀，
老媽依舊頭痛欲裂中……

從小買給她的玩具真的寥寥可數，
除了兩盒樂高積木，兩盒木製蛋糕玩具，
每天放學回家，她玩的，就是搬出廚房抽屜的所有鍋碗瓢盆，拿出全部的水壺，
拿出擀麵棍，一字排開後，塞積木，塞手帕，玩著我永遠都看不懂的遊戲。
再來，搬來每一個板凳椅子排在一塊兒，
今天，打開披毯罩在椅凳，把 NU 哥哥叫來幫她撐開毯子，
她的自創溜滑梯出現了。
NU 無奈的坐在地毯上，遵照妹妹的吩咐，無奈的雙手拉著毯子，撐著妹妹要的溜滑梯……
再一臉無奈的看著妹妹笑開懷的爬上再爬下……自嗨的玩的不亦樂乎，
和兩個哥哥一樣，沒什麼玩具，就自己玩創意，自己找樂子。
倒是難為了小哥哥，得永遠當著妹妹的唯一大玩伴。

Yoyo 暑假回來就滿 19 歲了，看著 NU 和妹，掐指一算，哇！真特別！
我說：「NU，等妹妹上小學的時候你知道你幾歲？就跟哥哥現在一樣，妹妹上小一，你就上大一了耶！」

等妹妹上了一年級，大哥哥大學畢業，小哥哥上大一，這……完美！

果然以後的學校日，老爸老媽兩個老人可以不用出現了，免除了被稱做阿公阿嬤的尷尬。

這年紀的差距……想想……真是完美！

NU 的看書四部曲：

1. 趴在地毯上，攤開書本，側邊觀察，開始神遊……

2. 放下右手，頭部開始微傾……

3. 眼皮開始沈重……

4. 管他的，大字躺下，先睡再說！

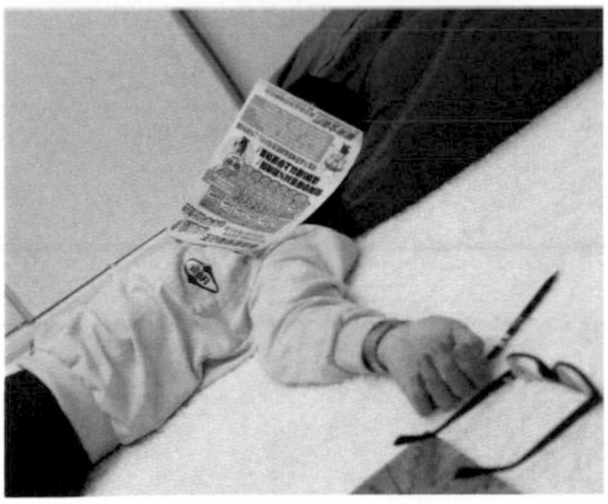

已經國三下，五月就要參加會考的 NU，
老媽一直沒有當年猷要參加基測前，家有聯考生的那種感覺。
他一派輕鬆的淡看會考，對於這個我心目中永遠的體制外天才，
訝異很會操煩的我，對於他兩個多月後要參加的第一次大考，
我也毫無得失心的輕鬆豁達。
相較於歷史地理，他更關心遠在德國的哥哥手機故障了該怎麼修？
更熱心的幫哥哥出主意哪隻手機的性能又是如何的好、如何的讚。
相較於英文理化，他更熱衷于和爸爸討論我聽不懂的 app。

每天和番仔妹上演咆哮山莊劇情的這個階段，對 NU，我是放手也放心的媽媽，
善良如他，很清楚知道自己的熱情和專長如他，
不設限，是我們能給他的最好的禮物！
Dear NU，勇敢追夢！！！

ROTARY YOUTH EXCHANGE COMMTTEE
DISTRICT 3480, TAIWAN
國際扶輪 3480 地區青年交換委員會

MONTHLY REPORT FOR INBOUND STUDENT
扶輪青少年交換學生月報告書

Month：2016 年 02 月

Student's Name：張治猷　　Country：德國　　District：1800

Sponsor Club：景福扶輪社　　Host Club：Braunschweig RC

Present Address：Cuppelhuth 28
38116 Braunschweig

ACTIVITIES DURING THIS MONTH：（以下每項回答至少須有 200 字）

1、Public speaking for Rotary meeting etc. attend or listening visits if any:

在寫這篇報告的時候我已經出席過一次扶輪社的聚會了，感覺非常地不錯，但這一篇是二月的報告，先寫出來好像不大好呢。

這一個月還是沒有接觸，但因為在八月三日已經有預定要在扶輪社用德文介紹台灣跟自己，所以在這個月就開始練習了。簡報方面，是用在德國做出的介紹台灣簡報，加上在台灣就先做出來的自我介紹簡報，兩個稍作加工後結合弄出來的。要講非常快才能在扶輪社限制的十五分鐘以內講完，真的放了很多東西呢。

在這個月也有嘗試著用 Email 和 YEO 對話，可能他工作太忙所以不常看郵件，但很高興他還是會回，不會像之前那樣讓我非常不舒服，以前甚至遲了一個多月才有回覆呢。我們大概就是在討論這次的報告再加上一些扶輪社例會外的活動安排，希望最後三個月可以有更多和扶輪社的互動。

2、Describe your daily activities at present (School, Private Invitations etc.)

2016/02/20 中 我的問題

這一篇文章是述說在第一轟家發生的事情，因為衛生問題和小小的誤會所以被罵了。雖說只是小事，但因為這也同時是我和第一轟家的小衝突，所以就記錄了下來。

2016/02/19 deutsch Essen mit gast Schwester Freund

這一篇文章中有小部分提到對當地扶輪社的不滿，還有我的委屈。因為活動太多導致時間太滿，沒時間去寫出達到我的標準的報告，這讓我非常不好意思。當然這不是全部，今天剛好有和轟妹妹的男朋友出去吃飯，真的非常美味的餐廳，也是讓我非常開心能有今天的這個活動。在之後還有跟轟媽去採購一些東西。

2016/02/08 中 西洋棋

這是第一天參加新的社團，也算是非常獨特的體驗，因為我被小學生給虐了，雖說打得還是非常開心啦。年齡普遍比我小的社團中，我的實力卻不是頂尖的那幾位，雖說是因為我沒有學過西洋棋這樣，但心中還是會有點不舒服呢，希望這樣能激發我的上進心，哈哈。

2016/02/06 deutsch Chinesisch Neue Jahr

我竟然能在德國參加台灣的新年活動！部分台灣人聚在一起，rebound、outbound 也有人來參加，這是一個過夜的活動，我們自己買菜，我們自己煮飯，我們自己打著迷你麻將，真的是非常快樂的記憶。我在一開始買票錯誤導致我的心情有點低迷，大家一起包水餃的溫馨氣氛讓我又重新開心了起來。現學的麻將也是讓我覺得這一趟旅途非常精彩的其中一個原因，而在最後離別時邀請我們的兩位扶輪社母女揮手的畫面也讓我非常地感動。大量照片喔。

2016/02/04 中 水餃皮

簡單地說就是，要買新年派對要用到的東西，於是就剛好跟 Thady 見面，他是在後半年才來的交換學生。澳洲的學生會比較慢來到，因為在南半球的關係吧，我猜……，但其實也有其他國家是在南半球啊，他們也不知何故跟我們只待十個月不一樣，可以待一整年，哈哈。

3、Total Impression of this month:

爸媽跟我開玩笑說：「你都跟老人在一起！」稍微想了一下好像真的是這樣呢。

雖說不壞，但沒有跟同年齡的青少年一起活動，有時候也會讓人自我懷疑是不是自己有社交障礙。除此之外，我和長輩們一起活動的經驗就都是非常不錯的，每一次每一次的邀請或是碰面都非常地有意義，讓人不會輕易地忘記呢。

時間好快，已經過半年了。因為德文變好了，所以可以體驗更多的生活也是不錯，但如果可以，還真的想要忘記德文然後獲得再多一點時間。下個月就是環歐旅行了，活動一個個地從時間表上面越發地近了起來，希望能在剩下的這半年學到更多東西呢。

4、Suggestion / Question:

人際關係是非常重要的，但總是會有學生因為沒有交到朋友就感到沮喪，於是就會對交換生活感到枯燥乏味，我認為啦，應該蠻常發生的。

我的情況是有經過嘗試了，但就是邀請不到也問不到，可能我社交能力較差吧？！或者是因為我運氣真的不好，扶輪社的活動和轟家的邀請就這樣每次都剛剛好撞期。總之，就是我沒有跟班上的朋友出去逛街或是看電影什麼的，從來沒有在課後時間出去過，頂多就是在課間時間或是空堂出去，到商場買買東西這樣，大部分時間都是跟轟爸媽在一起，我也感覺不壞啦。

我的建議是，如果在一個部分失利了，那就在另外的三個部分多加嘗試，同學、轟家、扶輪社、其他交換學生，有非常多選擇呢。其實，把一個部分的感情培養到最後就非常夠了，因為活動的邀請會一直被送過來，會變得非常地忙，會有非常多的時間花在活動的參加上面～以上是我這次的小建議。總之，就是不要因為小部分的失利就放棄，還有很多另外的部分可以努力呢。

希望可以幫到下幾屆的小學弟學妹。

P.S. 我在我的日記連結下面有稍作註解以方便您們的閱讀～

No. 1 of times met counselor: 11 5 2015 Signature:

This reports should be sent to:D3480 Youth Exchange Committee Office(before the 15th of next month);Fax number:886 2 2370 7776 ; E-mail:r3480yep@ms78.hinet.net

2016/3/2

和 Thady & Liz 一起到柏林

在前幾天就跟轟媽在那邊處理今天的事情，轟媽真的人非常好，她在通知我說她在柏林有工作的同時跟我說，如果我想要的話我是可以邀請 Thady 跟 Liz 的。為了避免我一個人在柏林會無聊這樣子，所以我就很高興地接受了她的提議，就這樣用 What's app 邀請了他們兩個。

中間有些小插曲，就是 Liz 的媽媽已讀不回導致轟媽發火，甚至一度說不要讓 Liz 去這樣子。事情大概就是要在前一天（也就是三月一日）跟他們確認見面的時間。這一點一定要確認好，因為轟媽不是專程帶我們去玩的，是有工作的，載我們去只是順帶的，所以一切都要以讓轟媽準時到達柏林為前提。結果，Liz 的轟媽就這樣瀟灑地已讀不回，轟媽甚至開始唸「美國人都是這樣不嚴謹」云云，讓我聽得哭笑不得。

她會這樣一直唸也是遷怒了，說來話長。然而，前幾天還是有發生一件事，就是在上個禮拜天的時候，原本是有預定跟 Liz 和一群人去看球賽的，結果他們太慢買票，然後這件事就吹了。在事前的電話聯絡上，Liz 的轟媽原本是說票會用特殊管道拿到——不是啥黑暗的方式啦，就是她媽媽的公司好像跟這個球賽有投資的關係，所以幾張票是沒問題的，現在卻說買不到票是怎樣？

原本我以為事情就這樣結束了，之後我就接受我那兩位年長的朋友邀請再次到他們家中作客。原本邀請 Thady 一起來的，卻剛好碰上他的扶輪社聚會，所以就不了了之。美美地喝了一頓下午茶，跟那兩位自學中文的老教授聊聊天，雖說今天有點疲累，卻過得非常地開心。他們一聽說我在禮拜三就要去柏林就非常興奮，不斷說要幫我看要怎樣逛，劈哩啪啦地說了一堆。雖說我覺得這些計畫大概不適合年輕人，到最後應該會告吹，但還是非常感激他們對我這麼熱情地幫助。一個下午的時間就這樣過去了，我踏著欣然的腳步，打算慢慢地如同來程一般，先搭火車到總車站，然後轉搭 411 公車回到 Lamme，今天大概就可以這樣美好地結束了吧，我那時如此想著。

結果，前腳剛踏上 Weddel 的月台，就看到 Thady 和原定計畫一樣，邀請了一位美國女生到家裡住。一開始我沒發現什麼，還非常熱情地打招呼，但突然想到一件事，於是開門見山地直接問了：

「妳今天還住在 Thady 家做什麼？不是聽 Liz 說球賽不能參加嗎？」

「我剛剛就跟她一起在看球賽啊？」

……我那時心中難得地想起了台灣經典名句中的幾句，沒有對那個球賽太在意，但讓我生氣的是可以這樣光明正大地放我鴿子，怎麼會有這種人？票如果是經過千辛萬苦後終於找到但數量不夠的話跟我說一聲就好了啊，一聲不吭就這樣偷偷地邀請別人，計畫照舊但排除我？如果不是因為我剛剛好在這個時間點踏上月台，剛剛好碰到下車的他們，我會知道？越說越氣，回家後跟轟媽在那邊邊吃飯邊抱怨了二十多分鐘後好不容易氣才消掉。轟媽卻在之後輕輕地問了我一句：「那還要讓他一起去柏林嗎？」我愣了一下說：

「還是算了吧，搞不好忘記了或是有困難也說不定。」

我有點難想像會有一天遇到我無法諒解的事情的時候，真是好人啊我……

大概就是這個樣子。就這樣，我們在禮拜三早晨應該是八點多左右就開車到家附近的加油站等著。因為昨天晚上的已讀不回再加上禮拜天的放鴿子事件，我們兩人對於 Liz 家的觀感已經下降到了最低點，我們甚至在那個時候說：「如果時間到了那就不用等了，直接開走吧。」等到最後一刻，他們都準時地來了，於是我們就這樣出發了。

旅遊方面我印象最深的就是柏林圍牆了。雖說一開始在 Liz 的「我來過柏林」宣言的帶領下我們華麗地迷路了，也完全拋棄了我的兩位老朋友的提議，就這樣步行在柏林的街道上，完全不知道自己在走什麼，一邊還要忍受 Liz 不斷地說：「I got it! I know where we are!」都已經說了不知道幾遍了，我耳朵都長繭了，妳為什麼還在說這一句？然後，我們連個公車站牌都找不到！但到了最後她能帶路讓我們看到了柏林圍牆還是不錯的。這一大長條圍牆被數以百計的藝術家靈巧的手裝飾成一件件藝術品，真的非常高興可以來到這個著名的地點。雖說這只是柏林圍牆

PEINDRE
SAVOURER
YVES-MONTAND
MARYLIN MONROE STREET ART
VR 1990 2009
ÉDITER
ÉCRIRE

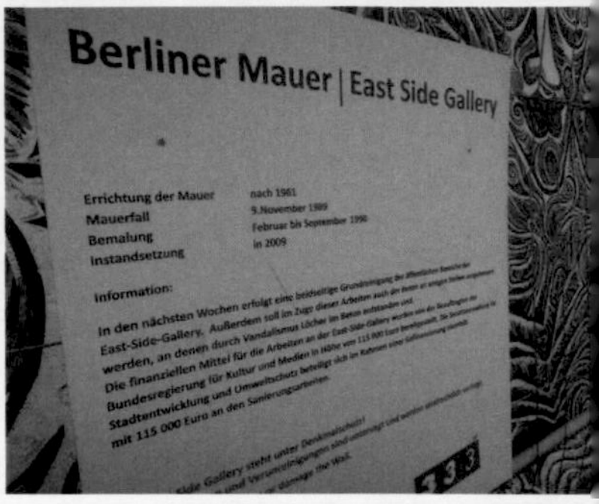
Berliner Mauer | East Side Gallery
Errichtung der Mauer nach 1961
Mauerfall 9.November 1989
Bemalung Februar bis September 1990
Instandsetzung in 2009
Information:

日本地区への迂回路
DETOUR TO THE JAPANESE SECTOR

平成二年'90

DANKE AN DAS GANZE RESTAURATIONSTEAM

ZEPPELIN

1989

1989
"The Watchtower"

1989
"The Watchtower"

1989
VIC

CURRICULUM VITAE
1961 1962 1963 1964 1965 1966
1968 1969 1970 1971 1972 1973
1975 1976 1977 1978 1979 1980 1981
1983 1984 1985 1986 1987 1988 1989
ESCAPE is a mighty method
GRATITUDE to the
killed and surviving refugees

的其中一段，卻也讓我們花費了差不多一個多小時才來回兩面看完，真的非常值得呢，光這一面牆就讓我覺得這一次的柏林之旅非常地棒了。不過……之後他們竟然開始爭執要在柏林吃麥當勞還是肯德基比較好，我那時心中就是個：「OOXX 來柏林吃個屁的麥當勞、肯德基啊 ?! 要怎樣腦洞才能做到這種事情？當然要柏林當地的好東西啊 ?!」

最後，我想想柏林經典食物好像也沒怎麼聽過，所以就跟他們去吃肯德基了，但還是吃得不怎麼開心。那是因為用餐時發生了一件小插曲挑起了我的怒火：有隻鳥突然在我們吃東西的時候飛了過來——因為我們在裡面找不到位置，於是決定坐在外面吃，才會發生一隻鳥飛過來的情況——好，飛過來了，好像盯上了我的薯條，然後他們兩個就非常激動地叫我「殺了牠，不要讓牠靠近，不要給牠們吃的」！我那時心中就不爽，心想：「我為毛（什麼）要聽你的把這動物給趕走？給根薯條在我看來也不會怎樣，認真說起來我們還把牠們的家園給搞成這樣，我們是不是應該天天供養牠們？不給就算了，為什麼還要殺了牠們？」然後就越想越不爽。

當然，表面上並沒有表現出來。都出來玩了，還要不開心什麼的當然不要發生。在之後就跟著他們走，也沒有個目的地亂走，走累了就找個台階坐下，這時，他們竟拿出了平板 ?! 電腦 ?! 我操 !」這邊不爆粗真的不行，「出來玩帶個屁的電腦跟平板啊？？還開始玩起遊戲了，我靠，我……算了。

最後就漫步到了集合地點——一家商場裡面的香奈兒專櫃門口等。我覺得啦，到末了跟轟媽見面後的一個多小時心情才比較好。

我其實對今天的活動有點小怨念，偷偷地跟轟媽講後，轟媽沒說什麼，卻用實際行動來告訴我柏林也可以這樣玩。轟媽先是往商場走，告訴我們說，這邊的酒吧因為有獨特的海產，所以甚至非常受到一些極其著名人物的青睞。我沒聽過那些人名，但大概都是些政治人物或歌手之類的吧。在她告訴我們之前我們對此是一無所知的，剛剛我們自己上來就只是看到「這邊很多酒吧」這樣子，就這樣走馬看花地過去了。

我們逛到一個泰國餐飲店的時候剛好見到在裡面工作的中國阿伯，我們在那邊聊起了我的交換生涯，彼此交換了聯絡方式，約定好有問題可以互相聯絡幫忙。Liz 還在那邊買了一小桶挖撒比（山葵）豆子，稍微嘗過後真的有點想台灣了。

大開眼界啊，雖說不能坐下好好品嘗一下到底是獨特在哪兒，但我們在之後的水果店有遇到一種很奇妙的……長著刺的水果，有點噁心的土黃色，我和 Thady 見到以後就是本能地直接後退，然後直說這是世界上最噁心的水果。然後，就因為這樣挑起了轟媽的好奇心。我跟她說：「這個水果非常的獨特，因為妳可能會喜歡它，但更大可能會是非常討厭它，甚至一吃就吐。」然後，媽媽就忍不住買了一杯來試試。我和 Thady 抱著死志痛快地一口咬了下去，誰知，竟跟我們所想像的不一樣呢。我有點忘記這個水果的名稱了，記得以前有一段時間常常會吃到，作為餐廳裡的飯後甜點，ㄚㄚㄚㄚㄚ那個，波羅蜜，加上冰後簡直是人間極品啊……超想再吃一次的，但在柏林那邊賣的有點貴所以有點難以下手，回台灣再慢慢吃吧。

今天大概就這樣了，一切都結束後我們就回家了。但我還要繼續準備明天和 Jenny 的碰面，以及禮拜五和家人繼續到柏林～好期待啊。

有點奇妙的薑汁汽水，聽說是澳洲的經典飲料，在 Thady 的慫恿之下我們買了四罐，兩罐給 Thady 和 Ganster 家庭，一罐給 Liz，一罐給我們。

雖說在今天有點小小的不愉快，在事前的安排也有點奇怪，但我對於這個柏林之旅還是感到非常滿意。如果沒有他們兩個帶我跑，我大概就會孤獨地一個人照著兩位老教授的指示依著一個個博物館這樣看過去吧。太感謝他們了，讓我有一個在柏林的美好經驗。

P.S. 當下心情可能真的不大好，但還是要感謝他們這樣陪我。

2016/3/3

逛 Jenny 家周圍

到別人家玩～

我會被邀請讓我感到非常榮幸，我也在今天有幸看到農村生活是怎樣的。

身為一個住在 Braunschweig 的交換學生，有點難以想像呂明臻和怡安常常掛在嘴上的「我家門前有小河，後面有山丘」這樣的感覺，她們也相對地覺得我家附近沒有田這一點很奇怪。有點好笑也同時有點好奇。

今天我花了兩個小時的車程到了 Jenny 家，那是一個叫做 Berka 的小鎮。不過，我們沒有直接去她家，而是先去了她們家附近的一個小鎮，慢慢地走到了一個小山丘。山丘上面曾經是一座城堡，現在好像是教堂或是給人住的地方我不確定，只記得我在那個時候一方面對於每天都要爬山丘這一點感到疲累，另一方面又對於能住在城堡裡面這一點很羨慕。

之後路過她前轟媽工作的地方，是一個幼兒園。聽到她放學後有時候會過來這邊玩，就覺得她的生活好精彩喔，有點羨慕。雖說我也曾到過爸媽的工作場所，但那是律師事務所 o.o……當然也是很棒啦，但總感覺跟幼兒園那些可愛的小孩子比起來就感覺差了一點什麼，哈哈。因為等不到她媽媽下班，於是就先往馬廄走了。聽說那邊不只屬於她們家的，也包括其他人的，這點記得不大清楚。在那邊時剛好遇到她前轟阿姨在馬廄工作，還看到很多可愛的狗狗，看她把每隻狗的習性和名字細數家珍般一一唸出，心裡真的好羨慕她可以這樣享受地融入德國的生活。這小鎮小歸小，不過當我看到一路上隨便遇到哪個人都認識她，她也認識所有人，呃……就真的好羨慕這樣的生活啊。

一路走過來，我們彼此分享著各自生活上的有趣事情，或是一些難以忍受的經驗，諸如我和家人的小衝突，或家人之間常常互開玩笑的歡樂、她的房間門常常被無預警地打開、她在各種曬太陽中找尋到的快樂，這些都是我們談話的內容。就這

樣慢慢地一步步從馬廄往她住的那個小鎮上走，大概才五分鐘就繞完一圈了。

我發現到今天大部分時間我們都在聊天，所以要寫出像昨天那樣的長篇有點困難呢 o.o。先不說這個，今天最後一站，明臻跟我說有一家披薩店特別道地好吃，於是就帶我過去。因為有折價卷的關係所以非常便宜，也吃到非常好吃的披薩。因為要趕車，吃完後就看準時間離開披薩店往車站的方向趕路去了。

有點好笑的一點，不確定她從哪邊掏出了她的手電筒，就是小小的、可以掛在包包上的那一種，她就這樣一副忐忑不安貌舉著手電筒慢吞吞地前進。聽說是因為看不清地面，因為沒戴眼鏡、路又太暗的關係，有點好笑 :D。是有點好笑沒錯，但在我到達車站以後就不怎麼好笑了。雖說我只是比她大一歲多而已，但難免擔心她一個人走夜路回去的。她……因為家人都不接她的電話，所以只能摸黑慢慢地走回去，不是說看不到嗎？如果不是怕我自己也迷路，我早就送她回去了——這邊沒有網路，GPS 打開也下載不到地圖。或許當初應該要送的。好在等我上了火車終於有網路的時候收到了她的平安簡訊，終於讓我能放下心來。

初來乍到德國時，會覺得德國經濟好、治安好……什麼都好，但住久了之後就不再那麼確定了。記得在第一轟家買聖誕禮物的那次還看到售票機被炸開後的畫面呢，又聽說有非常多的敘利亞難民湧進德國，甚至在 Köln 還有大規模難民強暴事件——我那個時候真的有點擔心。不說這個了，反正現在一切平安啊。然而，如果有下次，我一定會留下來帶她先回家，然後找到一份地圖或什麼的自己摸索著回去。

今天又是一天「快樂的一天」，希望下次的見面可以比今天更好～。

2016/3/8

扶輪社報告

苦盡甘來

事隔久遠，在我遙遠的記憶中大概有一次也是唯一的一次扶輪社聚會，我終於經過自己的不斷寄信參加了那次的扶輪社聚會。那是一次非常讓人感到興奮的聚會，沒有什麼特別的，卻是我這大半年來第一次參加的聚會。

很久以前，大概是在聖誕節左右，我就已經詢問過一些關於自我介紹的安排，那時非常地著急——扶輪社學生到最後連自己的社都沒有去過是怎樣？？這太不好了。根據當時 YEO 跟顧問的回信速度和結果，讓我非常懷疑：「我真的能受邀參加嗎？」我於是決定以量取勝，一封封的信就這樣寄了出去，為了表達誠意我可是煞費苦心地一行行用德文寫出來的。

到三月八日的這一天，我總算是苦盡甘來地迎來了我的第一次扶輪社見面。拿著在前一個禮拜就製作好並跟第二轟爸媽練習過的簡報，我第一個上了台。注視著在台下的第一轟家轟姊和一位同樣住在 Braunschweig 的澳洲交換學生 Thady，我沒有感到緊張，反而感到對於接下來的事情的期待和亢奮。

除了在一開始可能因為太過於興奮以致有點卡詞外，我的表現還是不錯的。到後面越講越順，根本不用看簡報，直接就劈哩啪啦地一古腦兒講出來了，越說越興奮越高興。我下台之後就是轟姊的簡報，大約是在敘述 Rotex 的創立歷史和目的……ㄝ？我聽到這邊，又綜合了自己跟本社交換學生幾乎沒有碰面的情形，得出了最後結論：為什麼就只有這個社團很新呢？

然而，聽第一轟家說過，他們前一個交換學生也是在這個社團，同樣也沒有什麼活動，所以只是對於一些事情奇妙地不多做關注嗎……？

不過，我個人還是對於自己能在這個社團感到非常開心，雖說發零用錢和報銷車票錢是扶輪社應該做的份內工作，但能在錢這方面非常及時地打進我的戶頭，讓我對於本社的會計非常地感激。俗話說：「錢非萬能，沒錢卻是萬萬不能。」這方面真的幫助我很多。我曾聽說有些學生的車票錢加上零用錢甚至被拖延了將近兩百歐元呢，這種扶輪社如果還規定要月月參加扶輪社活動的話……我不敢想像，那大概會是地獄吧？所以，其實我挺快樂的。聽其他學生參加扶輪社活動的感覺都不是非常高興，還有人只是因為打個瞌睡就被已經趴在桌上的阿伯醒後大罵說專注力低下的扯淡情況。

總結：總算是有參加到扶輪社的活動了呢，是三月八日的一次用德語發表的台灣和自我介紹，事後還有拿到 CD 作為參加這次活動的小禮物。

2016/3/15

浪跡德國～第二階段尾聲

再過兩天，Yoyo 準備搬到第三接待家庭了。

在第二家庭的這個階段，感覺上，他的德文基本生活溝通似乎已經不是問題，
看他的日記，新學期的開始，他變得忙碌了。
學校多了西洋棋社團活動，媽媽又額外幫他安排了德語會話課。
雖是寒冬，他好像也多了些球類運動，
偶爾的扶輪社的活動，爸爸媽媽帶他到柏林旅遊，
轟媽傳來的照片，似乎參與了很多的家庭晚宴聚餐……
感覺上，他的日子很充實，很忙！
忙到媽媽寫給他的 line，常常過了三天還是未讀狀態。
頗搞不清楚他是看到嘮叨媽媽的 line 懶得讀？還是真的忙到沒空讀？

說到和他的 line 聯絡，這小孩，這幾個月唯一的不變，
就是對老媽一大串的問句，一貫的冷處理。
沒辦法，老媽就是老媽，自己都搞不懂怎麼有那麼多問題可問。
只要看他上線，就是一連串的問句給他……
然後一天 N 次點進 line 畫面，看他讀了訊息沒有。
一天，猛然想起他有次坦白的招了，他是選擇性的看訊息。
某些人的 line 立馬讀立馬回，某些人的 line 積了數十個訊息也不看。
前兩天，連和他聯絡回程航班時間的訊息過了三天都沒讀，
忍不住問 NU：「最近有跟你哥哥聯絡嗎？」
NU：「有啊，他剛剛才在線上，還在跟我說話……」

一聽，抓來手機再點進去看……
忍不住碎念：「有沒有搞錯，明明有上線，這臭小子，就是不讀我的！發了三天還不讀，這怪了……」
一旁的爸爸幽幽的說：「妳很好了，才三天！我十天前發的他都還沒看咧……」
看他一眼，忍不住噗嗤笑出來：「十天 ?! 你也太淒慘了吧？」

這個階段，只在剛換家庭時和他視訊過一次，
反而都是第二個媽媽偶爾捎來幾張照片和訊息。
感覺他參與了蠻多爸爸媽媽的社交聚會，跟著爸媽去看電影，
跟著媽媽和轟妹的男朋友吃飯聊天。
雖都是片段片段的消息，欣慰的感受到，他讓自己充分的融入在接待家庭的生活中。

在交換生活的一年，交換成功與否，同樣擔負接待義務的我們，
深刻的感受，能否「融入家庭」，這一點扮演者絕對關鍵的角色。
每一個家庭都有不同的生活方式和不同的生活價值觀，
每一個家庭都有他們獨特的生活圈和朋友圈。
當你願意融入你的接待家庭，才能真正體認最道地的德國生活，
才能真正耳濡目染的學習到德國人的生活態度。
同時，生活在一起，融入了家庭，他也才能真正學會尊重別人的生活習慣和生活方式。
這樣的交換才會和走馬看花的旅遊觀光不同。

一聽他要換家庭了，老媽的嘮叨魂又上身了。
猷，搬家前記得要把房間打掃乾淨，回復原樣。
猷，一定要記得跟爸爸媽媽表達感謝，謝謝他們這兩個多月的照顧！
猷，環歐旅遊時，記得準備三家爸爸媽媽的禮物。
猷，搬了家偶爾記得發個訊息問候第一跟第二家的爸媽……
猷，………………

又是一連串的叮嚀，估計，他又要三天不讀訊息了……

可 Yoyo，媽媽重複重複的叮嚀，你要放在心裡：

一定要記住別人的好，記住別人給的溫暖，

在這世界上，沒有什麼事是理所當然的，當然更沒有任何人是理應為我們付出的。

中國人愛說「緣分」，千里迢迢的相識，成為幾個月同住屋簷下的家人就是一份值得珍惜的緣分。

世界之大，這幾個月親子關係的緣分就更顯得珍貴。

猷，請你要記得接待爸爸媽媽帶你走訪其他城市的用心，

記得他們給你的每一分照顧和疼愛，

記得他們的每一次包容，

記得他們的每一個教導。

請一定用感激的心情，和爸媽道謝！

再來，用全新的心情，融入你的第三個家庭！

猷，一年的交換即將邁入最後的階段，

有了前幾個月和兩家爸爸媽媽相處的生活經驗，

媽媽相信在第三個階段，你會更優遊自在的享受德國生活。

猷，七月見，加油！！！

2016/3/17

第一階段接待心得－加拿大治恩《8/14 ～ 1/9》

第二棒感覺好像一眨眼即將結束。

再過三個星期，就要接第三棒捷克的彥柏了。

接待任務完成近三分之二。

心情，已是五味雜陳，千頭萬緒的不知該從何理起。

三個孩子年紀不同，家庭背景不同，教育背景不同。當然，個性更是完完全全的不同。

在他們和我們同住的短暫幾個月，我要盡到一個媽媽的照顧責任，
要善盡一個接待家庭的督導責任，
我想給他們家的感覺，想給他們有媽媽在身邊照顧那種被愛的感覺。
但如同對自己的孩子，在能做和不能做的規矩之間，
在自認該盡的接待家庭職責的責任良知間，
我要管他們的交友，管他們的門禁時間，管他們的華語功課……
他們喊我一聲媽，但這三個孩子，他們既非我生，亦非我養大。
再加上文化不同，東西方父母教養的差異性，
管到哪裏？照顧到哪裡？包容到哪裡？
分寸之間的拿捏，我必需說：不容易，真的不容易！

第一個加拿大治恩，因比其他交換學生提早一個月到台灣參加華語營，
加上第一棒時間最長，他和我們住了快五個月。
十六歲，在三個小孩中年紀最小。父母分居多年，在他離開加拿大的不到一個月前離異。
幾個月和他的互動，大約知道了他在加拿大的生活狀況：

過去的五年，爸媽分居，兩個星期爸爸回家住，另兩個星期，換媽媽回家。
在爸爸和媽媽交換的前一個星期，弟弟妹妹就處於焦慮狀態，
捨不得爸爸走，但又想媽媽回家。
於是妹妹在爸媽交接前一星期，開始動輒哭鬧。
弟弟則是變得脾氣暴怒，至於身為老大的他，則是選擇冷漠的不顯露出任何的情緒。
而這五年分居之前，父母長期處於爭吵或冷戰狀態。
每天回家，直接回地下室自己的房間內玩線上遊戲。讓自己遠離大人的紛爭。

我不懂心理學，也沒有接觸過來自不和睦家庭的單親的孩子。

但這樣的成長背景和家庭背景，明顯感覺影響了這個孩子的個性、人際關係及價值觀。

他的個性和生活習慣，就是自己吃完早餐，上學開門就走；回家開門下地下室房間一句話也不用跟誰說。

偏偏，他碰到一個整天都在家的轟媽……

「出門說再見，回家說我回來了」這老古板轟媽覺得最基本的禮貌，怎可能隨他當住旅館一樣想走就走，想回就回？

但很不幸的，光這一點，提醒了四個多月，他依舊包包背了開門就走，

回家時即便轟爸坐在餐桌那，他十之八九不吐一個字甚至看也不看一眼的直接走回房間。

這一點，我的嘮叨終究難改他過去 N 年的習慣。

再者，一直以來，在加拿大除了吃飯時間，其他時間都一個人窩在房間打線上遊戲的習慣也帶來了。

偏偏，他又碰到一個只要他一進房，就要他出來，教他中文、寫功課或吃點心的媽。

他們的中文能不能很快學會基本的聽和說，第一棒接待家庭擔負關鍵性的責任。

當然，每一個轟媽想法都不同，有人認為學不學是你自己的事。

偏偏，他又碰到一個，覺得學不學是你的事，但應該教是我的良心和責任的媽，

類似的狀況，每天似乎就在他要照他加拿大的生活過，而我要盡我該盡的責任義務的價值觀中拉扯。

NU 常說，我怎麼覺得妳跟 Ryan 沒有一天不吵架的？

回想起來，確實是！個性同樣吃軟不吃硬的兩個人，似乎沒有一天是平和的……

照顧治恩，確實也讓我也在理智和感情中糾葛了四個月。

因為他的家庭背景，心軟的我，對他是充滿疼惜和不捨的。

儘管只有幾個月的時間，我很想盡我所能的給他一個完整的家的感覺，

很願意盡我能力的給他被愛的感覺。

但在既有是非價值觀中，他有很多的習慣和想法卻是我完全無法接受的。

不喜歡他所有時間都緊盯著手機，不認同他功課不寫，把時間全花在約會和線上遊戲上。

不喜歡他的不打招呼，無法接受他的說話不尊重，
很失望他習慣性的把錯誤推的一乾二淨，做錯事毫無例外的總說：「那是因為妳那樣那樣，所以我才會那樣。」把所有的錯都推給別人的不負責任。
不喜歡他把每件事視為理所當然，絲毫不懂感激的言語。
循循善誘的試著教他對生活的細節表達感謝，而他卻堅持的說：我沒有要求妳做什麼，是妳自己要做的……
於是，我和他，在一天之中，可以和他什麼都聊，大男孩也會媽媽長媽媽短的說不停，
但一會兒，一言不合的又會兩個氣的吹鬍子瞪眼睛的對嗆起來。
帶他四個半月，回想起來，感覺很漫長……
感覺肩上擔子沉重，一個人很努力的挑，但總感覺吃力的挑的讓自己腳步踉蹌的感覺……
雖有段很特別的革命情感，但，因為他，卻和老公有太多的不愉快，
因護他陪伴他，我在我們的婚姻存摺裡提款了太多……
坦而言之，這是一段充滿畫面，但卻不想重播再來的幾個月。
但畢竟，他只是個十六歲的孩子，一個處於衝撞各種常理規範的年紀。
對治恩，我依舊關心也充滿祝福，更相信只有十六歲的他，未來還有無限的可能。
這個我們第一個接待的外國孩子，這個依我們孩子輩分為他取了個「張治恩」這個名字，感覺上就是像自己孩子的孩子，
期待他會碰到一個能影響他，能引導他更正向價值觀和是非觀的生命貴人。

曾經想，我不知道這樣用盡全力的愛和照顧，能讓這個孩子感受到幾分？
能軟化他的冷漠幾分？
曾經想，這樣完全的付出，他會給我什麼樣的回饋？
這一年的接待義務完成近三分之二的這一刻，
我想，起碼……這第一階段，我盡了所有我該盡的責任和義務，
捫心而問，對他……我已問心無愧！！！

第一段的經驗，嚴格說來，我有許多需要檢討的地方。
很多前輩分享，這些孩子都只是個過客，對於他們不必太在意。
關於過客，依稀記得曾經看過一段話：

> 不必懷念在生命中的過客，但不論是什麼時候認識，或以什麼方式令你哭過笑過，
> 好歹也曾在你生命中短暫存在過。
> 不必每個都記起，但也不必刻意去忘掉。
> 無論最後的關係結果是好還是壞，每一段相處都是彼此生命中獨一無二的，
> 都是彼此人生中的唯一，都是彼此人生中的點綴。
> 我們的人生，豈不就是因為這些好與不好的交錯而繽紛？

每一段的經驗，都是一個無法複製的學習。
對治恩和我，都是一段學習的過程。
從這段相處學習到的經驗中，再去調整修正，
讓自己能更成熟、更從容、更有經驗的面對下一個孩子，

修正後的第二段經驗如何呢？晚上繼續抒發…………

2016/3/18

2016.3.18~3.19 第三個轟家

真的有點久遠了（懶得分兩篇打的概念）

在前面應該有說過了，但還是在這邊重提一下：第二轟家有一個在四月多出發到美國探望女兒的旅行，所以在我環歐歸來的時候他們不會在家——其實是會在的，但他們一直跟我說不在。不知道何故要這樣跟我說？我是在 4.9 回到德國，4.14 他們出發。可能有什麼原因吧？我不知道，算了，不重要。

先來回憶一下在第二轟家的點點滴滴吧。雖說有點不禮貌，但如果真的要回答「第一、第二轟家哪個比較好？」的選擇題，我大概是會選出第二轟家的。這是個非常艱難的選擇，因為我知道我在第一轟家其實也過得非常快樂，轟爸媽也是非常貼心，但就是他們一直不斷地忙於工作，再加上我在那段時間是被 RosettaStone 壓身，壓力非常大，所以和家人互動的時間只有在晚上一起吃飯或是看看電視這樣子。在那個當下因為都看不懂電視，甚至有非常多天都是直接在打過招呼過後上去繼續 RosettaStone。因為我本身德文實力的受限，和在前幾個月得努力熟悉當地文化和環境的前提下，還是有些無法理解的情況或是壓抑。當然，或許是因為我粗神經的關係，我在那個當下沒有哭或是什麼的，我非常的樂觀，第一、第二轟家的友善也同時幫我非常多。

在第二轟家，我改掉了在台灣產生的一直反射性地說「不」——不會嘗試去體驗新事物的壞習慣，非常痛快地接受了多出兩個運動活動的提議，有參加羽毛球跟籃球，真的是讓我非常高興。這樣，我在第二轟家的晚上，空閒無聊時間不知道縮短了多少！真的非常感激他們提議讓我去參加。事後我有問過第一轟家，為什麼我當初沒有參加這個東西，他們就說他們有問過，但那個時候我直接拒絕了……。奇怪，我怎就沒印象 T.T?! 回想許久，終於記起來在剛到德國一個多月的淡薄記憶：

媽：「你有喜歡的運動嗎？」

我：「ㄜ……乒乓球或是羽毛球吧。」

媽：「那你要去運動中心打羽毛球嗎？」

我：「你們要跟我一起打嗎？」

媽：「不是，你要自己去打。」

我：「？？？」ㄝ，不是說要打球嗎？莫非是對牆？一個人打什麼？

媽：「就是拿一個球拍過去打啊。」

我：「？？？」我越來越混亂了。

媽：「那邊會有人可以跟你打。」

我：「我可能了解了……」看來不是對牆。

媽：「但你要自己去找對手。」

我：「……」三小。

我那個時候還沒有運動俱樂部的概念。

小小的誤會再加上一些偏差，我被認為是喜歡宅在家裡面的孩子。雖說這樣也沒錯啦，但我還是想要在交換生涯多一點活動。在他們不知道我真正內心想法的情況下，他們也沒有問我要不要參加活動，我自己也沒有要去詢問和參與的意願，壓根不知道可以多一點活動。畢竟剛開始，以為學德文是最重要的，多一點時間學 RosettaStone 對我的交換生涯比較有助益。現在，終於知道不是這樣子的。

交換生涯如果事先被告知所有東西，就不會是這樣一個嘗試和摸索的過程了，也就失去了所謂的樂趣。當然，我也是納在黑暗中慢慢摸索的其中一員。在這一點，第二轟家會強勢地把他們認為是好的東西給交換學生，這是第一轟家不會做的，我非常感激他們為我做的這些事。

拖回正題。在籃球俱樂部，我獲得的大都是關於體能上的直接體現，在德文或是朋友的方面沒有什麼進展。用我對 Jenny 解釋的口吻就是：「基本上就是被光頭大叔們一直肘擊。」沒有歡笑卻有汗水。連續兩個月的籃球鍛鍊，雖說讓我確實地認知到我在籃球這一塊真的爛到掉渣（可以在長達兩個月的不斷練習賽中只拿助攻不拿分的，我大概此生只能見到我一個，呵呵）以外，對於我的體力鍛鍊是真的非常有幫助的。畢竟一下場就是一直跑，跑一個半多小時這樣子，再怎樣打醬油還是會鍛鍊到肺活量跟腳力的。所以，我在這個俱樂部，雖說有認識到一些人，但主要是以鍛鍊的心態在參加這個活動的。

相對於洋溢著血汗的籃球，羽球這邊就充滿著歡笑了。

在這邊交到非常多的朋友，名字印象較深的有幾位，Leon、Tim（第一個）、Tim（第二個）、Tim（第三個）……有夠多重複名字的 o.o。ㄚㄚㄚㄚ啊！！！忘記說了，我在最後幾週發現一件事情，Lamme，也就是第二轟家的城鎮，是由非常多國的外國人組合起來的奇妙城鎮，我最好的朋友 Leon 一號是波蘭人（以下音譯），依莉（男的）土耳其，伊莎貝拉和……超難唸的名字，忘記了，抱歉，也來自土耳其，除此之外好多好多，都是在羽毛球這邊認識的。他們都是小的時候就到德國定居的，所以雖然不是正統的德國人但他們的口語方面是分辨不出來是外國人的，大概在外貌才能稍微看出一二——好特別的感覺啊！結果，只有一號 Tim 才是正統的德國人，這讓我有點小驚訝呢，每個禮拜三跟我一起打球的人大部分都不是德國人！其實，WG 班上也有非常多的外國人，這我大概之後會找時間講吧。

回歸正題，我有跟他們一群人拍照，但，相機照片遺失了，剪下貼上的過程中突然不見了，網路上的方法已經試過了，就是找不回來，非常的遺憾啊。（找到了～！終於找到相片了，能找到真的是太好了。）

照片樣子大概還是記得的，就稍微地描述一下吧。小女生伊莎貝拉先回家了，剩下的女生在對打沒時間過來拍照，所以就男生們非常熱情地一直往鏡頭擠。在拍完合照後，Leon 在回家的路上問我能不能再拍一張照片，於是就非常技巧性地把相機放在圍牆上用計時拍了一張照片。因為曝光過度，臉有點白，這樣反而讓這張照片顯得更加真實。

大概是最後一次在這邊打羽毛球了。平常，我們當然不會只是在那邊一直打一直打，彼此的對話也不會只是說「打得好！」如此貧乏單調，我喜歡這邊大於籃球就是因為這個原因——我們不只是球友也是朋友！日常上下學時還常常會遇到一起搭同一班公車的情況，所以天天都會期待能遇到朋友，天天上學都會檢查下整輛公車上有沒有朋友在，好懷念住在 Lamme 的時光啊。越寫越感傷。

順便說一下，原本第三轟家說應該是可以接送我去上羽毛球的，後來卻因為他們剛好在那個時段報了名去健身房的課程，基本上有時間但非常緊——不是說他們不夠好，但考慮到他們的難處，所以到後來就作罷了。這拍照的一次，真的成了我在德國最後一次跟他們打羽毛球……嗯，我決定最後幾天偷偷過去跟他們打一場 :D。

怎麼覺得在第二轟家的事情講不完啊。算了，繼續講。

關於食物的部分，因為常常我會想開啓話題，就會問說：「今天吃什麼啊？」「幾點吃飯啊？」或是基本的：「今天過得如何？」或是：「你今天做了什麼啊？」所以，轟媽到最後甚至抱怨我說，因為我一直問所以每天的晚餐都超豐盛的。對他們來說，天天晚餐熱食真的非常不尋常呢，我直到最後才知道這一點。對我們來說，這樣已經算是天天在家裡「辦桌」——大約同樣的等級了，所以甚至我還跟媽媽一起去慢跑減肥 o.o。

早上為我準備的餐盒也因為說我太瘦所以那個量真的一開始讓人哭笑不得。兩盒麵包、一盒水果、一罐優格，真的超～多的！那個量，讓我必須得在每一次的下課期間都拿一點吃、拿一點吃，這樣才有可能吃完。然而，我在第二轟家有非常多的活動，所以真的到最後就只是熱量跟消耗補齊這樣。總之，食物的方面也是非常感謝的。

雖說有過小衝突，我也犯過錯，但轟媽的無限包容和理解，讓我過得非常快樂。

她跟我說：「犯錯沒關係，改過就可以了。」或許在台灣的父母也可以同樣地做到這件事，但我身為一個只待在這個家短短兩個月的交換學生也能受到這樣的待遇，真的是讓我受寵若驚。

我真的能感受到我是這個家的一員，不是只有嘴巴上說說而已。我甚至會被介紹給轟妹的男朋友認識，甚至會約出去吃飯，吃壽司，吃亞洲餐廳——可能不是正統的台灣味，但我對於她這份對於我的關心真的是非常感激。

回憶大概就到這邊結束吧。我也要調整心態慢慢地去接受第三接待家庭了，終於有個轟妹讓我也是非常興奮。以前的轟家也是有兄弟姊妹，但都在國外交換或甚至已經出外工作、讀大學。如今，家裡終於有同輩人了，不知道會感覺如何呢？

就在禮拜五下午，吃完午餐之後就進行交接了，提著今天早上才準備好的行李就開車前往第三轟家。

搬過去之前我已經和第三轟家見過面——那是在一次扶輪社聚會的國家展覽會上，我們因為在此之前就有過短暫的通訊，所以有認出彼此並說了一些話。我對他們的印象就是轟妹好漂亮，咳咳，有點不正經，但就是這樣。

開車前往新家的路上我有點悶悶不樂，我在那個時候真的覺得第二轟家是最好的轟家，沒有「之一」啊，我一定會非常想念他們的……就在這樣的情緒下到了第三轟家。

打開門的是新轟媽，我的目光不知何故卻開始投注在著第二轟媽抬到額頭上方的香奈兒太陽眼鏡上——或許是怕會在分離後互相疏遠甚至忘記了彼此吧，只想在這最後的時刻好好記住這位為我付出太多太多的女士。

交接得非常快，我的生活習慣和一些交換家庭的注意事項稍微提及就差不多結束了——好快！那就是在那當下我心中的想法。

事情已過了一段時間，我不太確定我在最初的兩天做了什麼。

沒記錯的話，我先把行李都拿出來按照以前的規則放好。當然，在這之前有先跟轟妹看過一遍家裡的配置——當下感覺是非常滿意的，對於自己房間的位置也是非常開心，有自己的私人空間讓我感到非常興奮……這樣說怪怪的？當然第一、第二轟家也是有我的私人空間啦，但這裡的真是太棒了！我的房間在地下室，有自己的浴室，不會因為老是在半夜爬起來上廁所干擾到轟家真的是讓我感到太舒服了。第一轟家房間在閣樓但浴室共用，第二轟家有自己浴室但房間在同一層，以前常常會干擾到真的是不好意思 o.o。

在吃飯前跟轟妹玩了下 Wii，她玩遊戲真的好強啊，我真的被完敗了。

今天大概就這樣了，除了對於在晚餐時下班回來的轟爸感到了震撼以外。在他回來之前轟妹就一直說她「爸爸是世界上最好的爸爸」云云，是一位氣質出衆的男人呢，說不出的優雅神態和包攬下大部分家務事的態度真的讓我感到非常的……驚豔？有點忘記該用什麼詞彙來形容了，但真的就是這樣，非常地難以形容。

感覺以後會被管很多呢，這位爸爸給人的感覺好像媽媽。

在一起吃晚餐的時候我們聊得非常融洽。轟爸是公司裡的小主管，常常要飛去美國或是義大利，所以他不免接觸到非常多外語，於是講著講著，對話的方向就莫名其妙地開始朝秀外語發展了。也就是說，四個人你一句、我一句，一種外語只能講一遍這樣輪流下去。我記得我講了華語、日語、泰語、台語、葡萄牙

語……還有一些別的但忘記了。在這個小插曲中，讓我再一次見識到了轟妹的多才多藝，非洲一個不知名小國家的日常對話她居然信手捻來！這種東會一點、西會一點的小本事，剛好是交換學生會用到的。另外，她是我在德國遇到學中文學最快的一個人，四聲音調都非常地到位，大概是因為咬字方面不太熟練，講出來的聲音超可愛的 :D。

隔天早上我早早就起床了。或許是還不習慣新環境之故，也或許是因為還沒有網路，昨晚十點多就睡了！八點多就聽到樓上有異動，在好奇心驅使之下，我走上樓去，發現是正要出門的轟爸穿鞋的聲音。十分鐘後，我已經跟轟爸一起提著麵包，往回家的方向漫步著。途中經過在來時看過的墓園，在那旁邊一條小路上我看見了一隻瞪著眼珠兒動也不動的兔子。好療癒啊！一早起來就能看到這樣可愛的動物，真的讓我深深覺得在這一天會是一個美好的早晨。

這一天過得非常快，想到明天就要參加環歐旅行了就感到非常興奮。在轟爸的幫助下一起非常有效率地利用了行李箱的全部空間，完成了事前準備行李打包的工作。吃完飯後愜意地窩在沙發裡聽著轟妹的鋼琴自彈自唱，好佩服她啊，超有才的！在短暫的聊天後，知道她甚至還安排了跳舞課程，當然，運動社團和健身房也是每週都有的，就是這樣一位行程表滿滿又才華洋溢的轟妹。

晚上轟爸媽要出去和朋友見面，我因為要做報告就婉拒了。說報告怪怪的，其實是要做一個五分鐘的德文景點介紹，順序是用名字字母開頭決定的，所以我在滿前面的，第三天還是第四天就是我的法國凱旋門了。

轟妹想幫助我的德文更好，所以就花費了非常多的時間去幫我做翻譯。當然是我先寫過一遍，然後她再幫我做出整理，真的花費非常多時間呢。以下是我們弄出來的成果，當然是德文。

Der Triumphbogen, auf französisch Arc de triomphe de l'Étoile, steht im Pariser Zentrum am Place Charles-de-Gaulle. Er gehört mit dem Eiffelturm zu den Wahrzeichen der Stadt. Er ist der größte Torbogen der Welt und erinnert an den Sieg Napoleons 1805.

Er ist 45.54meter groß, 44.82 Meter breit und 22.21Meter dick, die Bogenmitte ist 36.6Meter hoch und 14.6Meter breit. Es gibt auf der Wand 4 verschieden Groß angelegte Reliefs über den "Auszug der Freiwilligen", "Sieg", "Frieden" und "Widerstand". Einige Statuen sind sogar mehr als 5 meter groß. Es gibt 4 Bögen und man kann einfach mit dem Aufzug oder auf der Treppe aus Stein nach Oben gehen. Es gibt 273 Steinstufen. Man kann drinnen in ein Museum gehen und etwas über die Geschichte des Triumphbogens lernen. Übrigens kann man auch in zwei Zimmern einen Film auf Französisch sehen. Er zeigt Informationen zum Triumphbogen. Weiter oben kann man ganz Paris sehen.

Unter dem Triumphbogen gibt es ein flaches Grab.

In dem Grab liegt ein unbekannter Soldat als Zeichen für die 1.5 Millionen gestorbenen französischen Soldaten. Auf dem Grab wird immer ein Licht um 18:30 Uhr neu angezündet. In den Ferien hängt eine 10 Meter lange Flagge von den Bögen runter.

Jedes Jahr am Nationalfeiertag von Frankreich, dem 14.07, geht der Präsident durch den Triumphbogen. Am letzten Tag als Präsident geht der Präsident wieder dahin und legt einen Blumenstrauß auf das Grab.

真的非常感謝 :P

2016/3/20

環歐前一天

快要開始了呢

早上早早就起來洗澡、刷牙、洗臉，看來還是需要一些時間來習慣這個轟家啊，被太陽一照就起來了。閒閒無事的我坐在沙發上滑滑手機玩玩遊戲，順便等其他人醒來。

早上有一件事讓我有點尷尬。轟媽問我要不要跟轟妹一起去買麵包作為早餐，我在那個當下沒什麼事做所以就本能地說好。然而，不知道是我當下的表情，或者是他們已經在這短短的兩天之內受夠了我從來不拒絕的態度，所以就問我說：「你真的想要嗎？」有點壓迫的感覺。之後又沒有間隔地拋出兩個選項：跟著去或是留在家裡？我腦袋瞬間就矇了，完全不知道要怎樣選。在那個當下我只能站在那兒，嘴巴張開發出無意義的呻吟聲，就像是離開水面的魚，不知所措地找尋著正確方向。

後來，在他們最後一句「你真的不必去」這句話的刺激下，我反射性地說了一句：「我要留在家裡。」然後渾渾噩噩地走回房間坐在床上滑手機。說真的，也沒有要做的事情，但就是在那個情況下說不出什麼東西啊。

昨天晚上就聽說轟阿公要過來了——是第一次遇到這樣的阿公吧？有點不確定了，因為時間有點久遠。搞不好在第一天下午或是第二天早上就已經見到了？有的話也應該只是短暫地說了一下話，甚至大概就是在街上偶遇然後說幾句打招呼的話這樣。

這次早餐沒有太大的亮點，但畢竟是第一次見到其他家人，所以就還是寫上來了。忘記說了，挖沙比起司倒是吃起來不錯，阿公試過以後覺得好辣的樣子好可愛，哈哈。

在這過程中，轟妹再次展現了她的多才多藝，讓我感到壓力頗大。她吃到一半就出去了，說要參加教堂的演唱會。好多活動啊，真的。

有點累了，但還是要在轟爸的陪伴下開始做行李的打包。因為常常出差，再加上有點賢慧的性格，所以他的行李打包技術真的很好，用奇妙的折疊方式弄出更多的空間，讓我的行李箱可以放下更多東西。但不知何故，在這個家真的感到有點累。

一切都準備就緒了但還是感覺有點不放心，再次檢查了一遍，仍然莫名其妙地提不起興致，坐在那邊等午餐的開始，記得應該是千層麵。吃到一半 Thady 就過來了。或許是為了方便，或是剛好有活動，Beate 跟 Lutz 把 Thady 給送過來，讓我們把他送到 Hannoever。聽說轟爸媽對這一點頗有微詞，哪招……這也要生氣？不過是多接送一個人。可能是不同文化之間的價值觀差異？有時候真的搞不懂到底哪些表現是因文化不同而產生的價值觀差異，哪些僅是單純的個人問題 o.o。

出發前拍了一張跟 Thady 的合照，我應該是笑得非常燦爛的。一路上，Thady 用英文非常歡樂地跟轟妹打各種嘴砲（這邊解釋一下，「打嘴砲」這句話，可能有點粗俗，但這是最維妙維肖地詮釋兩個人在說著漫不著邊際的事情的說法呢）。不知何故，以前曾縈繞腦海的幾個不太開心的想法又再次浮現：為什麼身為澳洲或是美國等英語、美語系國家就可以如此輕鬆地跟別人溝通呢？想像一下全世界都跟我們講中文的樣子，想像一下大家都必須去考中文檢定的感覺吧。先不提如果我們努力考到英文檢定考試一樣拿到好工作，先不提我們可以努力學英文一樣可以成為非常好用的社交工具……自己的母語使用起來那個熟悉度和順暢度怎能跟其他語言相比？

當然，這是非常不負責任的一個想法，所以我在很久以前就已經先把這想法給掐斷了，基本上是在想法浮現的瞬間我就沒有再繼續想下去了。因為我知道想這個也沒有什麼用，想多了這世界就會變？還不如多背一點英文單字，還不如多學一點文法。很悲哀的想法，但這就是事實，我們只能先把自己變得強大，才有一絲可能性去改變自己不滿意這世界的地方。

但說真的，差距還是會有的，不只是關於英文，葡萄牙文和西班牙文因為也有 der die das 這樣類似的東西，所以德國人學起來也是會非常地輕鬆，更不要說英文了，單字一堆都是一樣的或是只有差一點點，那個學起來的難度簡直不要太少

（根本就是一點兒也不難）。我們要做的就是用盡自己的潛力，善加利用周遭的環境並約束自己努力去學習當地語言，這樣才能追上其他人的步伐。

但在這個當下，我因為今天心情本就是不大好，所以就不可避免地一直陷在這一塊裡面，鑽牛角尖。

我的語言天賦可能不大好，甚至聽力這一塊更是糟糕。我不是聽不懂，而是聽不到，連聽都聽不清楚，理解從何談起？我大概只能在他們的對話中稍微地插入一點意見或是感想，這一點我真的是受夠了。我真的很想加入他們的對話，但我就是不能。我能在跟香港、台灣網友的 skype 上用中文跟他們聊天南地北，甚至聊天話題已經與遊戲本身不相干了，都是打著遊戲聊著交換生活等等，我能非常輕鬆地用母語說出自己想表達的意思，卻沒辦法用一樣的流暢度說出英語，這讓我非常的不爽。

到達這個奇形怪狀的青年旅館後，我更是覺得惡夢要開始了。除了怡安跟明臻，我真的是溝通障礙滿值。有點好玩但也不是讓人那麼開心的是有些人會用英文跟我說一大串話，但我就是聽不懂，所以他們覺得非常好玩。我大概已經成為一個吉祥物一般地存在了。

在吃晚飯以前發生了一件小插曲。上一屆的地區主委把我叫住，說在環歐過後一段時間會跟我聯繫，並請我對他的華語做出指導，因為他不久之後要到韓國、台灣做一個小小的（？）扶輪社例行報告，他希望不要只是說出「你好」之類的世界

性爛大街用語。但是，大概會在環歐之後才問我這樣吧。怡安倒是對於只問我這一點感到很奇怪，可能因為我長得「很台」吧，另外兩個台灣女生從來沒被問過相關問題。

吃完晚飯之後聽聽環歐注意事項，還收到了一個號碼，必須在聽到自己的號碼後報數。我是 26，但用德文說出 26 會有點卡卡的，因為嘴形問題 o.o。這東西非常地重要，因為是在環歐集合時用來確認大家是不是都在場時用的，非常～地重要。

今天除了心情的壓抑之外，其實一切都是可以的。青年旅館我非常地滿意，雖說還沒有到頂級的感覺，但因為還在德國所以有網路，再加上床很乾淨，這些就讓我非常地滿意了。晚上被邀請一起打 Black Jack ——雖說是我最不喜歡的 21 點根本靠運氣，但能被邀請就讓我非常地高興了，雖然要稍微地接受另一波的英文轟炸。大概這樣了，晚安。

長達三週的環歐旅行，因為篇幅太長，請容許我輕輕帶過。那真的是一個非常讚的旅程，不光是看到了歐洲各地的不同景象，更在這段時間內重新認識了其他交換學生。

不只是有好事發生，也有壞事發生，但就像某句名言所說的一樣：「好事助人快樂，壞事助人學習。」如果都只有好事發生，那這個旅程也挺無趣的。

2016/3/30

第二階段接待心得－丹麥玠宏《1/9 ～ 4/9》

再十天，第二棒的任務即將結束。

四月九號，三個家庭即將再聚在一塊兒，三個孩子即將搬到他們的第三個家庭。

第二個孩子－玠宏，是一個非常有想法、很有目標感的孩子，

他像塊吸水海綿一樣，急著想在台灣的這一年，

嘗試每一件他沒有做過的事，踏遍每一寸他沒有去過的地方。

他認真學習中文，自我要求甚高的寫好每一份中文作業。

高度參與每一場模擬聯合國的活動，
在學習上，他是個自律性極高，榮譽心很強的孩子。
是個非常懂得安排時間，在享受生活和學習之間，分寸拿捏得宜的小孩。

他熱情外放，交遊廣泛。
在生活上，他的應對進退也是謙恭有禮，
住在一起兩個多月，任何生活上幫他做的小事，拿給他折好的衣服、拿根湯匙給他，
或是每個星期拿代餐費給他，他一定雙手接過，誠心的道謝。
偶爾三餐間肚子餓了、嘴巴饞了，他未曾開口要我為他打理張羅，
一直都是自己到廚房，自主的覓食，然後帶著王子的優雅，卷起衣袖，開始他的創意料理。

在生活和學習上，他是個完全不需特別照顧的孩子。
唯一困擾而無法有交集的，就是他想體驗台灣的夜生活。
想去他沒去過的酒吧，想去 night club，想參加晚上九點到凌晨五點的 KTV 趴，
想和一群朋友到某人家過夜狂歡。
儘管祭出了扶輪交換學生不得涉足 KTV，PUB，CLUB 場所的規定，
儘管祭出了交換學生規則的第一條：謹守接待家庭之作息時間等規矩。
但他是個無法以「規定」來說服的小孩，每一件事要求一個能讓他信服的理由。

不大不小的年紀，覺得自己已經成熟能為自己所有行為負責。
覺得體驗各種不同的活動和交各種的朋友，是他這一年交換生活很重要的課題。
他認為，PUB，CLUB 這些地方，他的丹麥父母都會同意他去，
他認為，到朋友家過夜，過夜生活，撫養他長大的丹麥父母也都會尊重，
因為他已不是一個小孩，是一個可以為自己負責的個體。
出任何我們提醒的可能狀況，他是可以自己承擔後果的大人，不會是我們的責任。
但偏偏，他不是一般來台灣玩的觀光客，
參與扶輪交換學生計劃，他有他該遵守的規範，
而身為他接待家庭的我們，也有我們須承擔的照顧監護責任。

他是個勇於衝撞規矩的小孩，為了爭取參加 party，
好說話的轟媽這關意外的行不通，讓我佩服不已的，他不放棄任何一個可能的機會，
勇敢的寫了超長的信，希望能理性感性並用的爭取轟爸的認同。
關於這點，對於爭取他認為值得做的事、對於無法說服他的任何規矩，
他不退縮、勇於表達自己的想法、勇敢的衝撞既定條款。

姑且不論問題的對與錯，對他的這個勇氣，我是打從心裡佩服的！
我相信大部分的人，對於不認同甚至不合理的規定或條款，
絕大多數的狀況，會摸摸鼻子，雖然嘴裡不滿的碎碎念，但再不甘願，也會妥協遵守。
大多的人，其實都多一事不如少一事的缺乏著爭取認同的勇氣。

極有自我想法的他，不氣餒的衝撞爭取，是接待他的後半階段最大的困擾。
辯才無礙的他，似是而非的論點，多的無法一一詳列。
靜心而論，又是個典型的文化差異。
他想做的事，不論是徹夜的 party，還是去酒吧喝酒，在他丹麥的生活中，是再稀鬆平常不過的事了。

而我們的堅持，礙於他是交換學生的身份，
肩擔他的安全監護責任，
各自的堅持是兩條毫無交集的平行線。

毫無交集的溝通，最後只好送他一個字～
「尊重」
因為你在台灣，因為你住在這個家裡，
尊重我們的文化，尊重我們的生活，
不管扶輪規則，不管任何的條款規定，
我們家不接受夜歸，我們家不接受出入不適當場所，尊重我們的生活習慣就是對接待家庭的基本尊重！

玠宏，聰明、熱情、有禮、負責任、求知慾高，
除了上述的文化差異曾有很少次數爭辯。
接待他的三個月，和第一階段的近五個月相較，我的心情是輕鬆開心的！
這三個月，他未曾讓我傷神、生氣亦或是揪心的心煩過。

和他相處後，我開始不斷提醒自己，學習他那種品味自然慢食，優雅的生活態度。
即使簡單的吐司早餐，我開始學著忍住我的急性子，
優雅的將水果切薄片，優雅的一片一片排到吐司上，
學著將最簡單的食物用最優雅的姿態呈現。
學著控制我的急性子，學著優雅的磨豆煮咖啡……

總結第二階段的三個月，我想跟玠宏說聲謝謝！
和他的相處，像股涓涓清流，不會太濃也不會太淡，再回首，反而別有一番感動在心頭。
謝謝這個彬彬有禮的孩子，讓我在接待的責任外，也從他身上學習到不一樣的生活態度。
Dear Asger, Thank you & all the best.

2016/4/13

娃娃日記：《三歲四個月》我是張治甯！

這一個月的妹妹，特別的黏爸爸。

每天老爸下班進門，總和媽媽較勁般的飛也似的撲到老爹爹身上，
像隻無尾熊一樣，從門口就抱著老爸的大腿不放。
只要看到老爹爹躺著或坐著，就像看到獵物般的一躍而上，
愛在老爸身上爬上爬下，又親又抱的親膩。
然後……毫無例外的，轉頭看我，拋給我給我一個既挑釁又邪惡的笑容。
她的挑釁，只差……沒伸出手跟我比個 YA……
大剌剌如我，真難理解，女人為何從小就這麼愛爭寵？為何從小就顯露出似乎只有

女人特有的小心機？
想讓我嫉妒？哈，太小看妳老媽了。
等妳睡了，該親該抱該做的我們一樣不會少，
笨妹！

在外人面前，害羞內向。跟小時候的我一模一樣，是個慢熟的孩子。
在家裡，載歌載舞的每天把學校學到的唱歌跳舞表演了又表演。
每天要玩她是老師，我是小孩的遊戲，
很不年輕的媽，每天得聽她的指揮，站起來跟著她拍拍手、扭扭腰再跳跳跳。
然後，還得她唱一句，我就跟著唱一句那節拍我永遠跟錯的兒歌。
再來，一學期還有一次，老爸老媽得陪著公主戶外教學去。
上星期，爸爸媽媽一左一右的牽著，跟著老師小朋友到動物園看猩猩、無尾熊去。
早該翹二郎腿輕鬆的年紀，做著二十幾歲年輕媽媽做的事，
真不知和我同齡的朋友們，會是羨慕我現在還有個娃娃能玩能忙？還是同情我早該輕鬆的年紀還在陪娃娃唱歌跳舞？

打從和玠宏哥哥住了幾個月，妹妹臉上多了許多怪表情，
會和玠宏兩個人對坐，兩個比醜的擠八字眉，
學著玠宏眉毛揚啊揚的，

要不就互相對望著做很怪的笑臉。

害羞如她，很奇怪的，碰到住到家裡的治恩、玠宏、彥柏三個金髮碧眼的哥哥，

就像看到自己哥哥一樣的自在，一下子就跟前跟後的找他們畫畫，找他們玩積木。

每天早上，還會比我更管家婆的進他們的房間說：玠宏哥哥，你的房間太亂了，你的棉被沒有折耶！衣櫥的門都不關，你亂七八糟。

一連串的嘀咕，只見玠宏聽的緊閉嘴巴，又開始跟妹妹擠眉弄眼的引開她的注意力。

從小全家人就叫她「妹妹」，

最近，變得真有主見，叫：「妹妹」，她說：「我不是妹妹，我是張治甯！」

叫：「張妹妹」，她大聲說：「我不是張妹妹，我是張治甯！」

再叫：「治甯妹妹」，她開始尖叫喊：「我不是治甯妹妹，我是張治甯！」

故意氣她喊：妹妹，妹妹，妹妹！

她也不甘示弱回：張治甯，張治甯，張治甯！

伶牙俐齒的年紀，常常有一些莫名奇妙的堅持，

上一秒大哭尖叫，下一秒露出甜美的微笑，

三歲四個月，依舊是個常常讓老媽崩潰發飆的天使魔鬼的綜合體。

長大吧，妳快長大吧，快還我的氣質來！

2016/4/28

謝謝你來當我們的寶貝

生完妹妹後，我的健忘，讓我一度覺得，生小孩好像把小孩和我的腦袋都一起生出來了。

生完妹妹後，一向規律精準的週期也大亂，亂的我緊張的問醫生，這是更年期症狀嗎？
依稀記得醫生告訴我，這表示黃體素分泌少了，
她問：妳還要生嗎？如果還想生，那就得補充黃體素。要不，受孕機率已經極低。
聽了醫生的說明，慶幸自己運氣真好，在出現這個問題前，就懷了妹妹。
慶幸自己身體真好，年過四十，熬過了每一個檢查的關卡，撐到三十九週整平安生下健康的女兒。

四十歲懷妹妹，聽說這個年紀自然受孕機率不高，但很無感的，感覺好像也不是多難。
今年，我即將邁入四十四，聽說即使採用人工受孕，成功率大約 5%，
若是自然受孕，機率更是低的只剩 1.5%。
1.5%，低的沒人會覺得會有那個幸運的數字，但，老天似乎就給了我們這麼一個大幸運。
3/31，我發現小四來了……
結婚二十週年前夕，發現我親愛的他，給了我這麼一個大禮物！！

那個老公，老神在在，覺得這是他意料中的發展。
但坦而言之，我是心跳加快，覺得意外的。

當然，當四個孩子的爸媽，我們是不排斥的，意外的是，註生娘娘怎麼就這麼愛我呢？

這晚，google 了一堆的文章，然後，我開始高度擔心、不安了。

除了極低的受孕機率，

前三個月高達 50% 的流產機率，高機率的染色體異常，高機率的先天異常，高機率的早產，

一低數高的數字，看的我很不安…非常的不安。

一向船到橋頭自然直的個性，這會兒很難輕鬆以對了。

尤其前三個月肚裏的小生命心跳出現了沒？能不能安然穩定成長度過三個月的不穩定期，

這種聽天由命，無法預期的不踏實，

明知擔心無用，卻很難不去想，不去擔憂。

4/11（六週）

看到心跳的剎那，鬆了口氣。

黎醫師一瞧我的病歷，妳第四胎？

這個不鼓勵多產的醫師，生妹妹前，說了兩次「妳順便結紮了吧 ?!」

開刀檯上，下刀前又探頭再跟我確認一次「妳真的確定不結紮？？」

為何不？問那個老公，他都搶著回答「不」的呀！

黎醫師像背課本一樣的，把我 google 到的這些數字一大串的念出來，

儘管看過這些數據並不是太訝異，但從醫生嘴裡再說一次，一顆心已是懸在半空很沒有安全感。

一個小生命，既然選擇了我們，我就希望他（她）能順利平安的來。

但使不上力的希望，心裡盡是不確定的無力感。

兩個星期後再回診，心跳正常，穩定又長大，那麼流產機率就會陡降。
煎熬的兩個星期，baby，加油！
爸爸媽媽，哥哥和小姊姊都很歡迎你（妳），但要靠你自己加油囉！
希望兩個星期後，聽到你最健康有力的心跳聲！

4/16（6 週＋ 5）

咳嗽嚴重，藥不敢亂吃，夜裡狂咳，咳得頭痛肚也痛。
看來不能等到八週再回診，明天要看醫生去了……

還沒告訴猷這個大消息，和 NU 猜著，哥哥聽到這個消息，他會是什麼反應？？
很愛熊貓心情貼圖的他，我們猜他應該會回傳一個一群囧臉小熊貓的貼圖吧？
對即將有個和他差二十歲的小弟弟或小妹妹，他的心情會是如何呢？？好奇……

4/18（七週）

樂觀如我，對於高齡的高流產率，雖然數字看了令人不安，但心裡依舊相信我會是穩定的那 50%。
只不過，懷妹妹時，這個時候已經害喜嚴重，印象中從六週到十一週害喜狀況改善，體重掉了足足兩公斤。
但現在我除了偶爾覺得噁心不舒服，食慾狀況非常 OK，

早已不大吃肉的我，突然想吃炸排骨，偶爾想來顆大饅頭，水果吃完一樣再來一樣，
想吃的東西花樣多、份量多，七週已經多了 1.5 公斤。
我的臉明顯圓了些，體重增加速度，讓我感到真害怕……

每天問妹妹，妳覺得媽媽肚子裡的 baby 是弟弟還是妹妹？
她的答案每天變，今天說弟弟，明天說妹妹，偶爾堅持弟弟跟妹妹都在裡面。
「弟弟跟妹妹？沒有啦，只有一個，弟弟或者是妹妹，妳猜是弟弟還是妹妹？」
妹：「不是一個，是兩個，是弟弟跟妹妹啦……」
「不是啦，醫生說只有一個啦……」
妹：「兩個啦，一個在你的肚子，一個在我的肚子啊……」
「真是番仔，不跟妳說了！」

懷妹妹時，腰線明顯，肚子尖尖，怎麼看我的肚子，就像人家說的尖尖男孩肚。
即便到了生產前，媽媽摸我的肚子，對超音波的結果依舊高度存疑。
但這回，六週開始，腰線沒了，會不會是個小小妹 ?!
那麼，兩男兩女，我要湊出兩個「好」字囉！

4/22（七週＋ 5）

這兩天，覺得心跳變快，有點懷孕後期，肚子很大時才出現的喘的感覺，
但多出來的 1.5 公斤，莫名的消失了。
每天頭昏疲憊，明明還沒肚子，腰也感到莫名的酸。
每天，連折衣服感覺都使不上力，送妹妹上學後，唯一想做的事就是睡睡睡……
更糟糕的是，一聞彥柏的香水味就作嘔。
偏偏他的房間就在餐廳旁，偏偏這小子每天出門前像怕別人聞不到似的全身狂噴。

一早最不舒服的噁心感，加上他的香水加持，
不舒服……超級不舒服……
前三個月的不適期，真希望時間的輪盤轉的快一些，快點過吧！

打從十天前告訴老媽後，明顯感覺她的擔心，
擔心我的年紀太大，擔心我的身體負荷，
擔心我要第四度剖腹產，擔心產後的身體恢復能力……
她有太多太多的擔心，打從知道後，常常中午時間電話就問：「妳吃了沒？」

我在猜，肯定很多人覺得我們很奇怪、想不開。
兩個兒子都大了，真想個女兒也已經如願有了，
年紀差距這麼大，為什麼還要再生？
坦白說，我一直不是一個對孩子有耐心，不是那種母愛爆滿的媽媽，
我怕吵，我怕亂，更不愛生活被綁住的不自由。
但我們想，有四個孩子，這是老天給我們的福氣！
我想，我們也有絕對的能力養育和教育出四個謙卑有禮、溫和善良和正向價值觀的孩子。
而我，更深刻的感覺「不是一家人，不入一家門」的契合，
懷妹妹時，很多人佩服我。在兩個兒子那麼大時，還願意再來一回奶瓶尿布的生活。
尤其，賭性堅強的只為了賭個女兒。
這回，為了什麼呢？既然有兒也有女，年紀又不輕了，為了什麼呢？

妹妹幼兒園班上有個小女孩叫心瑜，心瑜上有兩個哥哥，下有兩個弟弟。
有回，在公園裡碰到心瑜爸爸一個人帶著四個孩子要搭捷運去動物園。
老爹爹看了臉上滿是羨慕，直嚷著：「老婆，我覺得他們好幸福！妳覺得要是我們有四個小孩會怎樣？」
會怎樣呢？就是很熱鬧咩！
獨子的他，一直羨慕娘家每回聚會大大小小二十個人的熱鬧。

看著他的羨慕和渴望，心裡想……隨緣吧！如果孩子來了，我會毫不猶豫的為你圓夢！

我想，我們倆上輩子應該做了很多善事，很多事，真的就這麼心想就事成！
發現懷孕前幾天，老爹爹買了本童話書給妹妹－「謝謝你來當我的寶貝！」
妹妹愛極了這麼繪本，一個晚上要我們一遍又一遍的念給她聽。

這是一本會一邊說，一邊唱作俱佳的跟著圖片對妹妹又抱又親的故事：

我正在尋找媽媽。
神跟我說：「你可以出生囉！」
所以，我正在尋找媽媽。

……

我找到媽媽了唷！
我變成一道光，
進到媽媽的肚子裡囉。
是個月亮圓圓的夜晚，
一個靜悄悄，好棒好棒的夜晚。

「怦怦、怦怦！」
「怦怦、怦怦！」
聽得到呢，感覺得到唷！
媽媽的聲音、媽媽的溫暖。
我要誕生成為媽媽的寶貝囉！
「好想聽到那句話啊，……」

「謝謝你來當我的寶貝！」

——節錄自西元洋《謝謝你來當我的寶貝》

（譯：顏秀竹／繪：黑井健）

我想用這本繪本，送給我肚裏的小生命！

孩子，謝謝你選擇了我們當你的父母，爸爸媽媽一定盡全力守護。

4/25（八週）

從上星期開始，所有的害喜狀況一次全來了，

這兩個禮拜，苦不堪言～

星期一，八週整的超音波一切正常，初期的流產機率剩下 3%。

雖然，我已經是個超高齡大肚婆，

雖然，接下來又是一關又一關的檢查關卡。

Dear 小四，咱們一起努力過關斬將吧！

媽媽信心滿滿，你也是的對吧？

四個孩子年紀差異頗特別，

猷 20，NU 16，妹妹 4 歲，小娃兒希望平安在十一月底出生。

前面兩個差四歲，後面兩個真巧也差四歲，
只不過這前後足足差了 20 歲！
雖然差距很大，將來，若在路上看到這四個兄弟姐妹，
請別懷疑，他們都是我生的，而且，他們有共同的爹和娘！

我的大肚婆日記，再度登場～

ROTARY YOUTH EXCHANGE COMMTTEE
DISTRICT 3480, TAIWAN
國際扶輪 3480 地區青年交換委員會

MONTHLY REPORT FOR INBOUND STUDENT
扶輪青少年交換學生月報告書

Month：2016 年 03/04 月

Student's Name：張治猷　Country：德國　District：1800

Sponsor Club：景福扶輪社　Host Club：Braunschweig RC

Present Address：Falkenbergstraße 2
38124 Braunschweig

ACTIVITIES DURING THIS MONTH：（以下每項回答至少須有 200 字）

1、Public speaking for Rotary meeting etc. attend or listening visits if any:

事隔久遠，在我遙遠的記憶中大概有一次也是唯一的一次扶輪社聚會，我終於經過自己的不斷寄信參加了那次的扶輪社聚會。那是一次讓人感到非常興奮的聚會，沒有什麼特別的，卻是我在這大半年來第一次參加的聚會。

在很久以前，大概是在聖誕節左右，我就已經詢問過一些關於自我介紹安排。那時非常地著急，扶輪社學生到最後連自己的社都沒有去過是怎樣？？這太不好了。依照當時 YEO 跟顧問的回信速度和結果，讓我非常懷疑我是否真的能如願以償地參加扶輪社聚會。所以，我就決定以量取勝，一封封的信就這樣寄了出去，為表達誠意我可是煞費苦心地一行行用德文寫出來。

到三月八日的這一天，我總算是苦盡甘來地迎來了我的第一次扶輪社見面。拿著在前一個禮拜就先製作好並跟第二轟爸媽練習過的簡報我第一個上了台，看著在台下的第一轟家轟姊和一位同樣住在 Braunschweig 的澳洲交換學生 Thady，我沒有感到緊張，反而感到對於接下來的事情的期待和亢奮。

除了在一開始可能因為太過於興奮所以有點卡詞以外，我的表現還是不錯的。

到後面越講越順，都不用看剪報，直接劈哩啪啦地一古腦兒講出來了，越說越興奮越高興呢。我下台之後就是轟姊的簡報，大約是在述說 Rotex 的建立歷史和目的……。ㄝ？我聽到這邊，再綜合上跟本社交換學生幾乎沒有碰面的行為來參考，到最後得出的結論是：為什麼就只有這個社團很新呢？

但聽第一轟家說過，他們前一個交換生也是在這個社團，然後也沒有什麼活動，所以只是對於一些事情奇妙的不多做關注嗎……？

但我還是對於我能在這個社團感到非常地開心，雖說發零用錢和報銷車票錢是扶輪社應該做的份內工作，但能在錢這方面非常及時地打進我的戶頭，讓我對於本社的會計非常地感激。雖說錢不是萬能，但沒錢卻是萬萬不能，這幫助我真的很多。我曾聽說其他交換學生車票錢加上零用錢已經欠下將近兩百歐元，這種扶輪社如果還規定要月月參加扶輪社活動的話……，我不敢想像，那大概會是地獄吧。所以，其實我挺快樂的。聽其他學生參加扶輪社活動的感覺都不是非常高興，還有人只是因為打個瞌睡就被已經趴在桌上的阿伯醒後唸說專注力低下的扯淡情況。

總結：總算是有參加到扶輪社活動了呢，是三月八日的一次用德語發表的台灣和自我介紹，事後還有拿到 CD 作為參加這次活動的小禮物。

2、Describe your daily activities at present (School, Private Invitations etc.)

這兩個月除了最重要的 3.20~4.09 環歐旅行以外，也是有做一些好玩或是特別的活動。

先前已經大約敘述過三月八日的第一次台灣及德語自我介紹，這邊要說幾件還算是特別的事情。

首先是〈跟 Thady&Liz 一起到柏林〉，這發生在三月二日，是三月的開始。我非常高興可以跟他們在這一天一起到柏林玩，雖說因為沒有事前做太多計畫導致有點不知道自己在做什麼……但生活不就是這樣嗎？一切都計畫好固然讓人放心，但不也在同時讓我們有點失去了對於突發狀況的驚喜嗎？

再來是這個，〈逛 Jenny 家周圍〉，這就是比較正常地到朋友家玩了。因為大多數時候我們都在聊天，所以寫的東西比較少一點。但是，在同一個月的十三日我們又再一次見面了，這次我們參加的是一個在當地舉辦的派對。當然，雖說主要目的是這個，但我們卻在家裡先自己舉辦了一個小派對，我和她各買了一些能在德國找到的台灣食物，然後就花了兩個小時大吃特吃。我吃了兩碗麵、麻糬、挖撒比豆子、辣花生等等，就這樣一直吃到她爸媽回家。然後，我們才拿著她爸媽給的同意書（因為她未成年，所以需要這個）往派對地點前去。因為已經習慣巴西和墨西哥交換生的狂熱舞蹈，讓我們對於德國的派對舞蹈感到有點無趣，就是一直跳跳跳，不知道在做什麼。我們交換生的舞蹈才叫做派對！隔天一早吃完早餐就回家了。這兩次碰面都是在三月，真的不錯呢。

三月四日這天，在繼 Thady&Liz 之後我又跟著轟爸媽一起到了柏林。雖說在那一天有點生病，但第二次在柏林的旅行，我還是非常地開心，同樣是盡興的一天。我們除了在早晨的時候逛遍德國首都的著名觀光勝地並拍了些許照片以外，在接近一天的結束時間我們預訂了一家超棒的餐廳。聽說在他們前一個義大利交換生還在的時候，現在人在美國的轟妹跟她一起到這個餐廳的隔壁一家酒吧，就坐在圍牆邊上的躺椅，淺酌著並俯瞰著柏林的首都。這邊景觀真的不錯呢。

比較感人的應該是這個吧，〈第三轟家〉，這邊照片比較多一點。我真的超愛我的第二轟家的，但他們家卻是我在交換生涯中待得最短的一個家庭，真的非常遺憾呢。當然，我也同時期待著接下來的新家庭。想說的話都寫在這篇日記裡面了，每一次的分離都是一次讓人傷心又開心的矛盾記憶。

〈環歐前一天〉，這一篇文章其實是延續前一篇〈第三轟家〉的文章，訴說著在環歐前一天的準備工作跟在當下的心情。可能是因為對於長達三個禮拜的期待跟不確定性，讓我在這一天有點神經緊張，很多比較負面的心情都湧出來了。

以下是環歐行程：

3.21~22　Brüssel
3.22~25　Paris
3.25~26　Avignon
3.26~27　Nizza
3.27~30　Rom

3.30~01 Florenz
4.01~02 Venedig
4.02~03 Graz
4.03~05 Wien
4.05~07 Budapest
4.07~09 Prag

先說我最喜歡的三個城市：羅馬、威尼斯、布拉格，這一次環歐旅行真的是物超所值，沒記錯的話只要一千四百五十歐元就能享受長達三個星期的歐洲旅行，真的是太值啦！！

用三個禮拜逛遍了十一個城市，當然不是全程都是歡笑的單調旅行，有在巴黎發現交換生之間的不和諧，有人被大家所排擠。我在當下聽到這個消息的時候，真的不知道她們為何會被排擠。兩個女生，一個聽說是個性問題，一個聽說是愛告密。但是，我對她們兩人的觀感原本並不差呢。後來，我在環歐期間和其中一個在這邊代稱「阿斯匹靈」的女生剛好有多次交集，因而讓我體會到，這一位真的是我有生以來所遇過最自我中心的女生……。我初次聽到另外兩位台灣女生對於這位女生的抱怨時，我還和事佬地為她辯護說：「搞不好她其實也有自己的考慮啊？可能她自己也有難處吧？」然後，在旅行不知道第幾天，但大概是前十天，她坐到了我的後面。我們旅行期間，巴士的座位是可以自己調整的，我大部分時間都跟一位芬蘭女生坐在一起，大概會聊一點點天、分享一點食物這樣子——雖說都在一個小群體內，彼此之間並沒有太熟——熟是熟，但又不像跟明臻或是怡安那樣親的感覺……，啊，這邊不是重點。在前一天，那位芬蘭女生就跟我說坐在那個位置非常地不舒服，想跟我調換坐。我問為什麼，她說因為後面那個女生，我那時還不了解她的意思。當天我有留意到她曾轉頭跟後面說幾句話，但沒注意說了什麼。結果，我們就換了座位，其實當下我還在為了能換到靠窗的位置比較好睡而竊竊自喜呢。

結果，車一開動倒還好，但過一小段時間後就開始感覺座位背後一直有人在頂，那種膝蓋不停頂的感覺真的非常糟。剛開始，只是轉過頭去面無表情地跟她對視一會兒，希望她能有一點自覺，並不希望馬上撕破臉罵人，然後繼續忍受長達一個多小時的膝蓋撞擊。到最後，我真的忍不住了，直接開口，但還是笑著禮貌地問說：

「不好意思，能請妳收起你的膝蓋嗎」？」笑容，笑容。

「……？我聽不懂。」好吧，可能是我的英文有點爛——我也是有自知之明的，那就重述一遍吧，反正不會掉一塊肉。

「喔！不好意思。」感覺其實滿有禮貌的啊，看來是我們真的誤會她了。

「我只是想讓我自己舒服點。」我……靠邀，當下一個岔氣差一點說不出話。

「那就拜託妳了。」還是忍住了。畢竟這句話可以有兩種解釋，搞不好她只是對於自己的行為做出解釋然後加以改進吧？

然後繼續被膝蓋撞擊，我有點火大了。

隔天我跟那位芬蘭女生請求說能不能稍微輪換一下，她非常善解人意地同意了。原本我以為情況會改善一點，事實卻不然，這位女生就是能巧妙地突破我的底線。這件事，沒記錯的話，發生於我在某個休息站買了一包零食之後。

我發了糖果給我座位附近的人，還一邊興致勃勃地用德語跟旁邊的芬蘭女生介紹「獨樂樂不如眾樂樂」的典故，順便手拿一包餅乾遞到她的手邊。結果，這時候後面發出一道經典的美國口音：

「WTF（What the Fuck ＝真他媽的見鬼了） is this !!??」尖銳並帶著濃厚美國口音的尖叫如同魔音一般侵犯著我的耳膜。

一個明顯有汙漬的餅乾包裝紙被丟到了我的腿上，我愣愣地看著它，我完全無法理解為什麼會有人可以這樣做，一點家教都沒有，手邊就是垃圾桶為什麼就是要把垃圾丟到別人的腿上呢？這是我買的餅乾沒錯，我可能當下忘記發給你餅乾了沒錯，好了，你永遠甭想拿到我的餅乾了！有點好人過頭的我在那當下只做出了「不要給餅乾」的幼稚懲罰。

有點黑暗的故事啊，但我覺得，如果只寫出環歐是如何地快樂會顯得虛假不真實，所以我決定要在這邊把發生的讓我不舒服的事情寫出來。

接下來更是發生種種讓我越來越不高興的事情，大概就是諸如「請讓位，我會被擋住」、「不要，我也會被擋住」這種自私的言論，或是嘴上一邊說著「趕快決定要點的菜」，然後自己在那邊划著手機看 IG，一邊說著「我不餓，我不點」這種會讓人感覺「你不吃，那關你什麼事」的小事，所謂「積少成多，積沙成塔」，一點點的壞事不會摧毀對一個人的好印象，但如果壞印象從零到有一點一點地累積，那個量是無法用偶爾做的好事情扭轉過來的。我可能不會盲目地跟從人群去討厭或是對一個人抱持成見，但如果我已經用自己的眼睛證實，那接下來就算她成了聖人那我也不會重新接受她。

當然，不能為了她把這個旅行給搞糟，所以我打的主意就是盡量去無視她。雖說很多次明明沒有報上她的名字，她卻無恥地自己黏進來我們的小組的情況，讓我們的自由時間非常地難受，但大體上來說還是可以忍受的。至於另一位女生我倒覺得還好。

經過這件事我體會到，或許被孤立或是霸凌是有他人的不對之處，但可憐之人必有其可恨之處，事情的發生不會這樣毫無理由的，被排出人群的人或許要先正視自己是否有做出一些讓人難以忍受的事情。當然啦，杜絕霸凌。

繼續咱們的歡樂旅程吧。相較於威尼斯帶給我的驚豔之感，我對於法國出乎意料地沒什麼感覺。巴黎給我的感覺就是髒髒的，地上都土土的，傳說中的香榭里舍大道也就是那個樣子。凱旋門給人的感覺就是一道門，比較大的門。可能是因為在事前對於巴黎的好印象，讓我在這三天對於巴黎的失望感無限地放大。當然，巴黎鐵塔還是讓我非常興奮，沒有爬上去，但光是在近處就讓我很高興了，相對於那個很大的門，巴黎鐵塔真的會帶給人一種宏偉的感覺，這才是世界級的古蹟啊。

威尼斯不用解釋，那穿梭於整個城市之間大大小小的水道，除了味道異常的敏感以外，真的完全符合我對於威尼斯的想像。小巷之間的眾多面具店也讓我逛得很開心，雖說到最後基於行李箱大小的考慮，再加上很快就要上大學沒地方可以掛置，所以沒有買下手。不過，還是非常高興能看到這些經典的面具店。明臻有找其中幾家的店員聊天，得知有一種帶有很長鼻子的面具竟然是在中世紀黑死病蔓延的時候醫生所戴的面具，在那長長的鼻道裡面會塞滿不同的香料；如果沒有她去問，那真的不會知道這種趣聞呢。

除了當地環境的美景和奇觀，和其他交換學生的互動也是非常地值得紀念，整整長達三個禮拜的旅行都相處在一起，遠遠超過以前兩天、兩天的 Rotex&Rotary 會面時間，讓我們對於彼此更加地熟悉了。我們在這個旅行以前籌錢買了一個音響，將近五十個人的隊伍加上大聲的音樂伴奏著我們自己的合唱，在歐洲的大街小巷中絕對是回頭率 100%。我們到最後也同時習慣了在各種名勝古蹟前面跳我們的舞蹈，有從 Rotex 那邊學過來的德國經典幼稚園舞蹈，也有巴西或是墨西哥的熱情熱舞，單純地圍成一個圈大唱自創的 Rotex 之歌，也是讓人在現在懷念當時的那種氛圍呢。

身披國旗的我們走在這十一個城市裡的街道上，絕對不乏巧遇自己國家同胞的機會，我大概有五次被要求一起拍照。最最最讓人感動的事情，就是當我們在梵蒂岡的時候，被其他交換學生指出頭頂上的台灣外交領事館所懸掛的國旗時的驚喜，有人還哭了，其他交換學生甚至在了解情況後自創歌曲，大概是這樣的：

「台灣～台灣～台灣～台灣～台灣～中國是笨蛋～中國是 XXX~ 中國是 OOO（以下省略）」

當然，這樣不好，但在那個當下聽到他們對於我們的關心真的會讓人很感動。

環歐大概寫到這邊，我真的非常享受這個旅程。上一屆來德國的交換生果然說得沒有錯：

「環歐嗎？……那是交換生涯裡面的全部。」

3、Total Impression of this month:

那個，前面寫太多感性的東西了，有點寫不出來了，我這兩個月大部分的感動就在這邊了……

我永遠也不會後悔來參加這次環歐旅行，永遠。

以下是照片～（刪除）

當然，這兩個月的生活內容不僅止於環歐旅行這件事情而已，我同樣要面對又一次的家庭輪替，又是一次新的考驗，新的家人、新的上學路徑、新的生活習慣，一切的一切繼續考驗著我。

4、Suggestion / Question:

我聽說有人因為錢不夠或者因為剛好朋友、家人要來探望所以沒能參加這次超讚的旅行，我覺得太不值得了。我為那五位沒有參加的人感到遺憾，認真的。如果沒有參加這一次旅行，基本上我不會覺得你有真正參加到這一次交換生的生活。如果有機會就不要吝嗇那區區一千四百五十歐元，大概等於六萬台幣，你哪邊有六萬元可以買到的長達三個禮拜的旅行？況且還是整個歐洲？我覺得一定要在下決定之前注意到這一點，不要傻傻地省下那筆錢，導致對於這一年的遺憾。

P.S. 家裡網路信號發射器壞掉了，照片不得已要全部刪掉才可以用流量上傳，真的是非常地遺憾。不過，我在事前已先行寫過部分日記並上傳相片，所以可以用連結的方式展示我在這兩個月的部分所見所聞（相機於環歐第五天壞掉，從其他交換生手中接收到的照片正在分類處理，所以目前照片只有前五天的三百七十張），以下是連結到我的 Google 相簿：

https://goo.gl/photos/yjJTYjTxDfr6ADpa6
https://goo.gl/photos/ZAkAz9jSHrASCqUR9
https://goo.gl/photos/5ZFGaNLmYDkURCp66
https://goo.gl/photos/sT8ZffCHcbCjJeAy5
https://goo.gl/photos/mEStXtGwHAkommmf9

感謝收看，鞠躬。

No. 1 of times met counselor: 11 5 2015 Signature:
This reports should be sent to:D3480 Youth Exchange Committee Office(before the 15th of next month);Fax number:886 2 2370 7776 ; E-mail:r3480yep@ms78.hinet.net

2016/5/8

四天連假

實在是非常地爽，四天連假啊

禮拜四，連假的開始，昨天跟朋友 skype 久了一點，所以今天起來得超晚的，大概十點半左右。然而，完全沒有心理負擔，因為轟爸跟我在昨天晚上說明天不准弄鬧鐘，於是我就爽爽地一路睡，哈哈。

起來的時候有點不舒服，吃完早餐後就依照昨天的計畫自己騎腳踏車前往市中心的 postbank 去查看我的帳戶進出帳紀錄。轟爸昨天跟我稍作討論，並在成功登入手機板 APP 後向我提出這個方案。畢竟要印出來一個文件然後給 Rotary 看，才能確認我的零用錢是不是都有拿到，也同時方便讓扶輪社把應該要幫我支付的車票錢一次算清。好像跳過太多東西了，哈哈，在這邊說一下好了。

上個禮拜天，我在英國的香港交換生朋友問我能不能幫忙代買樂高玩具，我想說好啊，反正應該不會是大項目，結果在我說好以後他就說：「那帳戶給我，我給你匯 500 歐。」……?!? ㄝ ?!? 我靠，哪家的樂高要台幣一萬七千五百才能買到啊？而且大哥你真的信任我嘛 ?! 我們只是在遊戲中認識的ㄝ？

在那個當下，我真的是一方面受寵若驚，一方面擔心受怕，為什麼這麼大的項目會找我做？雖說報酬不高這一點讓我反而稍微相信了一點，大概是以朋友的角度來信任我的吧。他說，等一切事情辦成了，在我回到台灣後，會在遊戲裡面用真錢幫我買幾個造型，價值大約在一千台幣左右吧。然而，因為匯過來的錢不會那麼剛好，所以剩下的錢也是可以自己拿著，這就是另外的報酬（是他跟我說可以拿的，我是乖小孩）。然而，防人之心不可無，所以雖然是真的，我還是很不好意思地說出「要等收到錢才能寄給你」這樣的話來。這樣做雖沒有錯，但畢竟是朋友，這樣講出來還是覺得怪怪的，怪不得說朋友之間不論錢啊。

所以，大概是這樣的流程：

1. 確認貨源、價錢、規格，確認郵寄是否可行

2. 通知，等待

3. 確認帳戶收到錢

4. 寄出包裹

5. 取得報酬

大概會收到 500 歐，支出 400 ～ 480 加上郵費，可能會剩一點，估計價值台幣一千元。回台灣後可以收到價值一千多元的造型（我猜是他已經花了錢買遊戲幣所以可以輕鬆地給出這個價位）。

如果覺得不夠我也是可以多要一點的，畢竟他是要買回去賣的，應該會賺很多。這方面我就要先做一點調查了，哈哈，知己知彼百戰百勝，先知道所有的大概價位才可以清楚那個界線在哪兒，我還想保持住這一層友情的關係呢。

所以，因為以上種種，我不得不去確認帳戶的狀況，然後就順便地注意到了我的零用錢數目好像有點小問題。可以報銷的車票錢好像也是一筆不小的數目，雖說只見面過幾次然後基本上沒有收到過社裡的活動邀請通知，有點不好意思再伸手要錢，但能拿回來還是拿回來吧。就因為這樣，今天就往市中心的銀行騎著腳踏車一個人這樣過去了。

好長的故事啊……有點扯遠了。

咳咳，拉回正題。

其實，今天做的事真的非常快就可以完結了，大概是這樣：騎腳踏車到銀行→發現機器故障或是哪邊出了問題，反正就是不能拿到文件→順便去看看樂高店，但因為公休所以沒開→騎腳踏車回家。

……O.o 啊哈哈，感覺講了這麼多，結果剛好碰到機器故障、公休，啥事都做不了，有點放空砲的味道。

回來後發生了一件小事。轟爸問我為什麼要把鎖腳踏車的鍊子放那麼長，然後他就拎起來對著腳踏就這樣一直敲，讓我好好看看這事有多吵。這讓我感到非常地煩躁，雖說兩三秒就敲玩了七八下，但短短時間之內就讓我的心情變得莫名地不爽，語氣非常不好地直接否定轟爸說這樣會敲到而產生噪音的意見：「我覺得你這

樣敲比較吵。」然後就轉身回到我位於地下室的房間。我也弄不清楚我當時的心情是怎樣，但就是在那當下我什麼事情都不想做，兀自打開電腦看著 Youtube，一個個遊戲攻略看過去，也不按暫停或是因為不大好看就切換，就一直給它自動跑下去。

下午五點多，我躺下，真的有點頭痛了，情況到現在才開始明朗，不是憂鬱症什麼的，只是因為身體不舒服的本能吧，就這樣窩在床上。今天晚上原本是有活動的，要去轟爸媽的一個朋友家裡，聽說家裡有一位十七歲的敘利亞難民。說是難民有點難聽，所以我們都稱呼他為「另一種交換學生」。他家裡還沒有發生什麼，但爸媽擔心炸彈會掉到他們家屋頂上，所以就先讓他到德國避難。他有點孤獨，因為沒有朋友，生活周遭的人事物都完全不一樣。這一點我能理解，我是主動加入這個環境而他是被動的，所以會非常地艱難。我在當天稍晚才知道他的詳細經歷，真的替他感到非常惋惜。想想，我還生什麼病呢？聽說他們買了特別大量的食物，因為聽說我的食量特別大……。唉，真的很可惜。

我就這樣昏昏沉沉地躺在床上，轟爸媽在走前有把窗戶打開說讓我通通風。有點無法理解開窗戶讓冷風吹進來病患的房間是什麼意思，但我知道他們對於新鮮空氣的執著，所以就先這樣吧。其實，在他們一走我就想要把窗戶給關上，卻因為身體痠痛無力只好作罷，一直到半小時過後才慢慢地爬起來把它關上。

一路睡到九點半，不知道為什麼爬了起來洗了個澡，迷迷糊糊中突然興起了吃泡麵的欲望，於是就慢慢地往廚房走，中間因為忘記開燈還撞了幾下，真的病了。可笑我在那當下還以為自己病好了 o.o。

一時找不到熱水器，就用 What's app 問轟媽跟轟妹哪邊有熱水器。當然，在這之前自己先找過了一遍，畢竟半夜一個應該已經睡著的病號突然問熱水器在哪兒還是會怪怪的。中間把燈打開再把燈關掉，事後想起來不知道自己在做什麼。反正到最後總算是弄好了麵，吃得很開心，吃完就乖乖地回床上去睡了。這就是我四天連假的第一天。

5/6 今天比較豐富喔 :3

一大早就全家總動員，今天的行程是全家一起到 Wolfenbütten 做一個觀光旅行。雖說早上起來還是非常地勞累，但我真的不想跟昨天一樣待在床上無所事事然後感到遺憾，所以就打算拚著病也要參加這個小旅行。

由於當天並沒有詳細地記錄下來行程，所以有點怕寫起來會非常地流水帳，呃……管它的，反正要面對的還是遲早要面對的。

讓我想想今天到底做了什麼……我依稀記得在下車之後我們是先慢慢地朝市中心逛過去，這個城市其實滿小的，所以莫名地有種好東西都擠在一起的優越感（寫不出的感覺呢），反正就是粉舒服。

其實沒有什麼目的地，就一直這樣逛。逛到廚具店，貌似因為家裡胡椒太長（？），所以訂製了一個特殊的胡椒研磨器。走到服裝店，男女分開逛，到最後轟妹買了一雙閃亮亮的鞋子，純銀色這樣，超時尚 o.o。大概就是這樣的感覺，走到哪逛到哪，非常地隨興。我也逛得很開心，如果是原本的我大概會有點小煩躁。然而，因為是在環歐，我基本上到最後比較喜歡跟著怡安和明臻一起走，因為跟其他人一起走就完全不知道自己在逛什麼。不過，跟她們走就不可避免地會進到一些飾品或是衣服店裡逛。我當然不會對要一直進入服裝店感到煩躁 :D，這完全要歸功於我媽媽在我國小開始的栽培，她超常帶我去逛街的，早已習慣了。啊！不對，偏離重點了，重點是在說因為在環歐的時候自由時間都跟她們走所以逛的店特別多。雖說好像也沒什麼另外可以做的，但就是這樣。我以前比較沒有自己出去玩的經驗，都是被爸媽拉著不情願地出去，所以比較沒有適應到……我自己都不知道我在說什麼了。

總之，就是經過環歐的洗禮後我會對於逛各種店比較熱衷。但是，我到最後啥都沒買就是了 :P

中午吃了一頓非常好吃的聽說是經過朋友推薦的義大利道地餐廳。因為轟爸會義大利文的關係，所以和那個非常熱情的服務生談得非常愉快。我點了折疊起來的（？）蘑菇披薩，沒有說太特別，但聽說這道菜挺有名的，不錯吃。中間發生了一件好玩的事情：幫我們點餐的亢奮服務生原本還在做他的超熱情拉客動作，突然間他就開口唱了一段聽不懂的義大利文，轟爸隨即爆笑出來。我們馬上追問到底他笑什麼，然後我們就了解了原來那個奇葩服務生一直在唱：「我認真的在工作，」這邊還沒啥問題，「我沒有做愛～」呃……雖說用中文翻譯變得很奇怪，但聽說這兩句在義大利話中是有押韻的。那個服務生還抱怨說：「都不能好好唱歌了，竟然有人聽得懂，我好害羞。」我噴笑了 o.o，有點不雅，下次要注意。

一個小插曲而已，今天的午餐真的非常好吃。

今天讓我感到最為興奮的大概就是在某某教堂，呃，那個名字忘記了，不好意思。然而，讓我感到非常興奮的就是，因為轟妹的強烈好奇心，再加上她對鋼琴的天分和之前的勤加練習，在我們走進那間教堂裡面的時候，我們看到上面貌似有人在彈管風琴，就走上去看了下。一開始我真的沒有上去的欲望，因為基本上這種地方在台灣都會被封鎖的，就是怕被一不小心碰壞了損失無可計量等等。不過，大概是這邊上面已經有兩位大叔在了，再加上比較沒有類似「台灣暑假特產」的出沒，所以他們非常放心地連一個鎖或是警告牌都沒有設置，就這樣一個樓梯在那邊就插放個標示說：「管風琴在此。」所以，我們很輕鬆地就上去了。

其實，我們剛上去就被注意到了，在那時以為大概會被轟下去吧，心想：「算了，被轟下去的話也可以成為一些好玩的部落格題材。」結果，他的反應不是出手喝斥，而是招手叫我們過去。有點慚愧，但那個時候我本能的反應就是這樣想的：「轟妹果然漂亮啊，呵呵。」說來殘酷，但我設身處地為那位大叔思考了一下：如果走上來的是一位風華絕倫的……芙蓉姊姊，我不覺得他會放下手邊的調音工作，然後熱心地為我們講解二十多分鐘管風琴的運作，甚至讓我轟妹上去試試。雖說這兩位大叔非常友善地不時會看一下我，但到最後一個對話讓我已經確認了大叔的真正動機：

大叔：「你住在哪啊？」

轟妹：「我才十五歲。」

一開始這對話讓我有點摸不著腦袋，完全無法了解這是在說什麼，但到後面我大概是了解了，哈哈。因為德文的不熟練，有時候真正聽懂了，但因為不符合日常對話，所以會以為自己聽錯了，結果……還真的是要泡妞啊 o.o。是說那兩位……咳咳，應該不是大叔，因為他們普遍顯老，所以搞不好只是大學生。

雖說對於這兩位的動機有點懷疑，但真的非常感謝他們今天為我們做了講解甚至讓轟妹親自上手彈幾首管風琴。反正轟妹很會保護自己 :P，看看上面讓人瞬間萎掉的拒絕方式就知道了。

之後我們又繼續在城市中大略地逛了一下，時間總是過得這麼快，轉瞬間就已經開始往回去的方向走了。當然，這不是結束，在走回去停車場前我們還是有看到一些東西，一些很特別的東西。

首先是，跟轟妹名字一樣的街道，旁邊有一間教堂但已經關閉了，有點可惜不能進去一探究竟，但還是有在這邊跟家人拍到美美的照片～。

應該是最後一個地方了，我們走到了一家鐘錶店，轟妹非常有興趣地先走了進去。我以為大概就是跟之前一樣逛逛就出來這樣子，就跟轟爸走進了旁邊的內褲店。沒錯，就是男士內褲店，看著裡面一堆美型男下身只穿一件內褲就在那邊擺出各種雄壯威武姿勢，真的讓我有點起雞皮疙瘩。看著轟爸一臉愉悅地跟老阿婆店員說：「在 Braunschweig 就是找不到品質這麼好的內褲。」然後那位阿婆就一臉驚訝地摀著嘴吧說：「怎麼可能？」不知何故，我會覺得雞皮疙瘩更多了呢……？

在那邊看了下就跟轟爸一起回到隔壁的鐘錶店。轟妹表示說要買下一隻手錶，然後我就有點聽不懂他們的對話了。因為對話速度有點快，再加上他們的肢體語言讓我有點不確定我是不是搞錯許多（後來發現是這樣沒錯，不是理解錯誤）。轟媽一臉鬱悶地坐在沙發上，同意轟妹買下這隻手錶甚至提議說這可以作為一個禮物，轟妹不用自己花錢，轟爸卻摟著轟妹的肩膀說她應該要自己支付這個錢而且他覺得甚至不應該買下這隻手錶……。哪招？我真的看不懂ㄝ。正常來說，轟爸媽他們二人的肢體動作應該要反過來才對吧？他們各自的立場所配上的動作真讓人覺得奇怪難解啊。

雖說氣氛有點沉重，但最終好像決定要用轟妹帳戶裡面的錢自己支付。我其實無法理解為何想花 150 歐買下一隻看不出任何特色的錶，究竟是為了那個品牌還是為了那個品質？再好的品質摔一下就差不多報廢了吧……？

然而，這大概是我自己的問題——小時候被爸薰陶感染太多了，已經沒有任何欲望了，想買東西都會瞻前顧後的，不知道到底要買下做什麼。不過，我還是給予那隻錶很好的評價，在轟妹問我的時候。

之後就回家了，但這不是今天的全部，哈哈哈。

下午到家的時候大概已經五六點了吧。雖說德國夏天因為緯度關係在晚上八點多的時候天空還很亮，但聽到他們說要在晚上六點半出發到沙灘曬太陽，我的腦袋還是在一時之間轉不過來。

說起這個沙灘，其實是個在湖邊建立的人工沙灘，我感覺是不錯啦，但在我的印象中，沙灘不應該是這樣擠得要命的程度。也太誇張了，這個椅子的擺放方式，更強的是還真的被坐滿了，所以一眼看過去就是一片的遮陽傘跟海灘椅，重點的沙子不是說看不到，但大概在視野內就占了 40% 的程度吧？對我來說有點太多了。也不是說不好啦，就是跟我印象中有點差距。

然後，我們就花了一點錢買了些喝的，找個位置就坐在那邊曬太陽。沒有做什麼事情，就是在那邊曬太陽。經過我的深思熟慮之後，我大概確定了我們亞洲人是不會這樣閒閒沒事去曬太陽的。於是，我就開始跟他們分享我們的沙灘經驗……呃，那個，我發現我好像沒有什麼去沙灘的經驗。基本上暑假都非常地乖，聽媽媽的話不要去溪邊，不要去海邊，所以我的戶外活動範圍大概都是在山上，溪邊大概就是極限了，而且還是老家旁邊的躺下去也不會嗆到的小溪。那我到底該說什麼經驗呢？經過一小段時間的冷場以後，我決定不能再這樣繼續下去了，那就說說我在地理課學到的吧：「我們的沙灘沒有沙子，全都是石頭，還有一個石頭形成的女王頭。」……？ WTF 我在說什麼？事後回想起來好像怪怪的 ?! 每個海灘都有女王頭？？我大概是在情急之下只好說說我到北海岸的經驗了，我只記得那個女王頭。糗了，給人家灌輸了錯誤的記憶。雖說之後也有稍稍地講了墾丁海灘的事情，但基於我的家人聽到我講石頭什麼的時候那個表情有點精彩，大概有點難以忘記吧？那在他們心中大概台灣的海灘都變成這個我所描述的奇幻樣貌了。

除了喝喝東西，我們在之後也買了一些吃的，薯條和香腸之類的德國經典食物，除此之外大概就沒有做什麼了。因為排球場被一群人占住了，所以就沒有做其他事情。

5.7

今天去了 Braunschweig 附近的一個城市，這個名字其實我有點忘記怎麼拼了，所以就姑且先用中譯這樣叫吧：我爾斯伯格。奇怪的名字，但就先這樣將就一下吧。然後是交通工具，不是公車、火車、普通家庭轎車，而是腳踏車。我一開始覺得有點不可能，看過地圖以後感覺還好，結果，我們實際上只花了四十多分鐘就到了這個城市，中間還有等爺爺牽車子出來跟我們會合。有點難形容路程中的所見，所以就先這樣概括了吧：經過了高高低低的上下坡之後，我們到了目的地，我爾斯伯格。

今天主要的目的其實就只是吃冰。我是有點難想到我能寫什麼東西啦，因為就是大家坐下來點個冰吃一吃，然後就回家這樣，有點簡單就結束了。但值得慶幸的是，今天我們還是有做一些其他的活動的。

我們在自家的庭院裡面開始烤肉了……。我發現好像真的沒什麼好講的，算了，今天先到這邊吧。

5.8

相對於昨天那樣看似無聊但真的不好意思只是沒那個筆力去描述的情況，今天真的非常的精彩也同時非常容易去描述，雖說總結就是一句：「今天去外公外婆家玩喔。」其實，這種題材才真的是看似單調，卻可以輕易地被玩出各種花樣的事件呢。好了，不多說。

因為我沒事找話題的時候基本上都是會問說：「今天吃什麼？」「這禮拜假日要做什麼？」吃的部分變化性太大所以不好說，但要做什麼事情基本上我可以在禮拜一甚至前一個禮拜就知道，所以我對於今天要去外公外婆家的安排早已知道，因此沒有太多驚訝。開了大概一個小時多的車，不遠不近的距離。聽說這邊是東德的區域，他們在車上還給我好好地科普了一下有關於東西德分離的事情。在當下我記

Columbia

得我是有點煩的，因為明明我在歷史課堂上都學過了，卻還不斷地在我耳邊一直說一直說，而且有種錯覺，就是他們覺得這種東西很稀罕一樣。這樣說當然不對，我也知道如果我要跟外國人講我們的歷史我也會變成像他們這樣非常興奮地嘗試去讓他人了解。然而，我在那個當下一直被不斷地「你知道嗎？」給搞瘋了。當然，身為一個交換學生還是要一直微笑的。

車上的旅途或許有點小小的不愉快，但基本上來說只是因為我當下的心情莫名的不爽，他們沒有做錯什麼。到了目的地，進去這個像是糧倉的大門，看到的是一個不算寬闊的空間，左邊是一棟房子，右邊是一個高大的農舍，可以看到有很多入口，大概是給動物用的吧。帶著好奇心問了這個問題，得到的答覆是這邊以前真的是養動物的地方，有豬，有雞，有馬，但後來都賣掉了，如今這些房間大都塞滿了以前用的舊農具。比較獨特的是，這位爺爺在這個小鎮上以前是被稱為「鴿王」的強人呢。進去庭院左邊的那棟房子後，有一個小客廳，在這個小空間擺了很多的小獎狀，我可以在那邊讀懂一些大概是關於鴿子的事情。好熟悉的感覺啊，我記得阿公阿嬤也是養鴿的吧。

他們非常地和善。我們就這樣慢慢地走進了那棟小樓房，但很快就出來了，因為轟媽媽跟轟阿嬤要先煮飯，所以就在外面先找東西混混時間。聽說今天要吃的東西是「蘆筍、馬鈴薯」，聽起來很無聊吧。不過，有件事情我要在這邊先說一下

——之前就有見識到了，但我忘記說，因為這其實不算大事：德國的蘆筍是白色的！！！！！！！！！！是好大好大的！！！！！！！！！！！！！真的超大，這個大怎麼形容呢，大概二十多公分這樣長吧，吃起來口感跟台灣的小小綠綠蘆筍完全不一樣。台灣的就是頭的部分好吃，後面吃起來澀澀的不好咬；德國的口感也是這樣差不多，但又有點不一樣，因為體積比較大所以水分比較多，就非常好吃這樣。因為印象問題所以還是有差……真的自作虐，找了一個超難說的東西去解釋。算了，繼續，舉例！德國有一種甜點是用煮熟的米飯加上優格之類的東西做成的，好吃是好吃，但平常吃的米就不是這樣啊 ?! 會有種想要吐的感覺。德國的蘆筍就是這樣的感覺，同樣是蘆筍但就是不一樣，不會到想吐的那種程度，但其實吃過一兩根以後就沒辦法再多吃了。然而，淋上醬汁配上馬鈴薯泥這樣吃起來不錯是不錯。

ㄝ不對，怎把等等要寫的東西都在這邊弄出來了（賞自己一巴掌）？咳咳。現在的時間軸應該還在因為午餐正在煮所以我們要出來等的情況。我們把桌球桌給搬了出來，然後就開始了德國的特殊規則乒乓球。有點莫名其妙的規則，在這邊跟你們解釋一下：最好是四個人參加，但三個人也是可以打，各占一個角站定位置，然後用對角的方式開始擊球，打完一球就換位。因為是對角線擊球，換位後可以有一點點的緩衝，但不多，所以就會有失誤的人出現。當兩個人失誤後，剩下的兩人就可以對打，打贏的可以拿一分。這一分不是為了贏輸之類的，而是在之後的對角線

換位擊球篩選過程中可以用自己累積的分數來重生。因此，這個遊戲沒有輸贏，就是一直打到最後，比較娛樂傾向的活動。我們就一直打一直打。我一開始有點處於無力應付狀態，一直被轟妹打到跪下。不過，打到後面我已經可以腳都不移動就打贏他們 :D。轟爸還一直跟大家說我的桌球很強，我在心情大好的狀態下還跟他們開了一個小玩笑：「因為我是亞洲人啊。」

吃完剛剛說過的飯，下午的活動就繼續。跟著轟哥、轟妹在一個比較大的空間中取出兩台摩托車，不是台灣那種小綿羊，而是兩台舊舊的重機，一台是綠色的，一台是紅色的，我還記得。轟哥掏出兩個覆蓋式帽子給我們戴，就準備啓程了。出了大門，發現轟妹是第一次騎，我們於是在家門口前花了一點時間去給她熟悉重機。我雖說也有想要試試的心情，但怕會發生失誤再加上扶輪社的規定就沒上了，乖乖地在轟哥背後坐著兜風。然而，我真的就這樣乖乖地一直坐在背後嗎 XD ？

出了家門往左拐就是一條沙路，路面狀況有點不好，坑坑洞洞的，所以我們在一開始速度是還算不快的，但在轟妹熟悉過後我們就稍稍地提速。我在後座淡定地抱著轟哥的肚子，臉上因為全罩式安全帽的關係並不會感到強風的銳利，漫無目的地在森林中的小路晃蕩著。我們時常停下來觀察一下獵人小屋，看看有沒有人在裡面蹲著等那些無知的動物上門。當然，我們沒有駐足太長的時間，更多時候是直接略過去。隨著時間的過去，轟妹有幾次莫名地熄火，但在同時技術也變得越來越好。正當我們欣然地以為一切就是這樣地順利可以打道回府了時……熄火了。跟前面轟妹的技術性熄火不一樣，轟哥跟我的摩托車就是直接熄火了。之前轟妹熄火的時候，我們會用腳去勾住一個東西，一拉一頂，然後再拉一個東西，最後移動一下車子就啓動了。然而，換到我們的車就變得怪怪的，搞了半天都不行。轟哥試過各種方法，嗯……直接長距離推車跑然後加速還有換一些小零件之類的，到最後怎麼啓動的我也忘記了。還好我們最終是搞定了，然後就回到了家，高興地聚在外面的桌子上喝著下午茶。完了以後再繼續那奇妙的桌球。

但！我還要說的是！我真的就這樣全程待在轟哥的背後默默地看著？？當然不會啦！在途中轟哥有問我：「你要騎騎看嗎？」我左看看右看看，嗯，沒人：「好啊！」然後，我這個大概是人生中第三次坐摩托車的人就第一次握上了摩托車的手柄。騎起來的感覺我不知道該怎麼形容，但就是……很有感覺！電影中不是都會有那種把手柄往後轉轉然後嗯嗯～往前衝的經典畫面嗎？今天試過後感覺跟想像中的不一樣，要一直往後轉、鬆開，往後轉、鬆開。因為轉是加速，不管我怎樣轉都會一直加速這一點有點煩，可能我找不到那個界線吧。不過，到最後還是挺不錯的。地上很多大坑讓我有點緊張，但一切平安 :D。轟哥坐在我後面，在我控制不住的時候幫我擺弄一下。我在自己弄過之後才覺得能五分鐘上手的轟妹是多麼地強大，期間她也就翻車過一次，而且是在操作難度大增的沙地上面。

　　最後的最後，婉拒了轟爺爺開玩笑送給我的納粹黨旗，然後幫忙搬了好多諸如雞蛋、草莓之類的土產到了車上就回去了。

　　這週我過得很愉快 :D。

2016/5/13

樂高誤會

樂高

事情的起因大概是在兩個禮拜以前的禮拜天，就是一次好友之間的代購，我覺得只要注意好安全就OK，所以在得知這個訊息以後，在隔天就跟爸媽說這件事了。當然，是對在台灣的爸媽和第三轟家都有講。相較於親生爸媽對我的關心並深切地表達了對這件事的不信任，第三轟家則是非常輕易地認為說沒問題而且他們可以幫助我，不像遠在台灣的爸爸媽媽拚命地寄來一堆網路詐欺的案例。有點不好意思在這邊說出來，但我在當初其實非常認真地把這些案例都看過了一遍，結果，我發現這些案例遠遠沒有看名偵探柯南那種永遠都把解答藏得很深的難度，我那時在心中就是不斷地在思考著一個問題：「這些人是智障嗎？」

當然，在這之中也不排除我是以一個旁觀者的角度去看，所以才能立即地發現不妥，但我還是想問問那些被這種智障手法騙然後還 PO 上網路來博取同情的人，你啥時見過政府會跟遊戲公司合作用遊戲代幣來收稅了啊？虛擬人生玩太多啊？還有代購的那一篇，誰會沒事在第一次就一次砸個千萬來給人家代購啊 ?! 活該人家捲款跑了，遇到你這種散財童子不這樣做也難啊 ?!

「他」來自香港，我有在事前就拿到他的 What's app 跟 FB，上去實地查看了一下，雖說空了一點但感覺不是假帳戶。經過詳細的 skype 音訊對話過後，我們的最後合作方案是這樣的：

1. 我去尋找實體店並詢問價格、一次最大批發量等細節問題
2. 他匯錢
3. 等待，收到錢要一定時間
4. 收到錢後立刻買下四箱德國足球員樂高小人

5. 盡快到郵局寄出去

6. 確認收到

7. 回到台灣後會在遊戲中寄給我高達一千元的遊戲產品

8. 結束

我仔細地思考了下後感覺是不會有問題的，用他的話就是：「跟你爸媽說啦！我還擔心你拿我錢就跑了呢！」畢竟是我先拿到錢然後再動作，要出問題有點難。這樣跟台灣的家人說了，他們還是感覺不能完全信任，就這樣拖了幾天。原本經過兩個禮拜大概多達八九次的實地考察，大概貨源也有了，但在發售前夕還是在Line中跟家人有點小爭執。直到最後，媽偷偷地跟我說：「要做的話就自己去做。」爸也跟我說：「你自己去弄，我不管了。」

親爸媽的反應讓我稍微思考了一下，我為何在當初要同意我朋友的請求，如同爸在跟我爭執的過程中所說的，為了錢？為了遊戲？我自己也搞不清楚呢。是因為在這一段時間我有點無聊沒事做，所以想找點事做嗎？還是我樂於助人？我自己感覺啦，我在買下樂高並寄了出去的那一瞬間，我感到奇妙的滿足感。所以說，我大概是真的傻傻地很喜歡幫助別人吧。

利益的部分，原本想說可以拿到錢還真的有點小興奮，但他到後來說在遊戲中已經兌了錢，有點太多了，能不能直接在遊戲中買東西給我？對我來說沒差啦，反正就是一個基於友情的幫忙，能拿到幫助我就要偷笑了。所以，雖說就理性角度來看，我其實跑了大半天才買到貨品，最後卻只拿到了一點點報酬，有點傻，但我還是非常高興我有這個榮幸可以幫助到我的朋友。

有點離題了。前面都是在解釋這件事的起因，回到標題吧——「誤會」。

就在五月十三日這一天的晚上，轟媽再次大略地提到了樂高的事情，轟爸就突然劈哩啪啦地講了一堆，說商業行為寄東西可能要額外收錢然後警察可能會來之類的，轟媽也同時舉起雙手做投降狀表示她不會在我的包裹上留下他們的地址跟名字。我那個時候心中很氣，心想：「我已經規劃了很長一段時間，兩個禮拜啊 ?! 也不是沒在事前跟你們說過，而且還是跟轟爸第一個說的，數量、價錢都講過了，結果過了兩個禮拜才反應過來是怎樣？反射弧有點長？」超不爽的。因為我對這個新家一直有點適應不良，所以在當下情緒特別地激動。當然，我也不會就這樣將心中的不爽全都吼出來，這太沒禮貌也太沒道理了。我知道他們如果真的不想管我，也就不會說這麼多，直接放生我就可以了。所以，我就只是臉帶微笑，笑著說：「沒關係，因為朋友在英國自己找到了，所以沒打算買了。」不過，事後聽說我在那個當下其實笑得很可怕（？）。

隔天，我卻聽說朋友找到的那家位於英國的樂高專賣店已經被搶光了，所以到最後隔天就會發售的樂高我遲了一天過去，然後發現就這樣沒了……好快啊，靠，才一天啊 ?! 德國人對於這種小小的玩偶這麼地瘋狂啊？正當我垂頭喪氣的時候，那邊的一個店員跟我說可以幫我搞到一箱。可能因為我在這兩個禮拜放學沒事就跑過去跟他問樂高的事情，所以到最後關係也搞熟了。他跟我講說，之後還會調樂高過來。啊，超 NICEDER ～我大概是平常積壓太多這次人品爆發了！！

看到這邊，大概你們在想著：「所以說，那個誤會在哪兒呢？感覺就是指出錯誤然後照做啊？」別急別急，讓我一一娓娓道來。

好不容易等到了 20 日，在當天就騎車衝過去了那邊。雖說錢還沒匯進來，但我也同樣地還沒確認到貨源啊，所以我今天其實只是抱著打探一下的心情過去的。騎車衝到後來也不知道自己是在衝什麼，錢都還沒帶衝個屁啊 ?! 過去乾瞪眼嗎？o.o 衝到這個已經在熟悉不過的商場最頂樓層後，在展覽櫃間卻找不到那位相熟的售貨員，反而看到一位氣場好大的、胖胖壯壯的、長得好像店長的人一搖一晃地朝我走過來，我那時心中就格登了一下。我就算再傻，經過了這幾個禮拜，也該摸清楚最基本的一件事：要一家店一次給我搞到四箱樂高是很不可能的事情，很多人也等著買呢，不可能只賣給某一個人。然而，我在前一個禮拜已經跟那個店員說好了，可以給我至少一箱——我在那個當下已經要灑花了，因為我在另外幾家問到的數量大概就在十包左右，能一次拿到一箱真的是突破啊！不過，現在看起來情況好像有點不大妙，…呃……

然後，他就問我「有什麼能幫忙」之類的話，我就說：「我要買樂高。」他說：「沒貨。」我問：「什麼時候會來？」他說：「不知道，大概這個月吧。」就在我以為大概這件事是辦不成了的時候，那個瘦瘦高高的店員手中捧了一堆東西趕了過來，打斷那個胖子的話：「我剛剛在下面看到了運貨車，你可以等一下嗎？我一整個下午都在幫你看呢。」哇喔！也太敬業了吧！這樣我反而有點不好意思。然後，我就聽到那邊那個胖子在跟他討論應不應該一次給一個人這麼多的事情，瘦高店員就跟他說我已經來過這邊很多次了之類的說服了他。雖說沒帶現金，但我還有銀行卡啊！心想：「先買下一箱吧，如果出問題，大不了直接在台灣當禮物送人——有點貴的禮物，但不是在不可接受的範圍。大不了自己賣，聽說是絕版貨……」抱著這樣的心情我刷下了卡，依照朋友的要求保持了箱子沒有打開的狀態，愉快地正要走的時候被攔了下來，瘦高店員跟我偷偷地說：「那個，如果您要的話可以明天早上早一點偷偷來，我再給你一箱。」真的，太謝謝了大哥。

然後，我就這樣騎著腳踏車扛著一箱樂高回到了家。然後，到了晚上我才發現原來一個禮拜以前的那場爭執完全是誤會。我在這個禮拜四找了身為律師的二轟媽吃壽司，順便在餐後喝了杯咖啡，問過了這方面的法規，然後得知用於私人用途的運輸低於一千歐元都不會有問題（朋友：還要找律師喔!? 這麼誇張!?），所以上個禮拜轟爸的質疑大概是沒問題了。我坐在我的床上等著他回到家，果不其然他聽說我買了就直接到了我的房間，我就跟他解釋這一箱裡面有六十包這樣，然後我明天還要再買一箱云云。讓我哭笑不得的地方來了：我一直覺得轟爸有個點讓我有點不舒服，他在前一個禮拜以為我要用這樣尺寸的箱子買上兩百四十箱……當我批發商？當然不可能啊，怎麼可能會有人一次買充滿一個房間的樂高啊？我就想：「奇怪，他看著那一箱樂高的眼神從我一開始解釋就變得怪怪的，敢情是完全沒想到？以為一整個房間怎就變成這樣一小小箱了是吧？」我覺得他犯的錯誤，第一點就是我在講話的時候沒在聽，長達兩個禮拜的反射弧不用再多說；第二點就是心中的質疑不說出來，沒有給人家解釋的機會就自己想當然耳，這樣真的帶給我很多困擾。上個禮拜才在發生衝突過後的隔天早上跟轟媽說過了，結果，他們還是一直誤會……

我會對這個家有點不習慣就是因為他們常常沒聽到或是沒聽懂我在說什麼也不會說出來，會自己想出一個可以接受的解釋，然後非常興奮地跟別人說。除了剛剛說的那件事，還有另外兩個例子：我有一天在路上遇到了一位好死不死就是要把頭髮染成亮綠色的「殺馬特」青年（原本是從英文單詞「smart」音譯過來的中國大陸流行語：一般指來自農村、尤其是城市的近郊或城鄉分界線，染髮，非常規髮型的年輕中國城市移民），非常因緣際會地成了我的台灣文化推廣素材，我就跟轟媽說：「丈夫戴綠帽，在台灣代表妻子外遇……，在中國大概也是吧，我不知道。」然後，在之後不知何故媽媽就一直說：「穿綠色衣服的人，在台灣老婆會跑。」或是：「在台灣不能穿綠色衣服。」我對天發誓，我只有說帽子，但為毛會變這樣啊？爸爸也是，可以在一個對話裡面把我第二轟家媽媽的名字連續搞錯三次。我自認做不到如此強悍的事情。這邊只是對於轟爸媽的奇妙行為以一個平靜的情緒描述，這些只是一開始對這個家真的不熟悉所以才這樣說，到後面反倒會覺得這些點倒是可愛之處。

總之，隔天也順利地買到了樂高，然後寄了出去，在之後朋友也收到了！一切都 OK！

其實，到最後有點覺得這篇文章不應該叫「誤會」，畢竟重點已經跟一開始的初衷不一樣，重點不僅止於描寫誤會這件事，但想了想還是就讓這個標題保持下去吧。這篇文章因為摻雜有點多事情，再加上沒有打稿而是直接一條龍生產線寫出來的，所以有點凌亂，希望各位看客多多見諒。然而，在最後要在這邊跟我朋友抱歉一下，如果你有看到這篇文章的話啦，當初我在對話中有偷偷地試探你，真的不好意思啦。當然，如果你沒發現的話，就當沒看過這一段話吧（賤笑）。

P.S. 事後酬勞也已拿到，於回台灣之後。

2016/5/16

即將邁入另一階段的 NU

國中三年，樂觀開朗的 NU 不見了。

除了參加機器人比賽時，才能見到他臉上不經意流露出的自信和燦爛的笑容，
孩提時那股像天一般高的自信心，和說話時眼裏散發出的那股熱情的光芒，
在國中這三年，在大大小小的考試排名中，就這麼一點一點無聲的消逝。

升上國三後的 NU，認份的每天有很長的時間都坐在書桌前。
但我的觀察，他其實人在心不在。
看著地理、歷史和國文課本，我可以想像，他的眼神是散渙無神的。

台灣的升學體制，要的是國文、數學、自然、英文、社會五科全才，外加文筆也得稱上文藝少年的學生。
升高中會考如此，升大學的學測亦是如此。
連環扣的篩選體制，進不了主流高中，極大的機率等同進不了主流大學。
16 歲的年紀，不是通才型的孩子，成績未達主流高中的孩子，
很容易的，就被歸類為不夠認真的孩子。
而 NU，就是這類型的小孩。

再幾天就要會考了。
全家一起到文昌廟拜拜去。
猷考高中時，懷著妹妹，因為在懷孕初期，坐捷運不舒服，聞到一些味道不舒服，吃東西也不舒服……
隔了四年，換 NU 要考高中了，真巧，又是懷孕初期，我一樣處於什麼都不舒服的階段。
NU 買了杯冰飲正要大口大口消暑，番番妹開始吵著肚子餓了。
找了家麵店，番番妹盯著 NU 的飲料，從我肚子餓立即轉換目標，開始念緊箍咒般的重複：「我口渴捏…我口渴捏……我口渴捏……」
NU 碰巧眼睛瞥到牆上寫了：「謝絕外食及飲料」。
堅持覺得既然店家規定，我們就應該遵守。
不舒服的我，聽著妹妹哭腔念不停的「我口渴捏」，只感覺更不舒服了。
我說：「NU，給她啦，沒關係啦，捷運對五歲小孩吃喝都有例外的規定了，
他們會理解的啦……」
但 NU，依舊堅持！
忍不住對 NU 說：「我終於發現你像媽媽的地方了，你跟我一樣，是非分明到極點了。」
這時，NU 悠悠的說：「但這也是我在班上被排擠的最主要原因……有時候我同學罵老師很難聽，有時候說要嗆老師什麼，有時候欺負一個女同學，我就會忍不住跟他們說，不要這樣，不能對老師這樣……結果我就被嗆被排擠了……」

我說，這是為人母最為難的一點，
我該鼓勵他勇敢捍衛是非道德的價值觀，即便被譏笑、諷刺、排擠也無懼。
還是我該告訴他，在一個團體中的生存之道，當眾人皆醉我獨醒時，為保護自己不惹麻煩，就委屈跟著裝醉呢？

這是第一次發現，NU 的是非道德感，根本是老爸老媽的翻版。
老爹爹說，我和老爸太像，對於是與非，只有黑與白的二分法，
而我在看他，就像老媽常對說的：「安佐的道德價值觀，跟妳爸真的好像！」
他有他的道德潔癖，我有我的是非分明。
而這些，從一些生活瑣事上發現，似乎潛移默化的都給了猷和 NU，成了這兩個孩子個性的一部分。

今天，我的第一個欣慰，是在這個道德感日漸式微的年代，
我的 NU，自我規範很強的道德感，正確判斷是與非的能力，不因被孤立也勇敢堅持價值觀的堅定信念，已經成為他個性上最難能寶貴的資產。

坐捷運回到內湖，難忍嘴巴的苦澀味，先到便利商店買了涼飲，坐下來吹吹冷氣休息下。
NU 買了飲料就先回家了。
帶著妹妹，悠哉悠哉享受了便利商店自得其樂的小確幸。
一出店門口，糟糕，外面不知何時開始下起不小的雨了……
牽著妹妹快步走，心想，公園裡的樹蔭應該還能稍微擋點雨吧 ?!
但走沒進步，雨越來越大……

「怎辦？」牽著妹妹的老爹爹問。
「沒關係啦，我們走快點，淋點雨回家換衣服就好。」
「妳覺得 NU 會不會幫我們拿傘過來？」佩服邊牽著妹妹快步走，邊幫妹妹擋雨的老爹爹，一心多用的問。
「他如果沒睡著，如果有聽到雨聲，他一定會的啦…」對自己兒子超有信心的媽答。
「我也覺得他會，猷個性粗線條就不敢說了，我也覺得 NU 會……」邊淋雨還能邊

討論小孩的個性，真有你的……

雨，越來越大，看看雨勢，老爹爹拿起手機打算主動呼叫 NU。
正要開口要他別打，沒太遠，淋點雨，走快點到家就好。
這時，遠遠一個身影出現，真的就是 NU ！
遠遠就看他撐著傘，手上另外再拿著兩把傘飛快的跑向我們。
我說：「老公，NU 來了，不用打了。」
老爹爹一看，說：「看吧，我就說 NU 會幫我們送傘……」
忘了傾盆而下的大雨，我說：「老公，你看！我們把兒子教的真好！」

今天，我的第二個欣慰，是 NU 的主動、貼心和暖心！
在這青春叛逆的青春期，他的善解人意和貼心，
在母親節當天，給了媽媽感動、哽咽的無法言語的欣慰。

親愛的 NU，爸爸媽媽這輩子希望留給你、能給你的，並不是金錢、房子這類有形的財富，
也不是一個會鑽研小徑的聰明腦袋，
會考考不出的正直、善良、同理心、和貼心，
爸爸媽媽認為，這才是你的人生最特別，永遠最受用的資產。
至於會考，選擇你的熱情，這是你人生中第一個必須為自己的選擇，承擔責任的關卡。
一直說服爸爸不給你太多的干涉和建議，
尊重你的選擇，是我們對你的最大支持！

媽媽一直相信我的 NU 是個體制外的天才，
清楚自己的興趣，了解自己的長項。
在你熱情的領域裡，媽媽始終堅信：「花若盛開，蝴蝶自來」！
我的偏才 NU，在會考後的這一天，媽媽祝福你，勇敢、大步的走出自己的一片天！

2016/5/22

坐滑翔機了喔～

變黑了 o.o

在第一次見面，也就是環歐前兩天時，轟哥哥就跟我說過可以改天跟他一起坐滑翔機。時間非常快地過去，我都快忘記這件事的時候，轟媽在三天前跟我說我可以在這一天跟轟哥去機場坐滑翔機。

當初聽到的感覺就是：「OMG，我終於要飛了。」當然，我已經坐過非常多次飛機了，但從沒有坐過滑翔機啊。我當初還不解滑翔機到底是哪一種飛機，是那種身體在外面撐著一根竿子的？？還是很輕的用氣流上升的飛機？？如果是前一種，基於我的人身安全，我大概是會乖乖地待在下面看他們飛。就在我小時候剛知道有這種滑翔機的時候，我做過一個夢，我坐著一台滑翔機……不對這動詞是什麼？手握著的那種？算了，不重要，反正，我飛過了一個建築物，長得大概像是哥德式的大教堂，然後我就被那個尖端給剖開了肚子。對於小學生來說，這根本是惡夢中的惡夢。小時候夢中被追也會起來哭著叫媽媽了，何況是被開膛破肚？所以，我對於開這種飛機的人都是感到由衷地敬佩，同時也帶有一種「哈哈，你遲早有一天會出事」的心態去看待的。

還好，到現場看到以後知道是第二種。

照片不知道能否放上來，所以還是先在這邊詳細地描述一下細節吧。一大早我們就坐車到了機場旁邊的一個滑翔機俱樂部，轟妹的社交能力依舊 MAX 立刻就在這邊交到朋友，一個同齡十五歲的小女生，聽說已經可以獨自開滑翔機了，霸氣！啊，離題了。到了滑翔機俱樂部之後就幫我辦了一個證明，還簽署了一個切結書……，有點怕怕的，應該不會出事吧？然後在超多的準備過程之後我們就打開了機場的大鐵門，憑著通行證正式進到了機場，然後就正式地見到了飛機。

之前從遠處看，就是類似房車那樣的東西但又是飛機的形狀。到機場裡面之後，我們打開了一個大倉庫，然後拖出了我們要用到的飛機。跟在旁邊的某些人正在組裝的不一樣，這是完成品，直接拖出來用就可以了。不過，在開始飛之前我們還花了大把時間去處理一些事情。也對啦，在機場要飛怎麼可能不用申請？申請過後大概也是要確認的。然後，又是一陣子的搞搞弄弄。有一位大叔先把一輛車開到了機場的另一端，然後有另一輛車把第一輛車上面的纜繩給拖回來分別給兩架飛機裝上。第一架飛機的起飛我完全沒反應過來，超快的，就這樣咻一下就上去了。繩子因為會跟著飛機飛到很高的地方，所以要裝上降落傘。第一架飛機的起飛過程中，對我來說，印象最深刻的就是那個降落傘，慢慢地飄下來～

我到現在已大概了解這個滑翔機是怎樣運作的了，剛剛也有幸看到有位阿伯在我們旁邊組裝飛機，轟妹就跟我去看了下……。東摸摸，西摸摸，順便看看，原來這飛機是用木頭製的啊……！我一開始因為這個精緻的外觀再加上色澤以為是塑膠製的，或是壓克力之類的東西，但絕對不會想到是木頭。然後，引擎真的沒有，這位大叔的飛機上面放了一個勉強算是的小推進器，不，應該說是風扇嗎？聽說也只是用來調整方向用的，所以主要飛行方式應該還是到一定高度以後抓住上升氣流，然後就憑藉可以稍微調整角度的機翼去弄那個飛行方向，起飛方式就是用拖車一號上面的馬達拉動，大概就這樣。

然後，就到了下午。哈哈哈，就到了下午，我還是沒搭到飛機。中間已經把帶來的午餐吃完了，也不知道跑去拉了多少架降落的飛機回來，但就是輪不到我，不知道為什麼。有點小無聊，但就當曬太陽吧。沒事就躺在太陽底下休息，或是看轟妹練習數學，她下一週要考試。說到這個，我在前一天上午讓他們嚇到了。他們為了讓他們的寶貝女兒多多鍛鍊她的計算能力，所以就下載了一個 APP。順便一說，在這個奇妙的可以用計算機上課和考試的德國，學生甚至已經養成了加減乘除都用計算機的本能，非常的強大。所以，他們對我能在這個 APP 裡一秒一個計算題感到非常驚訝，我就這樣戳戳戳戳，一分鐘大概六十多題，他們才回過神來。看來我給他們的震撼好像挺大的……？有點好玩，哈哈，他們就這樣呆呆地看我一直戳戳戳那個畫面，我現在想起來還會想笑，超可愛的！轟爸還開玩笑跟轟妹說：「你只要練到這樣的程度就可以了。」然後轟妹就崩潰了，感覺我好像被當作非人類生物了。轟媽之前就說過，她身為一個老師不喜歡學生用計算機，但感覺今天她看到我這樣「普通」的程度就有點不淡定了，我還在最後補刀：「我在台灣都只拿四分、五分（大約等於六十分上下）而已。」然後，轟妹就一直拉著我說還好他們沒有出生在台灣，轟媽還一臉憐惜地對我說：「你好可憐。」怎麼會有種莫名的優越感呢，身為一個台灣人。

ㄚㄚ又偏題了，這邊重點在飛機啊。到了下午，中間也把午餐吃完了，正當我躺在太陽底下無聊地滑著手機的時候，轟哥走過來問我：「你要不要飛？」「當然啊！！」就這樣，穿上了降落傘包坐上了飛機，大大小小的釦子也被我一一扣上，但我在快起飛的時候發現一個問題：「既然揹著降落傘，那應該是會有機會用到的吧，那能不能先教我一下怎樣用啊？我身上還扣著雜七雜八的釦子ㄝ？到了那個時候莫非要一一解開？太坑了吧？」我就問轟哥怎樣使用，然後他說：「Alles gut（一切完好）！」我好妳妹啊?! 然後我們就飛了。我在升空的那一小段時間想到，當初有個攝影師跳傘失敗卻還堅持著用相機把墜落的過程拍下來，他的精神真讓人敬佩。於是，我就摸摸口袋，啊，放在下面的椅子上了，好吧，連最後的努力也做不到了。我當初大概就在這樣亂想。

到了空中，感覺氧氣有點稀薄，所以我有點小小的氣喘但無大礙。往下看雖說有點頭暈目眩，但這個景觀真的好美。不，應該怎麼說呢？應該說這種俯瞰整個城市的機會是非常少的。雖說在飛機降落的那幾秒鐘也是可以看到，但跟這個長時間的完全不一樣，給人的感覺差很多。然後重點來了，轟哥問我要不要做一點好玩的東西，我說好，然後我們就開始旋轉了。剎那間感覺天旋地轉，飛機就一直抬頭下降，抬頭下降，抬頭下降，抬頭下降，喔喔喔喔喔喔喔 FCKKKKKKKKK，腦袋中一片空白，我好暈啊～～～～。

該說是幸運嗎？因為風向問題，所以我們只飛了十分鐘多一點，之後就下降了。我感覺不是太好，還在空中做特技表演的時候就怪怪的了，全身發麻這一點讓我比較害怕，這已經是缺氧有點嚴重的症狀了，我就問轟哥能不能下去。下去後我就癱在陰影處休息，大概像是車子底下的小空間這種地方。當然，當然，一切OK，只是我需要一點休息。飛這一趟，我真的感覺今天曬了一整天太陽真的值了，我雖說很疲倦但真的很開心。是說轟妹跟我不一樣，雖說沒有做特技是沒錯啦，但她在空中待了二十多分鐘還逛了 Braunschweig 一圈，我們家屋頂都找到了，好好喔，有點羨慕。然後，我就發現我變黑了。在爸媽過來接我們的時候，我被指出我有點紅紅的，腿的部分更是黑。但我沒有比轟哥慘，他從一開始到結束一直回去車上塗防曬乳液，結果見到爸媽的時候全身紅通通的，像隻煮熟的蝦子一樣，太陽真的太強了。

今天大概就到這邊結束了，下次再見～

Fahrt

2016/5/24

關於學校

經過差不多九個月，我應該能適當地抒發一下我的心情了。關於學校。

在月報告裡面我對於學校生活一直是用各種馬虎眼帶過，因為真正的情況並不像我所說的那麼美好，交換生涯會遇到讓人不高興的事情是非常正常的，不可能一整年都是快快樂樂的，一定會遇到一些讓人傷心悲痛甚至無助的事情，但這些事情卻會帶給人思考的空間並讓人成長。

原本我以為這是我自己的個別情況，所以不好意思說出來。但，在幾次交換生聚會甚至是環歐旅行的交流下來，我得知除了少數交換生因為德文能力強大所以適應良好以外，大部分的交換學生都是不怎麼喜歡學校的。我在上半年是非常熱衷於參加學校課程的，沒有義務要參加的考試都有參加，和同學的交流有持續在做，還會嘗試加入他們的小團體。除此之外，還有一些基本的事情我也都有做到，上課不睡覺、課本都有帶到、舉手發表意見等等。但，到了下半年我其實就有點迷茫了。我跟大部分的交換生不一樣，我已經把高中課程全部都學完了，再學一遍對於我的動力不是太大。基本上對於我來說，除了美術、英文、體育這種沒有界限和標準課綱的課程以外，就是德文課，我全部都學過了，就只是把這些東西課綱順序打亂然後翻譯成德文而已。當然，不是說學這些東西沒有用，我還希望在之後再回來讀大學或是研究所呢。但，比較起來，我在寄宿家庭——也就是轟家裡面得到的和在學校比起來就真的多太多太多了。

讓我對於課程方面心灰意冷的，就是我在上半年學期末拿到了一張證書，上面是用英文書寫的一段敘述，大概就是在說我有認真參加課程點點點。但，這讓我想起來我手中有張相似的證書，不知道確切的日期，但確定是在高中的時候，我有跟同學去參加一個醫學講座，我基本上就在那個長達兩個小時的講座中爽爽地睡了七成以上的時間，然後就跟其他人一起拿到一張證書，上面大致內容就在說有參加講座並學習到東西點點點……我 X，這兩張證書給人的感覺差在哪兒？用英文寫可能比中文有多出那麼一點點說服力，但基本上不就是等於「有參加」這三個字嗎？我辛辛苦苦地參加我沒有義務要參加的考試，盡力地把每一張考卷都翻譯出來，然後就只拿到這個 ?! 我完全可以接受老師的提議，在考試的時候下去大廳，坐在那邊看我的電子書！我辛辛苦苦坐在那邊認真聽了四個月的課，拿到的東西還比不上我舒舒服服在冷氣房裡面睡了一個多小時之後拿到的鳥證書？

再者，德國人有時候奇妙的舉動更是一個嚴重地讓我不喜歡學校的點，有時候我甚至會覺得：「我是不是被霸凌了？」這是關於睡覺的部分。我前面也說過，我基本上不會在課堂上睡覺的，會睡也是大病初癒硬撐著去學校之後不小心在課堂中一直點頭這種，絕對不會趴下。因為在我心中這對老師是一個不大尊敬的舉動。在第一學期的某一節英文課的下課，注意是「下課」，我因為前面兩節課堅持要嘗試聽懂上課內容所以有點疲累，五分鐘的下課時間剛剛好可以讓我小睡一下。然後，我才趴下去一分鐘左右就被英文老師搖起來了。什麼都沒說，就這樣把我給搖起來。我以為上課了，就收拾收拾東西坐在那邊等著，結果同學聊天的聊天，丟紙飛機的丟紙飛機。我就問同學，才知道還沒到上課時間。那個時候心中就是各種 OOXX：「好好地休息個五分鐘也被意外吵醒？啊，可能是手不小心碰到了吧？」那個時候心中是這樣想的。

然後，在之後的幾次又發生這樣的情況。英文老師好像比較熱情，所以會一直嘗試把我叫醒。我因為第一次沒有反應過來去問了，所以在後面察覺後也沒那個臉皮再去問。就這樣，大概到第三、第四次的時候，她就這樣蹲在我旁邊，一臉擔憂地問我說：「還好嗎？有沒有生病？還是課程會很無聊？」在這個時間點我已經在德國待了一段時間了，所以聽得懂，就說：「沒有啊，怎麼了」然後用「我很累」這樣的理由回覆她的一臉擔憂。可能忘記說了，我在前半年常常失眠，在德國的枕頭我不管怎樣睡就是不習慣，所以導致常常在學校非常地累。她這樣問我沒有什麼問題——也不能這樣說，這是下課時間ㄝ！我想做什麼應該都不會過問我吧？事情大概到這邊。當然不是全部，這只是開始。

因為我是正在學德文的交換生，所以在基於我連德語都聽不懂的狀況下我就不必去上拉丁或是法文課，畢竟在第一個禮拜去上的結果我還記得清清楚楚，我上完課還在糾結老師有沒有說德語這件事，完全聽不懂啊！所以，我就有一定的空堂作為自由時間。德國這邊過得也非常地安逸，如果有老師生病或是請假之類的，我們不會迎來一位新的代課老師，我們就這樣多出一兩堂空檔。剛開始這對於我來說是大大的福音，因為我就可以這樣多出一些時間休息了。

在我嘗試睡在大廳的桌椅上的時候，我發現我還是睡不了，因為會有各種老師、學生跑來跟我說：「下一堂課已經開始了喔，你怎麼不去上課？」基本上我會用眼睛去瞄旁邊在打撞球的學生，然後慢慢地解釋我有空堂這件事。我清楚他們可能是認為我睡過頭了所以提醒我，這是為我好我知道。但，看到旁邊大笑著打撞球的人我真的會有種莫名其妙的感覺：「同樣是有空堂，睡覺就不行？」這邊有點情緒化了，但因為發生的情況太頻繁，試想像一下：你非常地累，因為你幾乎週週失眠，然後有人在你睡覺的時候直接把你搖醒，或是狂敲你正在睡的桌面，會跟你好心說幾句話的還好，默不作聲指一下時鐘然後直接回頭給你一個背影的人給你的感覺如何？一定是心中各種台灣經典文化或是千千萬萬的草泥馬奔馳而過，我就想睡個覺這麼難 !?!?

善意的提醒我不能說什麼，雖說有的方法有點過於簡單粗暴，但我真的可以接受，因為他們是對你好。但，我在這邊真的要喊一句：「X，他 X 的德國死屁孩！」我好幾次睡到一半，被人拿起我放在桌子上的水壺敲頭或是戳肚子。「X ！我哪邊惹到你們了？」甚至有幾次休息前注意到旁邊桌子上有飲料罐，爬起來後就發現隔著三個桌子的飲料罐被打開了，飲料灑出來丟在我地上的書包旁邊，我……！很多時候都很想站起來大聲地罵國罵。看到現行犯放下我的水壺，我也很想衝過去抓住他的衣領質問。但，我不想冒被遣返的風險，忍。

講這麼多了，已經講到了課程、休息，還有很多，讓我們來慢慢述說吧 :)。

德國的學校分別有五分鐘和十五分鐘的課間休息，當然還有午休時間——大概四十五分鐘左右這樣子，給我們出小門去直接在食堂裡面買東西吃。先不提這個。五分鐘的下課是可以留在教室裡面的，午休時間就是吃飯沒什麼好說的，但，那十五分鐘的下課非常奇妙地我們不能待在下一節要上課的教室裡面。我大概在之前說過了，但在這邊要重提一下。真的非常奇妙，他們會各自圍成一個個小圈圈在那邊談話，就站在那邊，遠遠地看過去就真的是一圈圈。然而，身為一個交換學生的我最基本的義務就是要嘗試融入這些小圈圈。於是，我就這樣站了進去。這一點大概之前也有說過。我在前一個學期非常熱衷於站進陌生人的小圈圈，然後嘗試聽懂不同圈圈的話題；但到第二學期我就放棄了，可能是不同年齡層的關係吧，我能正常地跟家長溝通，卻是完完全全地聽不懂學生說的話題，可能有非常多新的年輕人語言吧，所以我到最後放棄了。

再加上我因為已經高中課程完結所以不用參加考試，上課也因為上述理由變得比較不認真，所以雖說沒有說出來但到最後他們也有點冷淡。我的學校生活大概就是這樣吧，沒有太多的朋友，課程找不到參加的意義，都聽不懂只能坐在那邊，如果微笑發呆也算參加的話，我沒有任何理由喜歡德國的上學。啊，忘記說了，沒記錯的話，在第三個月因為德文有起色，再加上我不甘心只能坐在那邊聽，所以就開始大量地用德文寫日記，隨身帶著德文字典，扶輪社要求的 RosettaStone 也有勉強跟著進度。但，我知道我做的這一些事情是出於我對自己的要求，也同時是盡我的本分去參加課程，讓自己和大家同處於一個努力的狀態，但還是會被老師認為我在不務正業，常常會被要求停下來專心聽課並嘗試理解課程，但我一個字都聽不懂是要怎樣理解？

在經過多次扶輪社的聚會後，我才發現大概是我的聽力有點問題吧，我不是聽不懂，而是聽不到。我發現一對一我可以非常流暢地用德文跟別人對話，人一多，我就毛都聽不懂。必須清晰地說出來讓我聽清楚我才能聽得懂，但老師不可能因為我個人需要就把說話速度放慢，至少不可能給我三到四個月的時間。同學的聊天也是同理，他們可以這樣做，但他們沒有這個義務也不會去理解，所以到最後我對於學校課程還是沒啥搞懂的。

還有還有，其實我在每週一下課就會問那些看起來活動很多的同學下課後會不會參加什麼派對啊、有沒有什麼活動啊等等，但——我也不知道這是這篇文章第幾個「但」了，但就是但，我至今沒有參加過跟他們一起的課後活動；而且，也有發生過問過的轉瞬間就在轉角聽到他們在討論這一週看電影要看哪一部，我大概就是在這個時候非常希望自己聽不懂德語，為什麼要在這個時候就聽得特別清楚呢？……我那個時候非常地傷心。我甚至在那一天一回家倒頭就睡，希望用睡眠來洗淡今天的記憶。

當然，在最後的最後還是要說一些正面的話的，不論我多麼地不喜歡學校，我還是感激那些願意幫助我的同學。很多次的舉動真的在事後認真地去想就會發現都是無心的舉動，其實他們都是非常友善的，只是因為我一開始熟的都不是住在 Braunschweig 的同學，所以會有點困難跟我活動。他們也有邀請我吃過午餐，我也跟他們出去了很多次。要感謝 Ruben，因為他幫我介紹了一位同樣住在 Weddel 的女生依莉，所以在每天早上的上學時間我都不會感到無聊。練習德語並同時消磨等車、搭車的時間，邀我出去吃午餐的也都是他。Direnc 跟 Luca 也同樣很友善。有一次美術課我玩心大起，用華語、英語、德語三種語言拍了一支小短片，其他人都想用另外一位同學拍的純德語版的，就只有 Direnc 力挺我亂玩出來的東西。在上課時有時會突然哭出來的伊莎貝拉同學會定期閱讀我的部落格然後給我感想，從中國來的 Alice 會幫我翻譯一些東西，Clava 會跟我討論小說，身體虛弱的 Johannes 會跟我一臉狂熱地討論遊戲……，想起這些東西就讓我好感傷啊。

我現在的情況是我非常地頹廢，上課基本上都是在用手機，只有美術、英文、數學這些課程外加一個德文基礎會參加，其他都是放棄。可能同學看到這樣的我就對我失望了吧？前半年的笑臉現在就如同陌生人一般地生分……。可能我真的做錯了吧，應該要無視那些痛苦和無奈繼續堅持下去的。

咳咳，但我不後悔，做錯了就是做錯了，沒有學校的美好生活我還是可以在交換生中獲得吉祥物一般的地位（？），我還是能跟三個交換家庭打成一片，我的德語沒有在交換生中最好但我能跟家人暢談三個小時以上喝杯水繼續，我還是非常喜歡我的這個德國交換計畫。

ㄚㄚ忘記說了，聽其他兩位台灣女生說，在她們的學校裡面沒有太多的外國人，基本上沒有，鎮子也很小，所以常常會上上報紙然後被學校同學視為珍稀生物這樣。但，到我這邊就悲劇了。在學校食堂前面的牆上有一幅應該是美術班做出來的作品，是一幅世界地圖，大部分國家都被填滿橘色，只有少部分是空的。我對這幅畫特別在意，因為我看到了台灣。人在國外就會特別敏感，因為中國打壓的關係所以會發生各種不認同台灣主權的情況，所以一看到那個貌似有被放大的番薯，我就突然超級關心這幅畫的完成與否，還為那些沒有填上顏色的國家著急。結果，兩個月後，遲遲的兩句話寫在了這幅作品的下面：

我們的學生來自七十二個國家。

我那個時候心中莫名奇妙地感到特別地激動，就讀這一所學校的榮譽感莫名地膨脹了起來。但，仔細想想：「不對啊，怪不得這所學校的學生在八個月前對我這個交換學生的眼神是那麼地淡定，原來早就習慣了啊 ?!」我還在想：「怎麼這個學校走在路上視野範圍內一定一個中國人，原來是我分辨不清其他外國人啊 ?!」原來走在路上的都是啊 ?! 所以，從台灣出發前扶輪社學長跟我們說的那些「教他們寫中文啊，講講外國文化啊」等等來爭取他們的好奇心的辦法，都是這麼地無力，他們天天都在跟外國人交流啊！其實，這個情況我在剛開學就已經發現了，我再眼殘還是能分辨出那些戴頭巾的學生是中東來的，絕對不是德國人，但我以為這是德國的常態，跟別人問過以後我才知道只有我遇到這個情況。

好，那問題來了，身為一個來自台灣的交換學生，所能展現的外國人的神祕感還有中文的藝術感都被剝奪了，那我還能剩下什麼優勢？德文不會正在學，相對於正常情況（只有德國人），你覺得他們會更有耐心來慢慢跟我一句句解釋德文還是會變得比較不耐煩呢？？

寫到最後有點不知道自己在說什麼了，冷靜下後在這邊最後做幾個總結：學校生活很辛苦，但交換生活不是只有美好的事物，雖說美好的事物能帶給人久遠的記憶，但讓人傷心悲哀的事情也相對地能讓人學到東西。

這一年來的學校生活或許對於我來說不是非常好的記憶，但一定有帶給我什麼東西。或許因為天天無聊地坐在那兒不知道要做什麼反而激起我的讀書欲望（我已經報名微積分和日文先修班了），也或許最起碼讓我見識到了德國的教育環境。現在要突然想起到底有幫到我什麼真的有點難呢，總之，我是不後悔的。

當初發生的那些事，如今已不再能激動我的情緒了，這篇文章看起來義憤填膺得不要不要的（不得了），其實就只是我對照自己當初寫下的幾句敘述嘗試去回溯當初我的感覺這樣。所以，我絕對不會說我討厭德國屁孩（笑）。

2016/5/28

住在 Thady 家

住在別人家呢

原本今天因為爸媽和妹妹都不在家過夜，所以必須要住在第一轟家。Beate 卻跟我說，他們禮拜六可能都要工作，如果讓我一個人待在他們家無所事事一整天，會讓他們感到不好意思，比較好的方法還是我去問問住在Thady家可不可行這樣子。

問了，轟媽也跟 Thady 的家人做好了聯繫，一切都非常 OK。就在禮拜六早上八點多一切都打包好準備好，準備跟著家人一起出門的時候突然想起來一件事：如果我過去了，結果她們都還在睡覺，那我是不是要冒著打擾他們的風險去按下他們的門鈴？跟家人提出這問題後，他們接受了我在家裡等待 Thady 回覆的要求，然後爸媽就先行離開前往漢堡參加應該是生日派對或是其他諸如此類的活動，轟妹要去參加婚禮就跟著他們一起坐車到車站了。我則悠閒地把電腦打開，坐在客廳玩玩遊戲，並不時地注意下手機訊息，就這樣從九點半一直等到十點半，然後就收到訊息了。不慢不快的速度吧，我大概就玩了兩場遊戲，然後他就起床了。聽說是昨天跟同學出去玩所以晚到家了才這樣睡超多，嗯……我大概也是兩三點睡著但八點就起來，哈哈。

搭車的過程中我傻傻地提早下車，所以要在路邊多等十五分鐘，再加上預估錯誤在總車站等車的時間，因此到達的時間比我原本所說的十二點整遲了大概半個小時。當然，我是有在確認了之後果斷地用簡訊通知啦，所以沒什麼問題。好不容易到了正確的車站，找到那棟房子也是一件有點困難的工作。因為在路口的房子門牌有點錯亂，所以我有點困惑到底應該要往哪個方向走，前前後後問了三四個路人或是正在修剪自家花園的人才找到那個家。房子的外觀沒有特別地突出，就是非常平常的一棟房子。

休息一下，下午繼續打字感覺有點在寫流水帳，希望下午狀態能緩過來。結果，回到台灣才開始打 :P 有點懶懶的這樣不行。

從一家的窗戶往裡面看去，看到了 Thady 的那一頭捲長髮，彎起食指輕輕地敲了下玻璃。驚訝地發現 Thady 會煮飯呢！我一進到他們家就拉我坐下來吃他煎的蛋吐司，雖說蛋煎得有點碎碎的但味道就是正常的那種，還不錯吃呢！再加上這家放在那邊的果汁任我飲用——當然不敢一個人喝光啦，但怎麼說呢，在這個家裡面這些飲料的擺放方式就帶給人一種「這飲料就算喝下肚也不會有負擔」的感覺。這些只是我在當下亂想的東西，不用在意 :D。

然後，我們兩人就邊吃飯邊聊天，用德語和英語，開始討論我們今天要做什麼事。我因為主要的活動是在明天跟轟家人的見面，所以目前對於一切都是處於「隨便，隨便」的態度這樣子。所以，當我知道 Thady 要在今天為家人煎牛排真的是讓我……ㄝ？在寫的當下我才想起來，我拜訪他們的時候忘了帶禮物啦！！算了，事情已經發生了就不用再討論了，繼續繼續。Thady 要煎牛排，原本我已經對於他能煎蛋烤吐司感到震驚了，我在聽到這個後真的被嚇到了，一直逼問說：「你怎麼會？？」他就跟我解釋了一下，說在澳洲他們一週可以吃三次牛排。哇！肉的價錢在他們那邊貌似特別地便宜呢。他這樣說讓我想到了在第一天或是第二天我在第三轟家的晚餐，轟媽拿出了一本關於全世界飲食的食譜，這本書還挺有趣的，作者會採訪一家經過確認是在當地小康水平的家庭並確認他們在一週之內會吃的東西，之後就把這些食物擺好跟這家人一起合照。關於澳洲的那張照片可以看到他們的健康狀況貌似沒有那麼好，就是有點發福，眼神呆滯，黑眼圈，這種感覺這樣啦，食物方面也可以輕易地看出他們在肉類的攝取量非常非常地多，應該說多到異常了嗎？水分的補充乍看之下卻只有單純的飲料，就是那種含糖很多的……這樣真的大丈夫（男らしい男）？

先不管健康問題，他跟我說過他可以在一週之內有三天都在幫媽媽下廚，我就很放心呢。然後，我們就在跟轟爸爸聊過天後把他的房間都整理……說到這邊又發現有一件事情可以講了：我第一次見到有人的房間可以這樣髒！以前就聽說過怡安的同學房間髒到沒地方可以走路，但不像今天親眼見到這般震撼，就真的是地板上布滿著衣服或是一些書本之類的東西，灰塵和一些不知道是從哪個塑料玩具中跑出來的塑膠小球也在地上滾動著。我在打開他房間的瞬間就開始思考「我今天要睡在哪邊？」這個問題，該不會是他房間外面這小塊空間吧？看到地上鋪了竹墊，該不會就這樣真的讓我睡地上？？？我是有帶著氣墊和睡袋啦，但是……還是會有點失望啦。還好，他要我站在門外等一下，說要清一下。我就這樣慢慢地找到一張椅子，可以抱膝坐在上面，然後有點驚恐地看著他把放在櫃子上的髒髒的蠟燭點燃，不怕著火？？然後臉上冒冷汗地看著他拿出一罐黃黃的東西用手指伸進去沾著吃，還一副很寶貴的樣子說不能分給我。

到最後除了地板沒有用吸塵器有點骯髒以外都非常棒。寫到這邊我感覺有點怪怪的，這樣用評價的眼光去看別人的房間不大禮貌的感覺 o.o，又不是付錢的，他完全可以讓我就睡在垃圾堆上面……?! 而且我還沒帶禮物せ ?!

……所以，我講到哪裡了啊？一直跳題感覺自己都有點混亂了。啊，對了對了，是在講說跟他轟爸聊完天後都在做什麼。我把我的行李都放下之後，我們就把他的沙發床收起來開始看《神奇寶貝》，英文版的喔。我也不知道為什麼會開始這樣看，但其實滿有趣的。我雖說英文都已經變成渣渣等級了，但還是可以看懂這樣的東西的。

但稍微看了一下就先跟他的轟媽去一起為今天晚上採購了，就買個牛排之類的這樣……說到這邊又可以再偏題一次，雖然說有點不好意思，但還是必須要偏的！就是這位轟媽不是德國人！！她已經在德國生活多年了所以可以講非常流暢的德文，但說起話來還是會有點怪怪的腔調，有點像轟爸那樣，對，就是那種感覺！轟爸因為工作常常會接觸到義大利語所以說話也會這樣，就是很溫柔地說話，輕輕的感覺，有點慢慢的，所以跟他們說話比較舒服，因為都會輕輕慢慢的這樣，所以我可以輕易地聽懂。這一點真的讓人非常舒服，但因為我會注意到不要讓 Thady 尷尬，所以我不會一直說話。

是這樣的，因為我在之前有一次在車站跟德國人巧遇另一個交換學生——美國的一個女生，德語說得非常好，非常漂亮的女生，這都沒什麼問題啦，但遇到她講的話我都聽不懂的情況那就真的毫無辦法了。我會有點不舒服，會開始瞧不起自己，會開始想說我到底在這一段時間做了什麼，會想自己是不是太混了才聽不懂，真的會非常地傷心。Thady 的情況跟我當然不一樣，我是跟不上同屆的德語學習速度，他是過了幾個月才來的，因為南半球的上課時間跟我們不一樣，但我還是會介意當初的那種尷尬感覺，所以在這邊當客人的時候，除非必要我都只會靜靜地站在旁邊聽他們說話，真的需要回答大概也只是說一點點簡短的話。後來，在回到我們自己房間以後跟 Thady 說了我為什麼要這樣做，效果的話……嗯，感覺沒啥用。因為我畢竟是在德國待了比較長的一段時間，所以不經意之間流露出來的還是會讓他們覺得「好強好強」這樣。Thady 的轟爸媽他們自己也會用大量英文跟 Thady 說話，這一點我不知道該如何評價。

在一開始，我覺得這樣講會讓德語進步得較慢，後來看到他們偶爾還是會督促 Thady 繼續用德語練習，我就在想，如果，如果啦，我一開始英語更好一點，可以更加流暢地去跟家人說話，我應不應該更加頻繁地去跟家人說話聊天呢？先打好關係再去練德語也不遲啊。不知道呢，想了半天但還是想不出結果。

跟他的家人把東西都採購完畢以後我們就重新回到地下室 Thady 的房間，反正時間還早得很，我們就再看了一會兒《神奇寶貝》，看到那奇妙的開場動畫和翻譯成英語版後陌生的對白真的讓人眼前一亮呢。也說不清楚，以前手邊捧著飯碗還拚命地要黏在電視機前面看《神奇寶貝》的感覺沒了，取而代之的是看到這些搞笑台詞的爆笑感。像是最經典的一個畫面：「去吧！皮卡丘！」小智這樣喊著把神奇寶貝球給丟了出去，那個皮卡丘的口音就非常爆笑，噗！哈哈哈哈！！！看到後來兩個人都有點累了，不停地點頭打瞌睡，在最後還不小心睡著了一小段時間，被他的轟姊給叫了起來。起因大概是這樣的，Thady:「Chris, would you like to take a nap?」「Sure.」然後我們就睡了 XD。在事後的聚會，Thady 還把這件事跟大家講，變成了一個笑話。基本上問我要不要睡了，我一定會說「好」這樣。

做晚餐的部分基本上都是 Thady 在主導，我是在旁邊打雜的。主菜是牛排，其他還有沙拉、馬鈴薯泥，基本上算是在德國也非常常見的餐點，但在澳洲好像也同樣是一個更加常見的日常餐點。煮的過程非常地順利，我就站在旁邊切切菜、刮刮馬鈴薯皮，晚餐就好了，速度挺快的。我還有幫忙擺擺盤這樣，然後就是開動的時刻了。大家坐好在戶外的餐桌上，刀叉什麼的都已經在手邊，就等他的轟爸上桌，MMmmm 真的挺好吃的！他在事先非常細心地問我們比較偏好吃什麼熟度的牛排，真的有煮出來呢！！！超好吃的這個熟度！！這個沙拉也是非常爽口！！馬鈴薯是我做的當然要好吃啦，哈哈。除了轟媽是吃素沒辦法體驗一下這好吃的東西以外大家都吃得非常高興，飯後依舊聊了一下子就各自先回房間了。

原本我跟 Thady 晚上是要出去參加一個他朋友的派對的，但因為我們發現公車車次會讓我們只能在那邊待一個小時就要回家這一點，所以我們就決定待在家裡繼續看《神奇寶貝》，我們就繼續在那邊抱著肚子笑。再晚一點我真的有點待不下去了，《神奇寶貝》再好笑也不是這樣看的啊！於是，就慢慢地往上走，驚訝地發現轟爸正在準備用營火！他一副偷偷摸摸的樣子跟我們說：「這在德國是不被允許的！」真的挺好笑的。在德國因為緯度問題（吧？），天色會在很晚的時候才暗下來，大概會在九點以後，所以我們在這之前就先把以前的聖誕樹還有一些壞掉的椅子拆一拆，準備要在今天燒一燒，還特別跟我們說這棵聖誕樹是三年前的，這個轟爸真的好可愛 :D。營火就是一座營火樣沒什麼特別的，只是那個火苗有點高讓我有點緊張，畢竟一個大風就會造成意外呢！……但他們說有經驗沒有問題。過程中 Thady 又展現了他不為人知的煮東西天賦，我看到火堆會想到烤地瓜，他卻急急忙忙地衝進了廚房，一番搗鼓後直接把一個被鋁箔包住的塊狀物給丟進了火堆，過了幾分鐘後打開包裝後我看到的是有點焦黑……好吧，可能因為火候沒掌控好的關係，所以直接變成黑色的烤土司，中間放見了橄欖、起司、火腿之類的東西，超好吃的！！

今天真是完美的一天，希望明天和轟家人的見面可以一樣的完美！！

2016/6/13

第三階段接待心得－捷克彥柏《4/9 ～ 6/11》

兩個月間，數次有不同朋友問我，怎麼都看不到第三個接待小孩的日記？

是因為這個不好帶，很忙嗎？
哈哈，事實是相反：
原因之一，因他要趕上捷克學校 6/14 的畢業考，他離開時間足足比其他孩子早了三個星期。
原因之二，短短兩個月的第三階段，
有泰半的時間，他的第一轟家不停的找他回去，不同的聚餐名目，各種的活動，
短短兩個月，掐指算來，他回去第一家住了 4 晚，
另外有四次分別是轟爸生日、跟轟爸朋友聚餐、母親節聚餐、轟爸路跑活動……等等，
再加有一個星期第一轟媽帶他到日本旅遊。
我們和他的相處機會，真的少之又少……

三個孩子中，其實彥柏是個性最成熟、最懂人情世故、生活最單純、最容易帶的。
他的自律性最好，一直到上學最後一天，
沒有大多數交換學生到最後擺爛，找盡各種遲到或不上學的理由。
一直到最後，他還是非常謹守本分的每天準時到校。
最後班上同學老師為他辦的歡送會，看到老師傳來的影片、這一年和班上活動的照片，
透過老師寫來的字字句句，在他回家的倒數前三天，我看到了我還沒有機會認識的彥柏。

▌第一夜問題集。

交換生活若就家庭生活、學校生活、文化融入三大部分來看，
學校這一塊，我認為他絕對是所有交換學生的楷模。
最後一天，老師說，懂事的他，到各個辦公室和校長、各個老師、活動組和註冊組長道謝和道別。
甚至到晚上，還特地帶了罐捷克啤酒再到學校一趟，就為和晚班的警衛伯伯道謝和再見。
歡送會後回到家，敲了我的房門，一看我就說：「媽媽，I'm sad⋯⋯」
在麗山十個月，老師同學的熱情和善，在他在台灣這一年，我相信一定是一個無法抹去的美麗記憶。

就家庭生活而言，坦白說，我覺得受限於他第一家庭的牽絆，阻礙了他對第二第三階段不同家庭生活的認識和體驗，
可以理解一起生活了四個月的孩子，一定會培養出一份像家人一樣的感情。
就像我帶治恩，即便有再多的不愉快，我依舊關心這個和我住了四個多月的孩子。
但接待是階段性的任務，一個階段結束，當然無需到劃清界限不再聯絡。
但我認為儘量不去干擾孩子，不要再太頻繁把孩子找回來參與原本的生活圈或活動，
儘量鼓勵也給孩子完全的新開始去認識和融入新的家庭生活，
我認為，這不僅是對自己新接待孩子的尊重，更是對接待過的孩子他現任轟家的尊重。

彥柏的第一轟家視他如己出，感覺上是完全的滿足他的要求和需求，
對彥柏而言，我想他是幸運的，碰到一個疼愛他滿足他的轟家。
但對我而言，這是個對我最後階段的接待造成很大困擾的 partner。

對他們而言，彥柏是他們家的孩子，安排孩子出國的行程是她和孩子間的活動，
母親節聚餐是彥柏該回去團聚的時候，轟爸的生日、轟爸的路跑都是呼喚孩子回家的重大活動理由。
而這每一回的不同活動，卻沒有一次身為彥伯現任轟家的我們是事先被告知的。

TGI FRIDAYS
American Restaurant and Bar
JOAN
JOAN

TGI FRIDAYS
American Restaurant and Bar
JOAN
JOAN

彥柏的歡送聚餐。

溝通管道不暢通嗎？不，我們有三個媽媽的 line 群組，有電話。
但反應再反應，他們依舊故我，隨時想找孩子回家就找孩子回家。
最後一個星期，這些不尊重行為透過顧問反應後，
這位媽媽終於懂得要尊重現任轟家，終於懂得找孩子聚餐活動前要告知我們。
最後一個星期來了 line，請我幫彥柏請假，理由是要帶孩子回接待社領來台灣時寄存的緊急備用金。
理由是一定要彥柏親自到在簽收單上簽名後才能領回。
不巧的，最後兩天彥柏學校排了活動不方便請假外出，
於是決定請這位轟媽代為預領後，照正常扶輪社的程序，在機場辦好登機再把錢交還孩子並簽收。
過兩天，為了安排送機時間和彥柏確認護照。因為照規定，護照不會在孩子身上，
我得確認誰會帶他的護照到機場，我得確認好通知對方 check in 時間。
不料彥柏回答另我混亂：「護照在我這裡，去日本前他們就還給我了，還有錢也給我了……差不多三個星期前就還給我了。」
這下我傻了，兩天前這位轟媽還很努力在喬彥柏請假時間，因為她說顧問拜託她要帶彥柏回接待社領錢，一定要彥柏到，因為要他的簽名。
隔兩天彥柏告訴我，錢三個星期前就拿了啊。
我說：「你確定 ?! 五百美金的備用金你確定已經拿到了？」
孩子一臉納悶的看著我：「對啊，拿了，怎麼了嗎？」
怎麼了 ?! 很沒修養的轟媽我又要發飆抓狂了！！！
為什麼對 partner 要說這種無法理解她出發點的謊呢？
而這行徑，在這兩個月不間斷的重複……

接待彥柏，其實以他的成熟世故，以他的自律和簡單，若無第一轟家的干擾，
最後的第三階段，在接待的十個月中，其實會是最輕鬆的兩個月。
他的中文是三個孩子裡最弱的，但他個性外放非常願意主動與人互動。
每天回家幾乎把他學會的問候語全部用上，一進門就笑眯眯的問：
「媽媽，妳今天好嗎？」

「妳今天做什麼呢？妳今天有出去嗎？妳去哪裏呢？」
回答後反問他：「那你呢？你今天好不好？」
毫無例外的，他就是笑眯眯的答：「我很好，非常棒！我去游泳，去圖書館還有睡覺……」
接著，他一定問：「媽媽，今天晚餐吃什麼？」
不論我要煮什麼，他聽了一定笑眯眯開心的說：「噢，好棒，那我們要幾點晚餐？」
有禮貌的孩子，其實我自知廚藝差，再者他愛吃肉，偏偏我們不吃肉，
但即便端上桌的全是青菜豆腐這些清淡的飲食，
他一樣捧場的吃得滿足樣。
一樣每天吃飽就笑眯眯的說：「很好吃，謝謝！」

單單就孩子本身，其實我想說，謝謝他的簡單，謝謝他的懂事和配合。
兩個月未曾為他寫過一篇接待日記，純粹因為自己不成熟的把他和第一家轟媽引起的不悅牽扯到一塊了。
因為第一家未曾停歇引起的不被尊重感，想到寫彥柏的日記，電腦未開就已經心煩，
我想，我仍然得修養我會牽怒的個性，
我仍然得學會單純的就事論事。

4/9 – 6/11，我的第三階段接待：捷克彥柏，
這個單純、本性善良的孩子，這個我還來不及認識很深的孩子，
雖然只當了他兩個月的媽媽，雖然共同的回憶還沒有太多，
帶著微笑，互道再見，在彼此的人生中留下的軌跡，依舊是一段值得感謝的人生印記！
我相信，因為他，我會再訪這個美麗的國度－捷克！

後會有期，彥柏。

ITALIA

TOKYO
東京
JAPAN

7
6
TOKYO
東京
JAPAN

2016/6/15

CHINA WEDDING
《給你。我們的二十週年》

親愛的老公：

今天，是我們的結婚二十週年搪瓷婚紀念日！

搪瓷，沒有金子的炫目，沒有鑽石的珍貴，但它，卻有金子和鑽石所沒有的堅韌。二十年來，你辛苦努力的讓這個家從無到有，未曾讓我為生活的柴米油鹽操過一丁點心。

於是我，則滿足的圓我從孩提時未曾改變過的志向～
相夫教子，打理我們小小的窩，照顧我們的三個孩子。

結婚二十年，讓眾人驚呼連連的，我們有了我們第四個孩子。
讓大家訝異的，在人生最精華的年紀，因為「家庭」，你選擇走下平步青雲的工作舞台。
很多朋友問我：你老公還年輕、還有賺錢能力，你能接受認同他放棄還不錯的收入就這麼回家？
其實，就是因為懂你，我更珍惜對人生體認有這麼大轉折的你，
更是倍感窩心於你把照顧高齡懷孕的我和孩子的序位，
擺在對男人而言，象徵著人生成就的職銜和收入之上。
朋友們說我勇敢，在孩子都大了，在這個年紀還願意再生一個，
但我一直認為，我的勇敢，只因有你二十年未曾減少的疼愛。
二十年被捧在手掌心的疼愛，於是我，對於你的任何決定，對於你的任何夢想，
牽手支持永遠是我唯一的答案！

曾經費盡心思的想，要怎麼特別慶祝我們的二十週年紀念日呢？
原本想著趁肚子變大前全家出國玩？或是悠哉的花東漫遊？
也曾心動的想訂個豪華的溫泉大飯店大肆慶祝去，
還是吃個什麼浪漫的週年大餐？
你問了又問，我想了在想，
突然覺得，今天，一樣就是平淡日子中的一天，
如同許久之前看過的一篇小品，寫著一個每天煮白粥給妻子的窮丈夫的故事，
當中的結語著實讓我感動！

「千變萬化的粥品，都離不了白米粥做底子。
　而所有的幸福，不過白粥做底，錦上添花」

今天，是個特別的日子，也只是平凡日子中的一天，
今天的晚餐，你的蝦仁鳳梨炒飯和新鮮果汁，
溫飽的不止是我的胃，溫暖的是我的心！
載滿愛的慶祝大餐，是任何的山珍海味都無法相比。

我說什麼是幸福呢？
結婚二十年的體認：
幸福，不是家財萬貫，錦衣玉食；
不是開名車，也不是住大房子。

我的幸福，
是當我餓了，你會放下手邊東西，急著帶我找出門找我想吃的食物，
是當我累了，你會板起臉兇兇的命令我快去躺好休息，
我的幸福，
是你省吃儉用，把最多最好的留給我。

被一份心感動著，就是最大的幸福！

親愛的老公，牽手走過七千多個日子，謝謝你給我最大的浪漫，謝謝你給我最滿足的愛。
Dear 老公，I LOVE YOU forever and ever。

這輩子有你相伴，是我最大的幸福！

2016/6/21

大肚婆日記：《16 週：小王子 or 小小公主？？》

12 週後，嘴巴苦澀、慵懶無力、所有初期的害喜症狀一下子全消失了。

食慾大開，我又開始把自己當母豬養了。
一向，我是個善待自己的大肚婆，想吃就吃，開心就好，依舊是我的最高生活原則。
把自己當氣球無節制灌氣的結果，
12～16 週，我的臉澎了，撐過三回的肚皮又圓滾滾了，很沒節制的，把自己養肥了四公斤。

妹妹最近非常愛照相，每個鏡頭硬是要擠過來湊熱鬧。
堅持她的肚裏也有一個娃，堅持要撩起衣服和媽媽的肚子一較大小。

懷妹妹時，朋友們都說我變漂亮了。
那時的我，也覺得自己皮膚透亮，氣色好，
但腰身明顯，肚子跟懷猷和 NU 時一樣就是尖尖的男孩肚。
問我直覺肚子裡的是兒子還是女兒？
到超音波確認前，我還真無直覺可言。

這回，朋友們一樣說我皮膚狀況好，氣色更好。
我看自己的肚子，更是圓圓的沒了腰身，就是和以前不一樣！
懷孕的一開始，我就有十足的把握，一定是個小小公主！

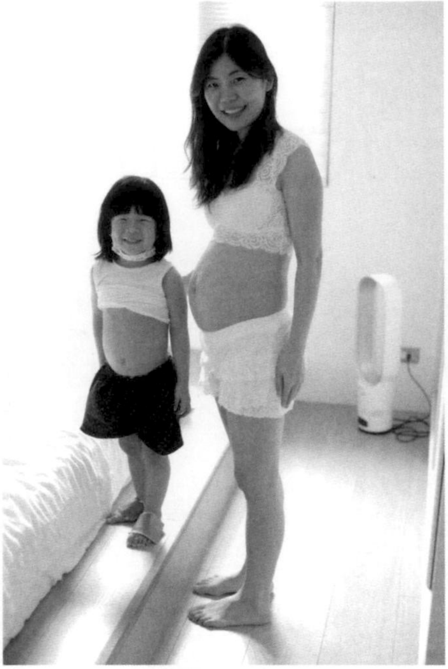
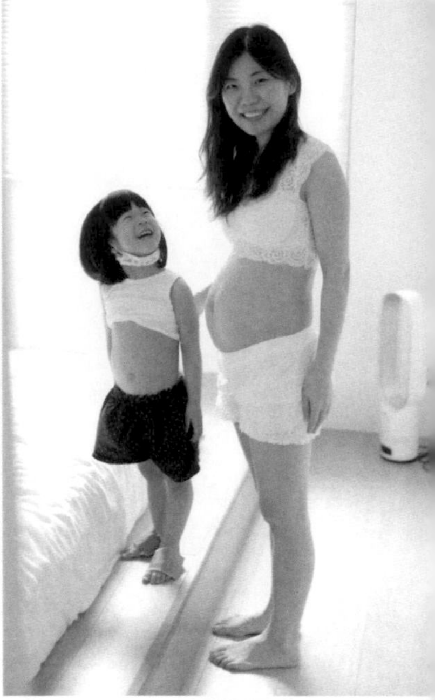

妥善分類收好所有妹妹的衣服和小鞋子，
慶幸還保留兩條妹妹娃娃時的碎花包巾，
還有幾頂花花遮陽帽和一些洋裝還好還沒送人。
再買妹妹衣服，我更大氣了，因為還有個小妹妹可以穿，一點都不浪費！
和老爹爹挑了幾個名字：張治心、張治喬、張治庸、張治旻、張治婕……

16 週的超音波，除了猷還沒回來，一家子又全緊擠進了小小的診間。
隔了幾週，娃娃長大了好多！
每回從超音波螢幕看到娃娃，看到小小心臟一閃一閃的蹦蹦跳，
看到小小手和小腳丫，嘴角就忍不住上揚！
小小的生命成長，真是希望的表徵。

黎醫師從娃娃的頭部、心臟、手、脊椎、大腿、腳一個部位一個部位的往下看，
看到了兩腿間……
他指著螢幕說：「看到沒？……應該是男生。」
是，很明顯，看到了……
但怎麼可能，明明我的皮膚變很好，明明我變漂亮了，明明就篤定的覺得是個女兒……
忍不住問：「沒翻盤的可能嗎？」

從懷孕的一開始，每回問妹妹：「媽媽肚子裡面的是弟弟還是妹妹？」
她幾乎沒例外的說：「弟弟。」
每回大家討論名字時，大字不識一個的她，就大聲的主張，她喜歡我們取的名字中唯一男性化的「張治庸」。
但猷想要妹妹，NU 想要妹妹。我也想，兩男＋兩女就絕配了！
事實證明，難怪人家說問小孩最準。
果然命中註定三劍客！
這年紀差距很大的三劍客終於成軍！

看來我不該質疑那個老爹爹老嘴巴帶蜜的說他上輩子，這輩子，任何一輩子就只愛我一個。
果然他的情人真的少的可憐，
倒是我，真想驕傲的撥撥我的長髮，上輩子我的行情真不錯，情人可多的咧！

三男＋一女，我的人生感覺真精彩！
我的小王子，你可要在媽媽肚子裡盡情的吃，努力的長大，
爸爸媽媽哥哥們，還有你公主地位屹立不搖的姊姊，期待你十二月的到來！

2016/6/28

最後的聚會

偏題了，先從我出發前兩天說起吧，有點後悔又有點不後悔的做出了一件讓第三家庭生氣的事情，他們不管怎樣，習慣在事情發生的前一個禮拜把預定行程，寫在那掛在廚房的大日曆上，應該說身為德國人的習慣嗎？會要把所有事情都安排的妥妥當當的。我因為一些巧合所以沒有辦法像往常一樣把事情先寫在他們的日曆上。

當天的情況是這樣的，在晚上有一個扶輪社的結業式，我是自己過去參加的，過程非常的平淡沒有任何意外發生，也就這樣非常順利的結束了我在德國的交換，行政程序上來說啦，但在快結束的時候 Anton，第一轟弟跟我說他媽媽有給我安排一個最後的送別會，原本因為第二轟妹的腳受傷嚴重所以不能舉辦，但到最後因為醫生說 OK 就可以了，所以到最後這個送別聚會是到當天才決定的，這我真的沒有辦法跟他們事前說明啊。

我房間還有我準備好要給轟家簽名留言的國旗，說真的，事前我也不知道他們會因為工作關係沒辦法幫我送機，我是等到扶輪社聚會結束後，坐到一轟家車上才知道的，這也同時是他們舉辦這個聚會的最大原因，但問題來了，我原本以為可以到機場送機的時候才在國旗上面簽簽名之類的，所以還在我的房間桌上擺著 o.o。

我在當下心裡非常的糾結，如果要回家拿國旗就要正面面對轟媽的質問，為什麼沒有事前說明這樣，但我真的沒辦法啊，今天才知道的而且手機的 SIM 卡早就先弄掉了怎麼可能打得了電話？如果不要拿國旗的話先不說沒辦法拿到他們的簽名，已經事先沒說了怎可能完全沒有說明就跟前轟家跑了？

於是就這樣忐忑的走到了家裡，帶著伸頭縮頭是一刀的心態打開了門衝進去，拿了國旗以後就盡力的跟家人說明，但不出乎意料的他們沒辦法理解我為什麼這樣做。真的非常抱歉抱歉抱歉啊，但我心中真的不願意放棄這個最後和前轟家人的見面機會所以還是盡量用我的基礎德文跟他們說明，然後一轟媽就感到不對了，下車來看我發生什麼事然後就在門口跟三轟家解釋了起來，過程我也是沒有太專心在聽因為我都在觀察三轟媽的臉部表情，到最後其實有種完蛋了壞了這下難處理了的感覺 Orz。

轟爸到最後出乎意料的善解人意了一把，拍拍轟媽的肩膀說沒關係讓他去吧，事情大概到這邊是沒什麼問題了。但我知道這樣對他們來說還是不太好受的，因為我們家本身就有遇到交換學生被前一個家庭一直叫回去的情況，而且還是沒有事先知會的，我當然到最後有到現場解釋，但還是非常的不好意思，聽過在台灣的媽媽的敘述，他們在那個時候的心情是非常非常不舒服的，所以我到最後晚上回到家之後立刻跟還坐在沙發椅上面等我的轟爸立刻是一個鞠躬（本能？）然後一直說對不起，還說我可以理解你們的感受，但我真的很想要跟他們最後一次碰面，可能是我有傳達到我的意思，以往難溝通的轟爸竟然破天荒的諒解了我，隔天早上也是跟在昨天晚上早早睡的轟媽說了抱歉，事情到這邊也算是圓滿的結束了。

我也鬆了一口氣，還好沒有到最後關頭結果跟轟家鬧翻啊……至於昨天晚上我們愉快的邊吃東西邊聊天的時候一二轟家說的什麼：「反正都最後兩天了那也沒差了阿。」我是不會考慮的 o.o。

也有可能從頭到尾他們都沒有這方面的意思啦，那就尷尬了，他們大概從頭到尾都搞不清楚為什麼我要跟他們道歉吧？呃……這也是另一方面的文化衝突吧，自己單方面想太多了。

懶人包：因為聚會沒有事先告知造成了困擾，道歉過後就雨過天晴了。

2016/6/30

娃娃日記：《三歲六個月》公主地位屹立不搖

十六週，照完超音波走出診間，當知道肚裡的小娃是三劍客的最迷你成員後，
忍不住彎下身，捧起三歲六個月妹妹的臉用力的親！
我說：「臭妹～好險好險，至少爸爸媽媽還有妳這個公主。
妳真的是公主！地位無可動搖的張家唯一公主！」
真的還好在兩個大哥哥之後，註生娘娘先送來了妳這個公主，
老媽才有勇氣再來一個小四弟弟跟妳作伴。

三歲半的妹，突然的愛上在老爹爹鏡頭前擺弄各種姿勢的樂趣，
一天準備洗澡，衣服脫了一半，短袖衣服被她脫掉兩隻袖子變成成低胸衣，
像突然想起什麼好主意跑出浴室，對著爸爸叫：「爸爸我要照相，爸爸幫我照相！」
衣服也已脫的衣衫不整準備陪公主洗澡的老爹爹，
盧不過不拍就準備放聲大哭的霸道公主，
就這麼滑稽的穿著內衣褲，拿起相機……
只見妹迅速爬上床頭櫃，或坐或趴或撩人的姿勢都來了，
一個動作接一個動作的指揮老爸：「爸比，這樣！然後這樣……這樣……
聽著老爸相機快門咔擦咔擦不停，她動作越來越多，衣服越拉越低……
這小娃，不知哪學來這麼多的 pose，越拍越上癮了！

拍了一晚，隔天又來了，
先露單肩，再變雙肩，繼續往下拉，用手遮住重點……
老媽忍不住的喊：「夠了，這誰教妳的啦 ?!」
只不過看她開心的笑容，老爹爹眼神發亮，欲罷不能的停不下他的快門。

現在的妹，比之前更黏老爸，
每天上學放學，老爸騎著親子車，父女倆就這麼甜蜜蜜，一路說說笑笑的上學去。
現在的她，享受著老爸全天候的陪伴，
吃飯時，吃著吃著就貼到爸爸背後，從脖子後又摟又抱的親吻。
一上床，常常就很不秀氣的撲到爸爸身上瘋狂索吻，恣意的在爸爸身上翻滾撒嬌，
要不，就兩個相擁著輕聲說故事。
每天晚上，整個房子就是父女倆放肆的大笑聲！
大哥哥不在，小哥哥正值難搞的叛逆期，
還好有她柔軟了老爸的心，還好有她讓老爸的退休生活過得歡樂又充滿活力。
我說公主啊公主，爸爸有妳這個甜到心坎裡的小情人，
老媽真的覺得，妳是這輩子媽媽送給爸爸最珍貴最寶貝的禮物了！

Princess

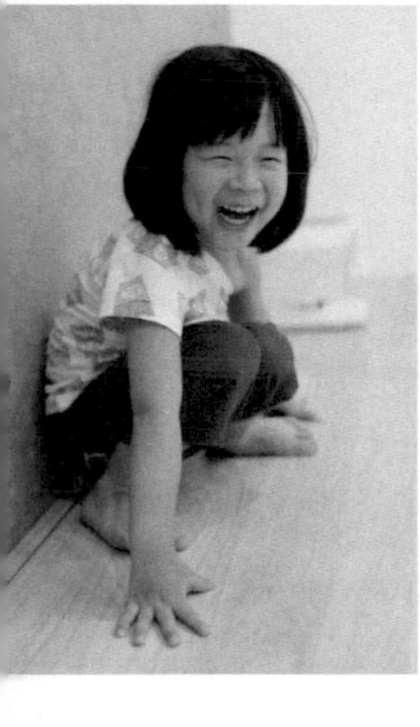
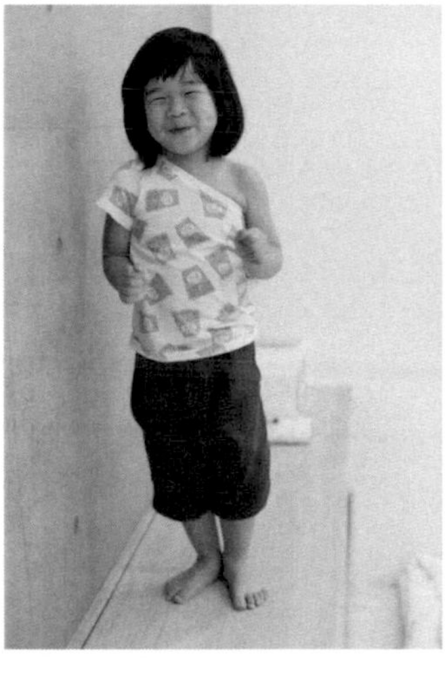
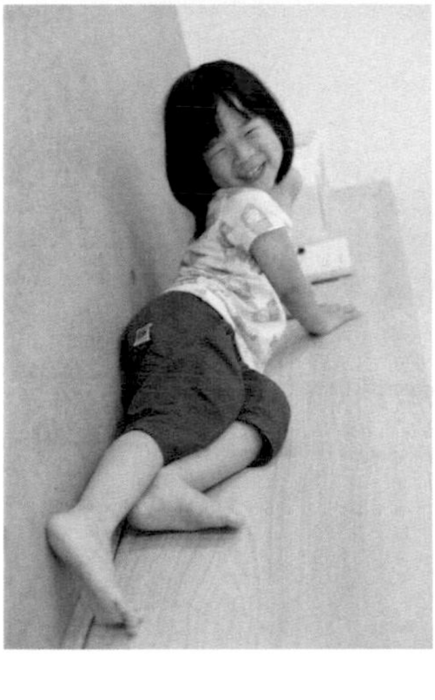

好甜的笑容，好愛她的小酒窩，很多人說她和老爹爹越來越像了！
確實，三個孩子，小小的眼睛，深深的酒窩，尤其他們的笑容，真的跟爸爸是一個模樣。
在她身上，似乎唯一只有那拗到不行、吃軟不吃硬的臭脾氣是老媽的翻版，
她脾氣一來，老媽通常毫無例外，永遠一觸即發的就和她硬碰硬的對槓上了。
才不過三歲半，我幾乎可以預期她的青春期，
老爸估計每天都會很忙～忙著安撫調解互不相讓的老婆和女兒。

三歲六個月，為了照顧高齡懷孕的老媽，為了接手照顧公主，爸爸退休了。
今天我們才閒聊……
很多人聽到我們這年紀要再生個娃娃，對話脫離不了：
哇～好佩服！真不容易，很辛苦吧 ?! 真是太有勇氣了！
其實我們想說：「這不是勇氣，這是老天給我們的福氣，
擁有四個兒女，這是我們最珍惜呵護的福報！」

老爹爹提出退休後，我記得幾個同事的太太問：「上頭的大老闆怎會放你老公走？」
我說：「一個人的能力再強，公司少了他不會影響運轉，但家庭多了他卻多了燦爛的陽光。」
爸爸退休在家的日子有什麼不同呢？
妹妹的每一個笑容給了老爹爹最棒的鼓勵！
慢活的簡單生活，沒有空巢期的熱鬧，這樣的日子，真的很幸福～～～

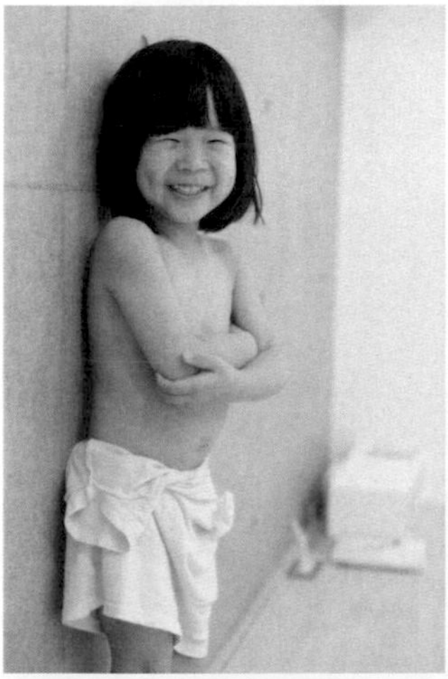

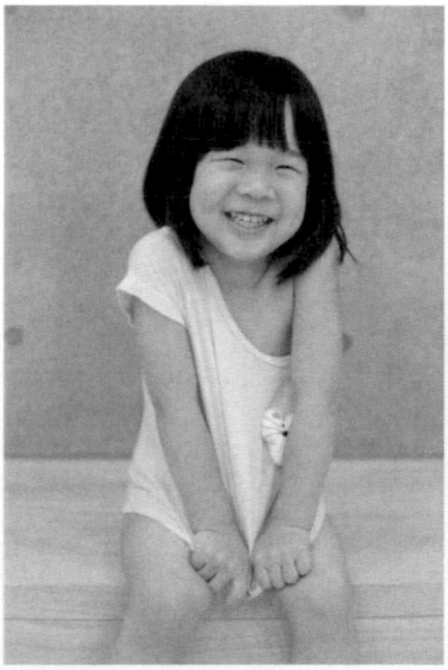

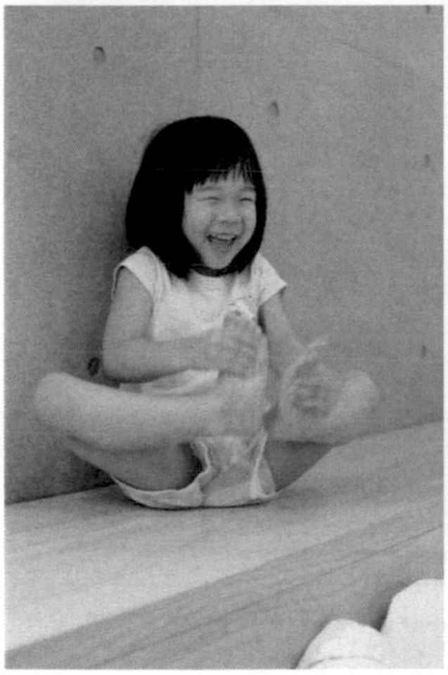

扶輪交換學生歸國報告書
國際扶輪 3480 暨 3500 多地區青少年交換

學生姓名：張治猷	交換年度：2015/2016	派遣地區：3480
派薦社：景福扶輪社	原就讀學校：中央大學	
接待社：Braunschweig Richmond	接待國家及地區：德國 1800	

有關接待家庭

	姓名	職業	年齡	是否社員	家庭成員	接待期間
第 1	Beate Ganster	鞋店經理	?	否	父：Luz Ganster 兒：Anton Ganster 女：Ronja Ganster	2015.8.29 ~2016.1.10
第 2	Stefanie Richter-Reinhardt	律師	?	否	父：Ulli Richter	2016.1.10 ~2016.3.18
第 3	Petra Aust	高中老師	?	否	父：Tomas Aust 兒： 女：	2016.3.18 ~2016.6.30

派遣準備期

1.排定派遣國家後，為習慣該國語言，你有做何努力嗎？排到希望以外的國家，你如何改變心情？

有事先到哥德語言學校上了一定時間的初級德文，並在到德後的前三個禮拜德文學習速度跟其他交換生有明顯的差距。德國並非我首選，我的首選是因為年齡因素再加上當年名額有限制所以無法參加，我對於任何國家都是抱持同樣態度，因為只要是能學到新的語言或是體驗到新的文化，對我來說都是一個可以讓人期待的一年。

2. 到派遣前約有 6 次環境訓練與外籍學生、Rotex 的交流會等，可聽到留學地區的各種經驗，什麼樣對自己有用？
我覺得在不同地區會體驗到的文化風情還有會面對到的困難都不一樣，Rotex 的經驗分享是可以聽聽的，但大多數應該只能起到讓人更加容易接受這次交換的作用……。有點偏題了，對我有用的東西大概是強制我們要做簡報並在大家面前報告這件事吧，對於我的自信心有很大的幫助。
到達接待國家後
3. 抵達機場前是否遇到困難？
在法蘭克福的轉機因為機場太大再加上語言不通，導致有點不確定自己到底應該怎麼辦，後來才終於確定是要先出境然後再轉機，奇妙的系統……，還好在機場因為沒事跟人聊天，認識一個正要到德國讀書的高中生，她在德國讀一段時間了所以對話沒有問題，就這樣帶我進了海關一路到了候機室，非常感謝呢。
4. 誰到機場接你？
第一轟家。一開始是有點失望的，因為有聽說台灣的百人團接機，在這之前有期待一下，但連扶輪社的臉都沒看到就有點……。轟姊的朋友也有過來看我，這倒是讓我有點受寵若驚，畢竟從家到柏林要兩個小時啊。
5. 到第一個接待家庭時的感想。
一個非常好的家庭，給人很溫暖的感覺。簡單來說是這樣，若要詳細描述出來真的說不太出什麼，因為在那個當下是非常疲累的所以印象不是太深。基本上交換生的第一天都是直接到床上一路睡到隔天的，飛機真的太累了，還要調時差。但我有跟家人先去參加一個在當地的派對，喝了沒有酒精的啤酒（德國特產……吧？），下午茶在之前也有一起吃過，之後才去睡覺。
6. 接待地區的環境與人口。
不是大城市也不是鳥不生蛋的地方，就是一個生活機能方便但又不會太繁華的地方，非常對我的胃口，24 萬的人口不多不少剛剛好。我個人是非常滿意這個城市的，日常生活所需完全足夠，有時候因為城市生活機能的方便性還可以跟轟家參加一些活動。這個城市會不時舉辦一些當地的活動，例如在我離開前參加過印象最深刻的童玩節（原文 Spielentag，玩鬧的一天）轟妹還受邀去自彈自唱。

有關接待家庭
7. 自己有單獨一間房間嗎？有沒有接受上的問題？
三個家庭都有，比較有趣的是三個家住的樓層都不一樣，從第一到第三分別對應到閣樓、二樓、地下室。
8. 飲食有問題嗎？（胖了幾公斤）
重了兩公斤但身材沒有走樣，基本上多出來的都是肌肉，因為有接受家人的邀請去嘗試健身房和一些像是羽球的運動俱樂部。
9. 幫忙做家事嗎？
會的，基本上自己的房間清理工作是要自己做的，跟在台灣一樣會丟丟垃圾、擺擺餐桌並洗碗。說起來好笑，我基本上都會跟家人在一開始就問說我可以做什麼或者是慢慢觀察有什麼事我可以幫到忙的。但基本上都會讓家人認為我太禮貌然後就跟我講說不用不用，所以到最後就是吃飯方面會幫一下，飯前擺桌子、飯後把碗這些放進洗碗機這樣。
10. 在接待家庭和誰講話與商量事情？
平常聊天都是找媽媽，但有重大事情商量的時候都會找爸爸。關係都不錯啦，但潛意識還是會覺得媽媽比較溫和，家裡的爸爸有時候會有點難以溝通，所以在台灣也都是比較會跟媽媽講話。
11. 帶什麼禮物去，什麼樣的禮物令他們高興？（請具體陳述）
有事先在故宮買了些禮物，例如有古色古香字畫印在上面的保溫杯或是滑鼠墊等等，並有從其他交換生家庭那邊聽說可以到觀光局免費領取一些非常適合用來介紹台灣的小禮物，印有台灣資訊或是本身帶有擲筊形狀的奇妙橡皮擦，甚至有兩大張 A4 大小的英文台灣介紹。保溫瓶出乎意料的是最受歡迎的東西。我覺得，給他們禮物後不應該什麼都不說就直接給，這樣效果非常差，要一直嘗試用你最大的能力去解釋這個禮物的意義，像我拿了一份從觀光局拿到的台灣英文版介紹書，就站在他們旁邊陪著他們看完了（現在想想好像有點好笑，站在後面逼著看完セ）。

12. 會想家嗎，你／妳如何反應，又如何克服？
不會，只有在最後一個月會有點想家。現在這個時代，手機 Line 跟電腦 Skype 都可以非常容易地解決想家這個問題……，但我有一次因為想吃過年的火鍋就報名了華人新年聚會，不用報名費但有 200 歐元的車票，真的會甘願花這個錢去吃台灣的食物呢。
提供以後交換學生有關接待家庭方面的建議 有關學校生活
13. 選課時找誰商量？
沒有要選課喔……這個真的說不出什麼。但有在決定是否不去上資訊課的時候跟轟家人討論過，後來覺得這真的是浪費時間，於是用校後德文課取代這一段時間。
14. 請將每一門上課科目都記下，並列出喜歡什麼科目？原因……及不喜歡什麼科目？原因……
德文、英文、數學、化學、物理、生物、體育、美術、資訊倫理、音樂、地理、歷史、政治。體育、英文、數學，在這一年中我學到的德文可以應付我跟轟家人長達一個多小時的聊天，卻沒有辦法幫助我理解課堂上的東西，相對於其他科目，這三個科目是我能最大程度參與並和班上同學互動的科目。
15. 與當地的學生修習相同的科目嗎？
大部分是的，但我不用參加資訊課和法文課，連德文都學不好還去用德文學法文……？資訊課的部分就是因為可以選擇要不要去，再加上多出這一段時間可以讓我在課後多上一堂德文課效益比較大，再加上一堆專有名詞，連德國人都在學，我去自討苦吃是做什麼呢？
16. 多久後才能應付修習的科目？
一年後還是沒有辦法理解，難度頗高。跟家人溝通學到的生活用語還是會跟上課內容有很大的差距。我是有聽說過另一個機構的台灣女生有在成績單上面拿到一堆 1 的成績（1~5，數字越小越高分），但我看來這是扯淡，除非那位是語文方面的天才，堪稱語文界的愛因斯坦還是啥的這樣，因為我認識很多在德國的中國

人，有很多來到這邊三年多的德語超強的最高拿三分而已，然後這位女生連德語這門都拿到 1 ？在我看來是在說謊，不然就是當地給的安慰分數。

17.通學方式與通學時間。

三家都不一樣。第一轟家是先騎腳踏車再搭火車，最後搭市區鐵軌車，二十多分鐘吧。第二轟家搭公車，四十多分鐘。第三轟家有時候會開車載我，但大部分時間是騎二十多分鐘的腳踏車。都不用錢，第一轟媽有幫我辦一個學生可以用的車票，政府會支出這筆費用。

18.如何吃午餐（平均花費多少錢）？

不用花錢，都會準備午餐盒給我，裡面裝麵包之類的。但當然自己可以多買一點，一個披薩大概台幣一百多塊這樣。德國就是早餐、午餐、晚餐都吃麵包。

19.上課幾時開始？幾時結束？

七點四十五分開始，到一點多結束，禮拜二上課一整天到四點多。跟台灣比起來真的是太輕鬆了，我講台灣從七點到校到晚上九點月亮好圓好漂亮，他們都跟我說你好可憐這樣 :P。

20.有語言科目嗎？有教材嗎？是自費還是學校或家庭提供？有被要求去上語言學校嗎？

學校有提供初級德文課程，但一個禮拜只有兩堂課，有幫助但不大，教材是老師自己印出來給我們的。第二轟家有給我安排額外的德文課程，因為是熟識的退休老師所以不用花錢 :D，會同意免費接待我這個交換學生也是一位非常好的老師呢。跟這位老師的關係非常好，我在這邊非常實際地實施了準點一到就按門鈴，我唯一一次遲到：「老師抱歉我遲到一分鐘了！」有點開玩笑的意思，但就真的是這樣，我非常地準時，和另一個遲到或是請假也不打個電話的美國女生成了鮮明的對比。

21.有個人指導嗎（曾經找過顧問商量嗎）？

前面講過的那位第二轟家找的老師？如果是指這個，那就是有。沒有問過顧問；轟家人都對我非常好，一切都幫我準備好了，完全不需要找顧問商量。

22.有參加社團嗎（一週幾小時，花費多少）？
兩個社團，禮拜一西洋棋兩個小時，禮拜三另外有一個多小時的電腦社團。
23.國外修習的學分回國後（復學後）學校承認嗎？
我已經畢業了所以沒差，但我聽說如果要承認的話是要全部參加課程並有一定的水準，也要參加他們的大考試，同地區之中大概就只有一位是有做到，但他犧牲了他非常多跟其他交換學生交流的聚會時間。我覺得，反正教的東西是完全不一樣的，就算回到台灣被承認還是跟不上課程，還不如就跟大家一樣全心全意體驗德國的生活和文化，不要太注重學習這一塊了。當然能兼顧更好。
24.有參加旅行嗎（畢業旅行或戶外活動等）？
有參加學校的戶外教學，集中營參觀之類的或是去看歌劇。扶輪社有舉辦長達三個禮拜的環歐旅行，非常不錯。
25.在校有交到好友嗎？何時成為好友？
有一個特別好的，在剛開始就用遊戲話題交攀上，其他也不錯但可以聊的共同話題不多所以就沒有深交。
26.給以後交換學生有關學校生活的建議，有關宗教，請敘述其思想。
不同地區真的都不一樣，我也說不出什麼關於德國地區的建議，這一點我在之前的月報告就有稍微提及。宗教方面我接觸得不多，有去參加轟爸在教堂的演唱會但感覺沒有太濃厚宗教氣息，是聽起來挺神聖但就只是一個演唱會，不會有硬拉人信教的情況發生，也不會有人歧視或是討厭佛教。我覺得啦，可以去找一個關於佛教的吊飾或是手環之類的東西隨身帶著，有講到宗教方面的話題可以掏出來給他們看。我自己是有一個鐵項鍊，佛教的，這樣就非常有可能有人會問你：「這是什麼啊？這個宗教是怎樣的啊？多不多人啊？」很方便的，非常容易打開話題。
有關當地扶輪社
扶輪社名：Braunschweig Richmond 扶輪社會員數：不清楚 扶輪社例會舉辦地點：Hotel Deutsches Haus Braunschweig 這裡面的一個餐廳 扶輪社例會舉辦時間：每週禮拜二

27.到接待地區，共參加幾次扶輪社的例會？請敘述參加時的感想。到接待地區總共參加多少次例會？情形如何？
兩次例會，一次社長交接。報告中有提及這方面的情況，我有盡我所能地寄信去請求多多參加例會的機會，但可能因為不同分社有不同的做法，所以我沒有收到過例會的邀請信。那兩次也是我主動提出我要介紹台灣跟要交換社旗而在一個多月後才收到回信並安排的。不知道會遇到什麼樣的扶輪社也是一種樂趣不是嗎？
28.零用金有多少？和 Guarantee Form 的規定相同嗎？
八十歐元，一次給三個月份。跟上面沒有意外的話應該是沒問題的。
29.有幾次演講？用什麼方法介紹台灣文化與家鄉的街容，會員的反應如何？
唯一的那一次他們的反應有點冷淡。但說冷淡也不是那麼冷淡，就是沒有事後發問也沒有笑容，跟我在班上還有家裡發表的時候其他人的反應完全不一樣呢。
30.對於台灣，都問哪方面的事，對哪方面感興趣？
汽車方面的，他們好像以為台灣是一個汽車生產大國，還有關於勞工假期問題，應該對他們來說是非常重要的一件事，因為每個交換生家庭都問這些。
31.請敘述參加扶輪社例會、交換學生會議與地區活動等。
例會不提，交換學生會議我不知道是什麼。地區活動我參加了絕大部分，這邊叫 Rotex or Rotary 週末活動，活動都持續三天，第一天和第三天分別是報到和打掃，主要活動在第二天。每次的聚會都有不同的活動，除了次次都有的城市導覽以外，還會有特別的例如划船，或是比較正式的例如德文程度檢定……。基本上，環繞著正式活動舉辦的小活動占大多數這樣。地區活動會不時發出邀請信，我基本上不會參加。因為轟家都會把我的週末填得滿滿的，例如划龍舟或是一些捐款活動，以致往往無法參加地區活動，真是遺憾……
32.請敘述對當地扶輪社舉辦的青少年交換計畫活動、各種服務等印象。
呃，我好像寫在上一題了？我不確定這一題的敘述。有在扶輪社週末舉辦過一個國際展覽會，但好像跟這一題要的東西有點不一樣？
33.扶輪社有舉辦地區青少年交換委員會的環境認識課嗎？有的話，請敘述內容與次數。

沒聽過這個東西……好奇怪喔。聽名字的話應該是說 Rotex 帶我們認識德國？這方面的內容應該都包含在每一次的扶輪社週末裡面，就是帶我們走走聚會地點的所屬城市這樣，其他方面沒有特別做出一個活動。
34. 比較台灣與接待地區的扶輪社。
根據自己的經驗再加上其他交換生的交流結果，我發現我們台灣扶輪社會用整個扶輪社去關心這個交換生，但德國卻是有義務去幫助的這位顧問或是 YEO 才會去幫助，其他人就是完全都不管。可能是文化問題吧。
有關接待國家的生活
35.a. 日常生活多少能了解其語言須幾個月（3 個月） b. 日常生活能相當了解其語言須幾個月（6 個月） c. 日常會話多少能表達出來須幾個月　（3 個月） d. 日常會話能有相當表達能力須幾個月（6 個月） e. 適應當地環境、思想方式、風俗、習慣與文化等須幾個月（6 個月）
36. 適應差異，感到困難是什麼，又如何適應與克服？請詳述。
亞洲文化就是要先想到他人，歐洲文化就是要先考慮到自己，一直太禮貌也是會讓他們生氣的，而且要在決定上果斷有力，不然他們同樣地會不高興，其他方面的難題就不多了。他們有跟我說一個亞洲人的通病，舉例來說，在上課的時候如果個人有問題沒有理解，不會舉手發問（普遍狀況），因為怕會干擾到別人，就會私底下偷偷問，當被抓到在偷偷講話時問他有沒有問題卻又說沒有，他們覺得這樣很奇怪。但對我們來說這是非常正常的一件事情，我們會想太多，會先把別人的位置放在自己之前。我覺得啦，適應可以，不用去逼自己接受。我的觀點就是，只要知道這就是這邊的文化，在和當地的人接觸的時候注意這方面就可以了。
37. 除了學校，你有從扶輪社的外籍交換學生或當地認識到好友嗎？
是的，應該說主要的朋友都在其他交換學生和學校以外的活動認識的人。有在剛剛說過的一個運動俱樂部那邊交到非常多的好朋友，有請他們在旗子上面留言呢 :D。

38. 你的健康情形呢？
因為當地氣候不大適應的關係，在一開始身體有點不適但到後來就 OK 了。有在當地使用健康保險兩次，但基本上都是小病無大礙。
39. 當地氣候？
太陽特別毒辣，氣溫卻普遍低，所以就會因為太陽感到皮膚的刺痛卻同時感受到寒風的刺骨，這大概是歐洲地區普遍的情況。空氣乾燥比較不會流汗，衣服都是平均穿兩天。
40. a. 都穿什麼服裝，在台灣就準備好的或者在當地購買？ b. 必須準備特別服裝嗎？什麼樣的服裝？具體陳述。
台灣準備的衣服感覺在這邊都用不上，太薄擋不住太陽跟寒風，在這邊可以在 Primark 買到很划算的價位。基本上當地沒有一定的限制，想穿什麼就穿什麼。
41. 護照、機票、金錢等貴重物品要如何保管？
自己保管，我是自己藏起來。可能存在銀行或是郵局會比較安全是沒錯，但我轟媽沒有說一定要放在那兒，既然沒有這個必要我就先自己保管了，如果真的被偷了……這種事情是不會發生的，不用考慮。
42. 交換了多少個徽章？
沒有細數，但可以塞滿整個扶輪社西裝。有聽說其他人的西裝已經是被整個塞滿了，是看起來挺華麗的啦，但我真的沒有那個心思去收集餐廳的杯墊或是之類的東西。
43. 有到哪裡旅行嗎？特別好玩是哪裡？和誰去的？
除了環歐以外有到其他交換生的家住，當然還有跟家人出去玩，大概是 Dresden 這個德國南部的城市吧，跟第一轟家去，還巧遇其他從奧地利來到德國旅遊的台灣交換生，超有緣的 :D。
44. 返國成為 Rotex 後，給予以後交換學生指導，依自己經驗對他們例舉五項以上的建議。
1. 時常面帶微笑。 所謂伸手不打笑臉人，就算完全不理解為什麼被罵但還是要嘗試用笑臉迎人，臭著一張臉或是面無表情是絕對不會比笑臉好的。

2. 不要等待，要主動。

扶輪社不夠積極邀請？自己寫信去問。還是不行而且都沒有回信？那就每個禮拜寄一封。交不到朋友？自己站進去他們的小圈子嘗試交談。大概是這樣。

3. 規則要遵守，但不是一味地跟隨。

有時候，在適當的情況下遊走於規則邊緣是允許的，要藉由自身的判斷力來認知到在這邊的文化是不是能接受這方面的行為。有人打趣說，扶輪社 4D ？有那種東西嗎？（扶輪社社員）可能在德國就是拿來打破的規則吧？環歐旅行時 Rotex 說可以一個人兩瓶酒還帶我們去酒吧夜總會，這絕對不是扶輪社允許的，但如果不是喝到需要到醫院把事情鬧大或是直接在隨行社員面前發酒瘋，那就不會有事了，在德國真的是一個默許的態度……。隨行社員，一位高高的老阿伯，每次在我們要拿出酒之前都會默默地離開，這要點個讚。有點偏題了，總之，規定是死的，人是活的；不是說規定就一定要去打破或不用去遵守，而是要視情況去變通，不要在德國人家給你喝酒你說「規定說不能」這樣白目 o.o。

4. 接受發生的一切。

一年是很長的，在這一年中什麼事情都有可能會發生，可能剛到兩天家庭就鬧離婚，可能同地區的交換學生被恐怖攻擊波及，可能家附近的售票機隔天變成了一堆廢鐵還被警戒線包圍著……。什麼事情都有可能會發生，但有句話是這樣的意思：「不是只有好的事情會發生，壞的事情隨時都有可能會降臨，但壞的事情是更加容易會讓人學到東西。」

5. 抱著一顆感恩的心面對一切。

無論他們，扶輪社家庭、接待社，或是同學對你做了什麼，都只要注意他們對你好的地方。為什麼他們一定要對你好？他們沒有這個義務，所以不要被不好的對待就在那邊自怨自艾，自己要嘗試走出來，為什麼不願好好地看他們對你好的部分呢？

45. 經過一年身為親善大使的交換學生，你的收穫為何？（無論正面或負面），對你未來的人生規劃產生何種影響？你如何介紹台灣給國外友人？你難忘的體驗等……請詳述。
不得少於A4紙張（可附一些有紀念性照片輔助說明）。

感謝您的合作，請記得寫感謝函給交換期間曾經幫助過你的人，別忘記了喲！希望本交換計畫對於你有所助益，進而邁向一個成功的未來！

經過了這一年的交換計畫，我應該改變了很多吧？聽別人說我變得更有自信了，更會笑了，更會交際了，身材變得更消瘦健壯，皮膚變得更黑了。這些我都沒有發覺，一年之中發生的事情潛移默化地改變著我們。

在高中的時候有幸在同班就認識一位同學，他在高二的時候透過扶輪社到德國交換一年，回來以後的改變讓我開始對這個計畫有了一點點興趣。然而，對我來說交換一年還是太遙遠，當時的想法是：「浪費一年不讀書真的可以嗎？」但到了高中第三年左右，爸問我說要不要交換，我也不知道為什麼，我就說好啊，沒有不同意，沒有思考，過了這一年我完全不後悔。

以前的我比較內向不喜歡嘗試，維持現狀才是我努力的地方。但在國外不得不說，環境會逼你成長，一定要不斷地嘗試、嘗試、嘗試才能生存下去。還有當地文化的薰陶讓我基本上變成一個非常守時的人，我可以很自豪地說我在當地上的課後德文課程是永遠都是在 15:00 準時戳下門鈴，遲到最久是遲到一分鐘。

在前面說過，在這一年若說只發生好的事情、只擁有好的回憶，那只是夢想，因為文化衝突必定會有讓人不愉快的事情發生，可能你的禮貌會被解讀成優柔寡斷、不擅於表達言詞等等負面的形容，但這就是在這一年之中要嘗試去接受的部分。除了這些必然會經歷的事情，根據運氣和個人的情況，還是有可能會發生一些在當下非常難以接受的事情，例如在學校被霸凌欺侮、寄宿家庭崩裂、找不到後續的寄宿家庭要被遣返等，但這些還算好的，至少人身安全不會有危險。會不會遇到搶劫？會不會如果遇到恐怖攻擊？機率很低，但不是零。

但！在這一年之中發生的這些事情，可能在當下會讓你想大哭一場，但在隔天會不會就悟到什麼有意義的東西呢？你會不會就此對於社會有更深一步的理解呢？如果用另一個角度去看待你遇到的事情，那是不是有可能會顯得更加有意義並且容易去接受呢？舉例來說：轟媽突然對我大發脾氣，但我完全不知道發生了什麼事情，明明跟昨天做的事情是一模一樣的啊？微笑，傾聽，嘗試去弄明白發生什麼事而且不要辯解，在事後知道轟媽只是發生了一點事情在那個當下有點緊張然後跟我道歉，說我「不管怎樣都一直微笑，做錯事情都會嘗試去做得更好」這一點讓她很緊張云云……。雖然說我到最後還是沒有搞懂到底這算是稱讚還是什麼，但至少我事後回顧是非常好玩的一件事情；如果我當下一直在辯說「我昨天也這樣做就沒事」或是一臉臭樣，她會跟我道歉？我會知道這只是個誤會？可能舉這個例有點偏題，但我要表達的意思就是這樣。

剛剛講的東西有點沉重，來講點輕鬆的。剛剛說過在這一年中不管是家裡還是自身都會變化非常多，來說說我的例子吧：我又多了一個弟弟，會在今年十一月出生，這真是個驚喜；台灣的政治好像情況又更糟了，至少我聽大學老師在討論這個議題的時候，聽起來台灣好像過幾年就要真的爆炸了；我家裡又要再出書了，這一次我也會把我的文章放進去。我們家在以前就會有一直在寫部落格的習慣，像是日記一樣的東西，已經出了兩本，我甚至還帶到了德國送給轟家，並一起看裡面的照片並敘述這些故事。我在德國也會把我所經歷的點點滴滴都用部落格的方式來呈現，在以往的報告中已經多次提到，但在這邊還是再次放一下我的部落格連結：

http://changchiyou.blogspot.tw/

原本覺得沒什麼，但在一次無聊的舉動之下我對我自己感到深深的佩服，我點開了旁邊的標籤，就是把月份和年份的標籤都點開，然後就可以看到自己寫的部落格一行行列下去，好多呢，中間還不只是只有中文，也有用德文書寫的日記；我真的認為要把這一年記下來的方式除了照片以外是可以用部落格或是隨身日記的形式留存下來的，非常有紀念價值，也可以練習當地語言、讓家人理解你的困難或是去體會在那當下的快樂。

希望這篇文章可以幫助到下一屆的交換生，我的文筆不好，這一年來都是這樣磕磕碰碰地寫過來，他們說這是比較生活化的寫法，我也就只能自嘲地笑笑，如果是就真的好了呢。

扶輪社德國交換學生張治猷歸國報告

Zurückgegebene Bericht

Christopher Chi-You, Chang

6.8.2016 Samstag

Ein Jahr für Austatsch

-Was muss ich zuerst vorbereiten?
-Was werde ich machen?

Wieso suche ich Deutschland als mein Austausch Land aus?

-Glücklich? Schicksal? Order beides?

Wieso suche ich Deutschland als mein Austausch Land aus?

-Glücklich? Schicksal? Order beides?

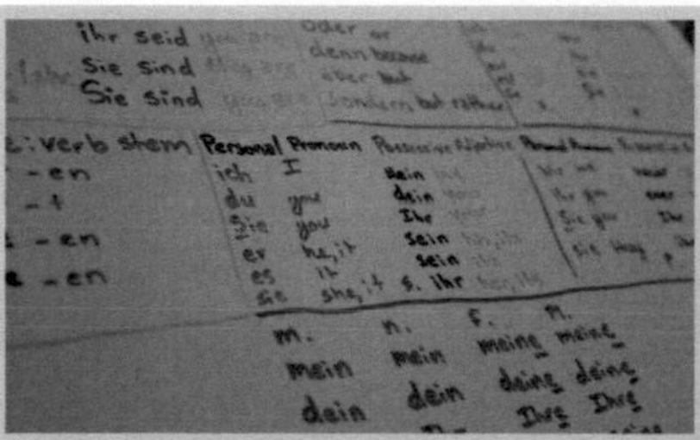

Sprache Lernen-Deutsch

-Wie Leute Deutsch sprechen?
-Wie lange ich brauchen?

Erste Gastfamilie

-Ganz warm und nett
-So wie zuhause

Zweite Gastfamilie

-Stark
-Ermutigen

Dritte Gastfamilie

-Echt
-So viele passiert, so viele verstehen

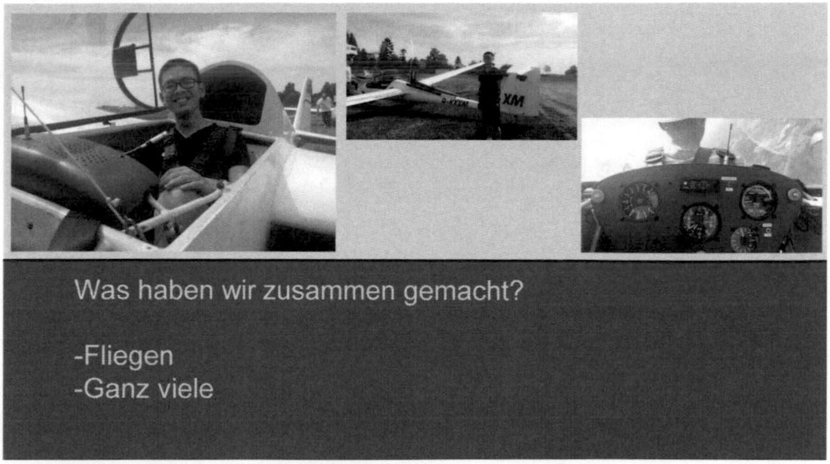
Was haben wir zusammen gemacht?
-Fliegen
-Ganz viele

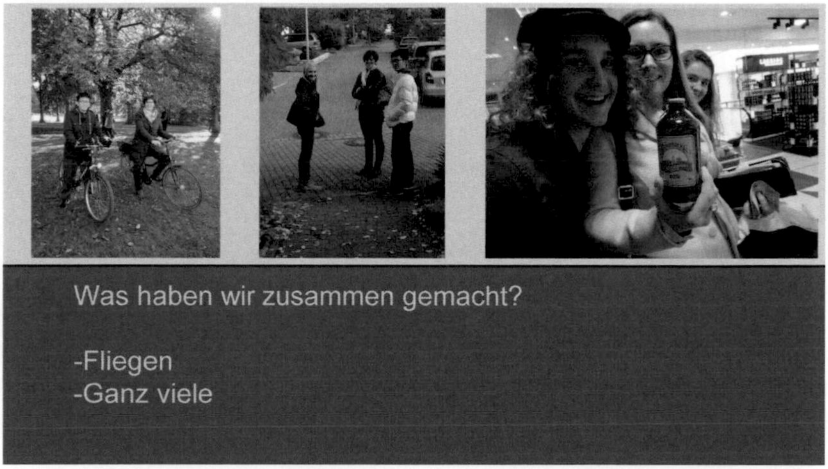
Was haben wir zusammen gemacht?
-Fliegen
-Ganz viele

Schule
-Schwer zu verstehen
-Viele Austauschschüler in meiner Schule

Schule

-Schwer zu verstehen
-Viele Austauschschüler in meiner Schule

Schule

-Schwer zu verstehen
-Viele Austauschschüler in meiner Schule

Freunde

-Sport machen
-Zusammen spielen

Etwas zu machen mit andere Austschschüler

-Europatour
-Rotary Wocheende order Rotex Wocheende
-Etwas ohne Rotex zu machen :P

Rotary Club in Deutschland

-Vielleicht ist das nicht so gut......?
-Ich muss noch versuchen

Chinesisch Neue Jahr

-Zusammen essen
-Zusammen raden
-Zusammen spielen

Am Ende

-Ein bisschen Problem aber noch gut
-Andere Zwei gast Schwester zurück kommen

2016/7/7

接待第四棒～換回兒子囉！

結束近一年的接待，終於，送走三個交換生，換回自己兒子囉！

清晨的班機，這一夜，其實我像期待遠足的孩子，幾乎徹夜未眠。

近一年的時間，除了覺得該一家團聚的中秋、跨年和農曆春節會特別的想念他，

其餘的時間，因為家裡隨時住了一個交換的外國學生，

每天打理他們的生活大小事，隨時接招三個孩子不同的疑難雜症，

每三個月重複著從陌生到熟悉的磨合和溝通的歷程，

其實日子，一點都不空閒。煩心的程度，遠比帶自己孩子多上許多。

確實，這是這個交換計劃的最大優點，

忙碌的一天過一天，沒太多的心思去掛念自己隻身在外的孩子。

一直到了他回家的前一個週末，突然驚覺他回家的時間已經進入了五根手指頭的倒數，
一整年對他的掛念和想念，瞬間一股腦的全湧上心頭。
該怎麼形容當下的感覺呢？
真的就好像馬拉松賽跑，在終點前數公尺，感覺盡頭近在咫尺，卻覺時間突然過的好慢的期待。

一直好奇這一年，三餐都是馬鈴薯加麵包的德式飲食養胖他了沒？
一直也好奇，跟著三個轟家跑步、騎車、上健身房，勤加運動的他長高了沒？
答案揭曉，不止沒長胖，身高也被弟弟追過了，
倒是德國的太陽看來頗毒辣，整個人曬黑了一圈。
第一次離家這麼長時間的猷，第一次跟哥哥分開這麼久的 NU，第一次把兒子放飛一年的老爹和老媽，看到他的剎那，全家開心的笑的合不攏嘴了！

猷的顧問－文彬學長，這是這一年 Yoyo 能順利至德國完成交換的貴人，
謝謝學長阿伯的推薦，這一年的德國生活體驗，這一年的成長蛻變，
這一年點點滴滴的收獲，感謝阿伯的大力成全！

好久不見的全家福！

NU 說了，這次不一樣哦！

這回，是一家六口的全家福，因為媽媽肚子裡多了一個他們期待的小弟弟！

這一家大小的組合，雖非絕無僅有，但真的很有故事性吧 ?!

記得有幾個朋友回想自己在大學時，曾經也碰過同學有個比自己年紀小很多很多的弟妹，

她們都說，可以理解你兒子在高中大學時，媽媽還要再生年紀差距這麼大的弟弟妹妹的感覺，

他的心裏一定只有唯一一句 OS：「Oh, my god !」

但事實卻不然，猷和 NU 心態真的很健康！

從懷妹妹時，他們開心的參與每一個過程，期待著妹妹的出生，

兩個大男孩這麼一路疼愛呵護著他們的公主妹妹！

過了四年，肚子裡又多了一個跟他們年紀相差更大的小弟弟，

這回的猷，經過一年在異國生活的歷練，
他的心思變的更體貼細膩，也更懂得表達對家人的關心。
幾次在半夜感覺不適，翻轉難眠時，起床看到他發來的訊息，
回了他幾句，他會立即問：「媽，台灣現在半夜，你怎麼還沒睡？」
「感覺不舒服，不大能睡……」
「身體還好嗎？你哪裡不舒服嗎？」
…………

看似平凡的對話，但對從小個性就感覺對外界人事物顯得觀察力較弱，
總覺少了些情感溫度的他而言，這是個令媽媽感受特別溫暖的蛻變。

謝謝琮翰，這個跟猷從國小到現在的麻吉兄弟。
去年出發時到機場送 Yoyo，今年回來時，一大清晨也陪著我們到機場引領期待 Yoyo 的回家。
猷不在家的這一年，他還真做到代兄弟盡孝的問候，
幾次下課很晚了，還帶著餅乾來家裡和我天南地北的聊，關心弟弟的狀況……
然後呢，掂著 Yoyo 想念台灣的珍珠奶茶，前一晚真買了杯珍奶準備帶到機場，
可愛的是，寫了訊息跟我說：
「我買了他們才說放到明天早上會壞掉，跟 Yo 說我有買，可已經在我肚子裡了……」
猷，有個這樣真心相待的兄弟，真的是你的大福氣哦！

雖然沒事就念著大哥哥，隔了一年再見，靦腆害羞的話都不敢說一句了。

一回家就窩在一起嘀嘀咕咕說不停的兄弟倆，這 NU，好像有一整年的話想一吐為快。進入青春叛逆，老是酷酷的不大開口笑的 NU，從在機場見到哥哥後，笑的真的好開心！！

又是兄妹三人在地毯上或坐或臥的慵懶畫面，
真好，一家團圓～真好！

回家後的猷，從浴室盥洗出來，敲了我的房門，
坐在床上，等了一會兒沒動靜，怪了，一向敲了門就進來的怎不見人影？
爬起來開門，見他站在門口等著，問：「媽，請問我的浴巾要掛在哪裡？」
「欸，你沒住過這個家喔？不就掛在淋浴間裡嗎？」
「我看裏面已經掛了弟弟的浴巾，不知道我的應該掛在哪裏比較適合？」
「以前不就這樣，一人掛一半的位置呀！」
「喔，我忘記了，謝謝！」
接著，他又問：「媽，我可以休息一下，睡覺起來再整理地上的行李嗎？」
我呢，催促著他去休息：「當然可以！快去睡快去睡！起來再說……」
心裡忍不住想，這孩子還處於被接待模式，忘了他已經回家，
到了家像換了個新的轟家一樣，還在探尋新家的生活模式。
接待的那三個小孩別說休息一下再整理，睡了幾個月，地上桌上連床上可從沒整理過！
從小叮嚀教導他的生活習慣，看來出了家門，沒有媽媽的嘮叨，
他是可以將自己的生活空間打理的乾淨整齊，不會給轟媽造成負擔的！

回家的第一餐，可是退休奶爸親自下廚的味噌拉麵！
猷說：「看起來有模有樣的……」
NU 說：「咦～湯喝起來不賴耶！」
一人一句聽的老爹爹得意到鼻孔都要朝天了。
這奶爸退休一個月，從濾掛咖啡水要從哪裏沖都不知如何下手，
到現在每天 google 各式各樣的食譜，
從背著電腦包出差，到每天拉著買菜藍上超市，
心態無接縫的轉換，他的煮夫潛力開始爆發，
而我們，開始享受退休奶爸最甜蜜的嘮叨！

Dear Yoyo，歡迎回家！

2016/7/26

大肚婆日記：《21 週》卸下心中大石頭

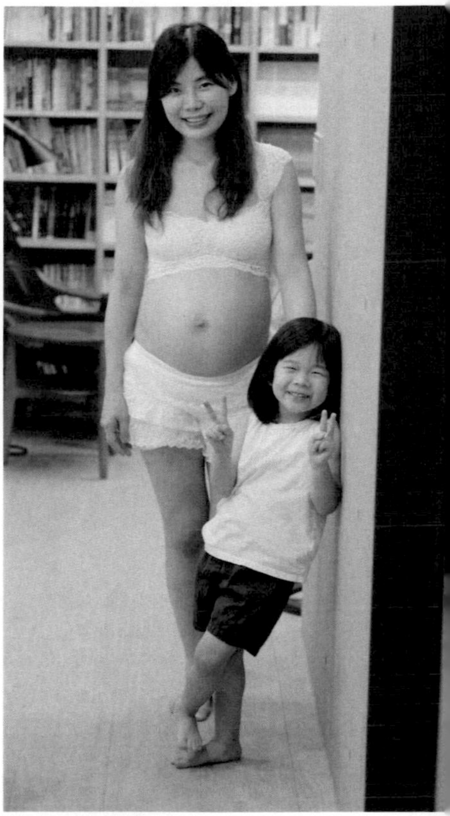

十個月的孕期，這回感覺真的更不容易了。

但，挨啊挨的，終於過半……

十八週的羊膜穿刺，是我最擔心的一個關卡。
穿刺前的超音波檢查，醫檢師指著螢幕說：
「看，眼角有些上揚，弟弟有鳳眼喔！」
腦子裡，快速閃過猷的臉配上鳳眼，嗯……怪。
再閃過 NU 的臉配上鳳眼，哈……這更怪。
心裡不禁嘀咕，男孩有對鳳眼，這什麼模樣啊?!
不若懷妹妹時那麼多的想像空間，這回認清了，
老爹爹的遺傳基因太強，
三個孩子都像他，小四弟弟大概也不會有例外。
毫無疑問的，他會和哥哥姊姊們一樣，有對像爸爸的深邃酒窩，
猷和 NU 長大後兩個越來越像，小四弟弟不管小時候什麼樣，長大後應該也和哥哥這個樣相去不遠吧？

懷妹妹時，四十歲，一樣是高齡孕婦。
但傻傻的懷，雖然一樣關卡重重，但就是大剌剌、信心十足的覺得，雖然高齡懷孕關關難過，

自己也一定會關關過。
但這回，其實一直到穿刺報告出來前，對於後半的孕期，我都感覺像踩在雲端的不確定感。

仔細回想原因，隔了四年更高齡是主因，但猷和 NU 經歷的每一件事順利與否也影響了我的信心。
懷妹妹一開始，猷的高中免試申請順利如他願的上了麗山；
NU 的機器人比賽一路過關斬將的比到國際賽；
NU 小學畢業也因為這些比賽漂亮的成績開開心心拿了特殊市長獎，
希望有個女兒每一個檢查也這麼順利的如我們的願是個健康的妹妹，
整個孕期，不管大事小事，都是順心的開心事。

而這回，NU 的會考並不順利……
拿到的會考成績比預期中差了許多，
他放最大希望的技優甄審申請，原以為希望應該不會太小，結果榜上無名。
優先免試無功而返，最後志願的選填也一度很不樂觀的無所適從……
雖說弟弟妹妹都好，但原以為我的圓圓肚標準是個女孩肚，但超音波的檢查卻完全在我的預期之外……
每一件的不如預期，都連帶影響著我對下一個發展感覺忐忑不安。

做完檢查當晚，剛好看到一篇關於喜憨兒的報導。
邊讀文章，突然一個不祥的聯想閃過腦海，
眼角上揚，鳳眼？唐寶寶不就是這個模樣嗎？
突來的連結，對於兩個星期後的穿刺報告，頓時覺得難熬又不安……

黎醫師要我一點到兩點半打到診間詢問報告，
我還真像等放榜般的心跳加速的盯著時鐘，一點整，時鐘咕咕叫就拿起電話，
等了兩個星期的報告，我是一刻都不想再多煎熬了。

染色體正常的報告，掛下電話，這是打從懷孕以來心情最激動的一刻！
高齡懷孕的壓力，非走過一回，難以體會箇中辛苦。
我最擔心的關卡過了，心中大石終於落下，
邁入孕期的下半場，我的吃睡到生的母豬任務名正言順的啓動囉！

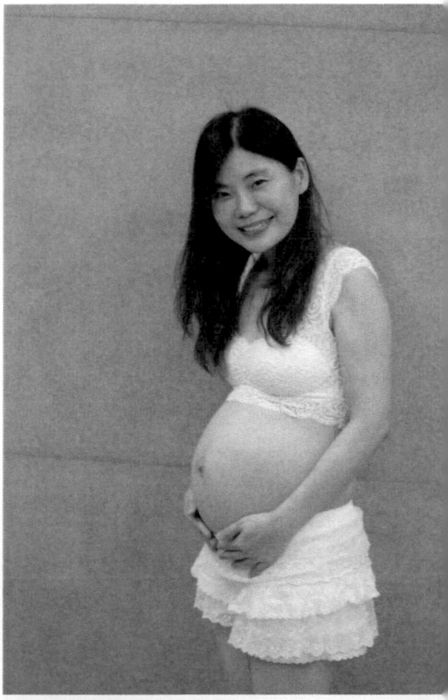

事實上，說母豬生活正式啓動說的真心虛……
「善待自己，想吃就吃，不忌口」永遠是我的懷孕最高指導原則。
二十一週，我已經多了 7.5 公斤在身上。
昨天跟老公說：「我們來開賭盤，猜猜這次我會胖幾公斤？」
他答的篤定又乾脆：「15 公斤以上。」
望著他，我說：「太爛的答案了，15 根本不用猜，我哪次沒超過 15 ？」
他歪著頭想了下說：「說的也是……」

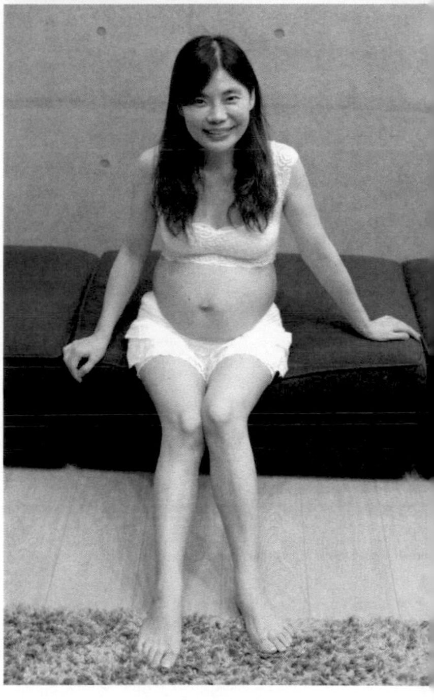

第一胎懷猷時，胖了 25 公斤，胖到產前一個月，
媽媽到紐西蘭準備幫我坐月子，
出關時她認不得站在她前面的就是我。
第二胎懷 NU 時，胖了 16 公斤。
懷妹妹時，一樣不多不少也是多了 16 公斤。
那些高談養胎不養肉的女星，這忌口那忌口的事我幹不來。
翻了翻妹妹時的媽媽手冊，同樣的週數，體重增加速度比四年前快了許多。

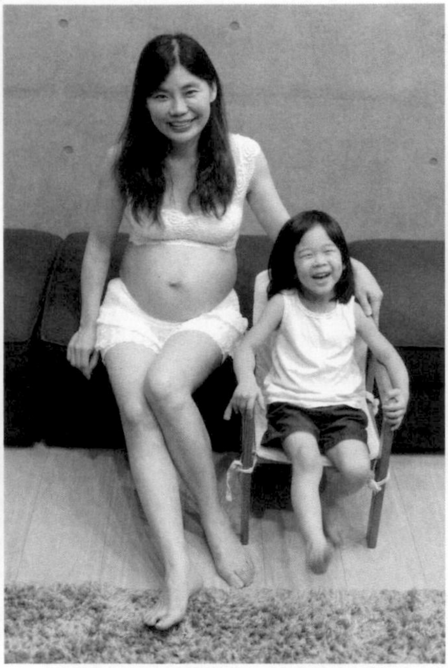

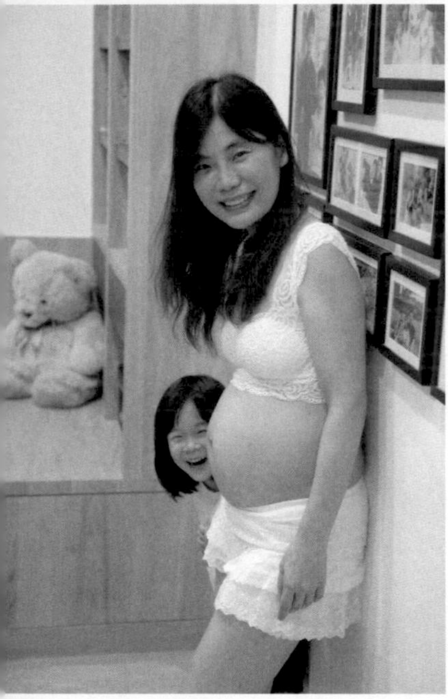

只不過，這回多了一個退休在家的叨念管家，
前三回隨我想吃什麼就無限制吃到開心的他，
昨晚產檢後吃完一碗排骨麵，看到蔥油餅店又覺嘴饞，但他牽著我快速走過，不讓我再靠近那香噴噴的蔥油餅。
晚上看著自己的腳，我說：「老公，我覺得我好像有點水腫耶，覺得腳脹脹的，我以前腳沒這樣澎澎的對吧？」
他看了一眼，淡淡的說：「按下去不會彈起來才是水腫，妳有嗎？」
我壓了壓說：「是沒那樣，可真的腫腫的，應該就是水腫。」
他又重複：「按下去不會彈起來才是水腫。」
再按一次，又回他：「是沒到那樣，可是你看！就跟以前不一樣。」
終於他忍不住了說：「按下去不會彈起來是水腫，按下去不會凹下去就是胖，OK ？？」
狠狠的瞪他一眼，天啊，好殘忍的字：胖！
才不過二十一周肚子裡的娃兒都還沒開始大，我的腳就腫了，
以我的不忌口，我也好奇，這回 15 以上到底會上到哪兒啊？？
不過欣慰的是，我的肚皮依舊乾淨美麗！
管他的，管他是胖還是腫，我就要當個開心吃，快樂胖，舒服過生活的大肚婆！

猷從德國回來的第三天就搬到大學宿舍開始他的大一先修的課程，
我們開始了每個星期五晚上引領而望，等待他回家一起吃晚餐的日子。
從去年離家到德國，猷其實就已經正式脫離爸媽的羽翼，不再是需要我們事事呵護照顧的孩子了。
一年的交換，不管是我們還是他，都已不知不覺習慣接受了，再來他不在家的時間已經遠遠比回到家的時間多很多的改變。
這兩個星期，NU 到日本兩個星期的 Homestay，
兩個星期的時間，猷不在，NU 也不在。
最近常看著妹妹想，如果沒有妹妹，沒有再來一個小四弟弟，
在老爹爹退休後，我們還真就這麼進入了空巢期的生活。

妹妹個性真的很盧很番，再來的小四弟弟照顧起來一定很耗心力，

但因為有老三老四這兩個小娃兒，我們的日子過的很年輕，

帶她看火車、吃火車壽司，

陪她跳格子、逛玩具店，

帶她到親子館玩積木、聽故事、玩黏土……

離開親子館時，前面一對阿公阿嬤推著推車，牽著小孫女，

和老爹爹對望了一眼，很有默契的笑在心裡，

現在的我們過得是什麼樣的生活呢？
哈，就是阿公阿嬤的生活！
半年後，一個牽著妹妹，一個背著弟弟，
我們是爹娘還是阿公阿嬤，估計會讓很多路人猜不透，
帶著兩個娃兒過退休生活的我們，
有誰知我們還有一個念大學的猷，和一個念高中的 NU 呢？

看別人雲遊四海遊玩的照片，我依舊羨慕，
但我更感恩老天給我們擁有四個孩子的幸福。
或許，張治恩～是該留給小四弟弟最有寓意的名字！

2016/8/21

大肚婆日記：《25 周：生日快樂大肚婆！》

結婚二十年，除了外派不在台灣的那些年，

每一年，沒有例外的，我會開開心心的吹兩次蠟燭！
一次，是爸媽永遠記得牢牢的農曆生日。蛋糕上的蠟燭數字，很實際的一年一年的往上加。

一次，是老公從沒忘記過的國曆生日。務實的他，卻永遠為我插上了很自欺欺人的十八歲蠟燭。

今年的農曆生日，懷孕前三回，在生產前都還是動作敏捷、健步如飛的我，
出乎自己預期之外的，已經體力大不如前的幾乎出不了門。
常常喘噓噓的就過著吃飽了躺，餓了起來吃，吃飽了又繼續橫躺沙發的日子。

沒體力回娘家，媽媽和弟弟們依舊拎了個蛋糕來看我。
看著 45 歲的蠟燭，不得不認命，我真真確確是個很不年輕、體力真的很差的老老大肚婆了……
謝謝老媽，第四度懷孕，即將再來一次的開刀，又要再讓她牽腸掛肚一回。
天下父母心，第四度要當媽的我，很有感的點滴在心頭……

而從未忘了我的國曆生日的老爹爹，
在懷孕最辛苦的這一回，卻讓我懷疑他真的忘了我的十八歲蛋糕。
早早以前，和朋友約了早上去爬山。過了不久，又報名了下午的社團聚會。
晚餐，也沒特別的提議。
一直到晚上十點多，再也忍不住悠悠的跟他說：「你今年忘了幫我買蛋糕。」
而他，給了我毫無說服力的理由，因為媽媽才幫我過生日，因為想說沒隔太多天……
大肚婆聽了這牽強的說辭頓時火了：「誰的農曆和國曆生日會差很多天？哪年不是爸媽幫我過一次，我們家過一次？根本就是你不當一回事！」

結婚這麼久，其實對彼此的心思都懂得不能再多了。
一直以來，我們都不是這麼重視特別節日的人。
即便任何再大再特別的日子，搞浪漫的大肆慶祝從來不是我們的 style。
打從懷了老四以來，他退休在家，從一瓢一盤都不知放哪，到現在每天挽起衣袖洗手做羹湯。

家裡大大小小的家務，從一向是我一手包辦，到現在他什麼都學，什麼都不讓我做，一早就對著我催眠著說：「看著我，妳是豬，妳是豬，妳只會吃飯和睡覺，妳什麼都不會……」

這所有的點點滴滴，就算他真的忘了我的生日，所有的好，難道抵不過忘了一個日子嗎？
當然不會！
更何況我知道他不會忘，只是不懂這些年來很懂得表達心裡感情的他，為何這次一整天像忘了一樣的連一句生日快樂都不說？

幾乎出不了門的我，關在家裡關的很煩悶，離預產期還有 95 天漫長的倒數，
再多的理智已經都壓不過我受限體力，哪兒都不能去的煩躁。
任性的大肚婆晚上 11:30 生氣的拿著枕頭丟了句：「討厭極了！」，
就摔了房門自個兒窩到小房間自怨自艾的掉眼淚。
真想他買一個形式上的蛋糕嗎？不是！
真的覺得一個蛋糕的意義那麼重大嗎？不是！

覺得他忘了很氣嗎？不是！因為他確實不會忘。
就是氣他為何當沒事一樣的提都不提一個字！

11:50 分，三更半夜不知急忙上哪買回了小蛋糕，他端著點著我十八歲蠟燭的小蛋糕走進小房間，
鼻子紅紅眼睛紅紅的爬起來的過我差十分鐘就過了的生日。
45 歲的熟女，其實心裡還住著一個在乎他心意的 18 歲小女孩，
一個小小的蛋糕，一家人的生日快樂歌，原來我還是這麼的在乎！

祝我 45 歲生日快樂！我的生日願望送給我自己：希望剩下 14 周的孕程能安穩度過，希望我的第四度剖腹產順利！希望我的小小王子 11 月底健康平安出生！

然後很重要的……以後的每一年，我的 18 歲小蛋糕都不能免，
還有猷、NU、妹妹和弟弟四個聽好了，N 年後，等我老了上天堂了，什麼拜拜都不重要，每年老媽生日，記得四個全部到齊，給我一個 18 歲蛋糕，一起給老媽唱首生日快樂歌嘿！

2016/8/30

2016 NU 的精彩暑假

這個暑假的 NU，感覺日子過得特別的豐富！

七月中，參加了日本小河馬的活動，短短兩個星期體驗了兩個日本家庭的在地生活。
從原本打從心裡的抗拒，出發時在機場一臉心不甘情不願，一副被逼迫送出國的臭臉，在日本第三天，發回了一些和第一個日本轟家的生活照。
第一家庭的爸媽和弟弟，和善親切的為他第一次的 homestay 體驗行程，揭開最棒的序幕。
line 上雀躍的告訴我們這三天和轟爸媽一起做了些什麼活動，還感性的寫了「謝謝爸爸媽媽讓我來。」
甚至，開心的又補了句「我以後可以每年都參加嗎？」

忍不住心裡「切～」了一聲，老爸老媽和哥哥好說歹說的鼓勵了半天，
怎麼說就是無動於衷、面無表情的回：「我就是不喜歡嘛！」
看吧！三天不到就開心的說每年都想再參加了！

不過，想想……也許大部分人都是這樣的，
最難的心裡關卡，就在踏出舒適圈邊緣的那一步。
對自己無可預期、無法掌握的未知生活的恐懼，很容易就為自己找來無數裹足不前的理由。
而當鼓起了勇氣，或者，就硬生生被推了出去，
其實往往就發現，好像……也沒原本心裡想的那麼難嘛！
總而言之，謝謝這對年輕的轟爸媽給了 NU 像回到自己家一樣的溫暖，
謝謝這段好的開始，給了 NU 十足的信心，準備參加明年度為期一年的交換生活！

瞧 NU 和轟媽兩人的深酒窩，瞧這從升上國中後就很少出現的燦爛笑容，
其實，我真佩服猷和 NU 和接待家庭維持關係的能力。
猷在德國交換的這一年，我們在接待過三個外國小孩後，更感覺在接待結束後還能維持聯繫是不容易的。
Yoyo 回來兩個月了，和三個家庭的聯繫沒有間斷。
他和三個轟媽之間常常會用訊息閒話家常、互相關心近況。
和三個家庭相處時間較長的他是這樣，
和日本第一個轟家只短短生活了一個星期的 NU 也是如此。

這一家的小轟弟，年紀比妹妹稍微大一點點，
一般像 NU 這個年紀的大男孩，也許絶大的比例，對小小孩是沒興趣也沒耐心的。
但 NU 天性溫和，尤其從妹妹出生後，他就完全扮演著妹妹大玩偶的角色，
碰到年紀相仿的小小孩，他的大哥哥樣自然的展現。
這樣的氣質，從到這一家的開始，就被這個小轟弟黏的緊緊的不放。
陪弟弟堆積木，在外面要他牽，走累了要他抱，連洗澡都要 NU 陪他一起洗。
懂得陪伴和照顧小小孩的好哥哥表現，估計也是深得轟爸媽喜愛的原因之一吧！

打從妹妹小小的時候開始，他就是妹妹御用馬，
這匹馬兒從台灣飛到日本，很神奇的，只要一趴下，他的背就會吸引小孩兒往

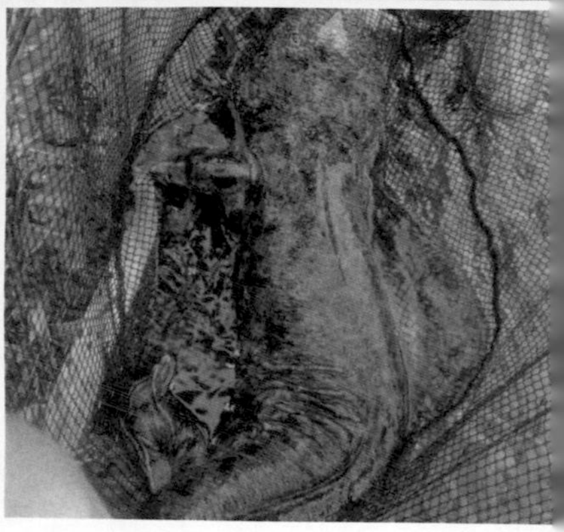

上騎。

小轟弟跟妹妹一樣，看到哥哥趴著看書，馬上爬上馬背鬧他了。

好脾氣的大男孩，難怪他的轟爸媽不止供吃供睡的接待他，

要離開時，還準備了好多的禮物讓他帶回來。

轟爸是廣島大學生物研究領域的教授，

帶著 NU 到溪邊抓山椒魚做觀察測量及記錄，好特別的體驗了轟爸的工作和生活。

從小就愛抓蟲研究生物的 NU，這每一件的新鮮事都這麼幸運的完全對了他的興趣。

難怪住到這個家庭的一開始，就開心的樂不思蜀了。

呉市海事歴史科学館
大和ミュージアム
平成28年7月17日No.16

大和ミュージアム
呉市海事歴史科学館

しんかい

日本小河馬是一個倡導語言自然習得的機構，
不透過一般的課本教學，提倡語言在自然的生活環境中學習。
NU 到廣島兩個星期，被安排兩個接待家庭，
兩個星期就跟著兩個家庭一起過他們的日常生活。
日常到第二家的轟奶奶把他帶到她父親的墳上掃墓去了。
幫忙轟奶奶拔乾淨墳上的雜草，跟著雙手合十祭拜，
真是夠道地體驗在地生活了！

回來後跟大家分享這些照片和兩個星期生活經歷的 NU，臉上盡是這抹開懷的笑容，
好特別的 Homestay 體驗，謝謝日本的兩個家庭，
為他跨出舒適圈的第一步，給足的信心和勇氣！

暑假的一開始，還有一個很特別很特別的生活經驗，
就是到 543 贈物網，很短暫的體驗四個姊姊的工作。
很熱血的四個女孩，憑著一股傻勁，因著一個讓社會資源充分流通使用的簡單想法下，成立了 543 贈物網，
一樣很熱血的老爹爹，一開始的出發點，
一方面想讓 NU 認識這幾個認真為自己理想打拼的幾個大姊姊，也讓他為姐姐們了不起的使命盡一點點的綿薄之力；
一方面想讓還未到合法打工年紀的 NU，開始體會工作賺錢是怎麼一回事，
我們提出了他到贈物網當志工幫忙姐姐們做些雜務，爸媽支付他鐘點打工費的想法。
聽過姐姐們設立贈物網的初衷，再聽到姊姊們為了這個理想已經六年未有任何薪水，
善良的 NU 很大器的說：當志工就是志願幫忙的，不用給薪水。
真的不用嗎？那老爸老媽當然支持，當然也更大器的給你稱讚，給你拍拍手囉！

NU 和猷在金錢觀上是兩個截然不同的生物。
猷天性勤儉，物慾低，他的節儉連擁有純正客家血統的老爹爹都自嘆弗如。

NU 從小想要的東西多，慾望無窮，為了想要的東西，從小捉昆蟲賣昆蟲、賣他自己折的紙飛機，
做小生意的頭腦不斷。
順著他的這個特質，碰巧的，力行「斷捨離」、簡約生活的我們，
決定清出家裡一年以上未使用的物品，交給他做拍賣。
拍賣所得讓他抽取 5% 的酬勞。

一直以來，老爸老媽一直不斷灌輸他「需要」和「想要」的區別，
對 3C 產品有著超高熱情的他，偏偏愛的都被歸類在不是必要的「想要」區。
很好的機會教育，需要的爸媽提供，想要的靠自己付出勞力來賺！
一直都只能接收被老媽摔的鏡面龜裂、這兒有問題、哪兒故障的手機，
然後靠自己努力研究的修復後刻苦使用。
這回他的第一個存錢目標，是一隻屬於自己的新手機。
5700 元的目標，在暑假結束前，歷時近兩個月努力的刊登商品、回答問題、確認收款、打包郵寄的拍賣過程，好不容易好不容易的終於達標。
一刻也不能等的捧著錢央求爸爸開車帶他下單去。
我們說，他拿到新手機時眼睛發亮的逗趣樣，真像在他很小的時候，有回帶他到埔心農場，他在一棵樹下挖到雞母蟲時，整個人興奮雀躍，整個臉龐開心的發亮的模樣。
小心翼翼的捧著，喃喃自語的說：「哇～媽妳幫我拍張照，這是我人生中的第一支全新的手機，實在太珍貴了！」
我說：「NU，你有沒有覺得，靠自己辛苦賺的錢買到的東西，感覺特別不一樣？」
他說：「真的耶，有辛苦值得的感覺！會特別珍惜的感覺。」

記得在門市看手機時，老爹爹把玩了一支手機後問他：
「NU，這支拿起來更有質感，你怎麼不選這支？」
他說：「我當然知道這支更好，但更貴我買不起啊！」

這就對了，我想他學到了我們希望他體會的金錢價值觀～
一分努力才有一分收穫，腳踏實地的想要什麼享受，就靠自己做多少的付出。
更重要的是，清楚自己的能力，做能力範圍內的享樂！

之前，我和老爹爹曾經苦惱著不知怎麼引導這個興趣廣泛、慾望無窮的兒子。
總覺得他想要的東西太多，物慾太高。一直就覺得壓低他慾望是首要的課題。
經過兩個月看著他賣東西的過程，其實，我們的看法有了一點不同：
為了趕快把東西出清好賺取 5% 微薄的酬勞，除了我們給他的拍賣方法，他會試著搜尋嘗試各種不同高人氣的銷售管道；
為了交易成交，敢於嘗試我們未做過的收款方式；
包裝貨品時，連二十年來被我戲稱是處女 AB 型的超龜毛老公，都被 NU 碎碎念著做事太隨便。
說簡單，確實蠻簡單的拍賣，但很多的細節，我覺得 NU 應該從中領悟到了不少的學問。
這兩個月，既邁向我們希望出清雜物，奉行極簡生活的的理想，
無形中，也給了他我們希望給他的金錢價值觀，
這個暑假，堪稱是個雙贏的收穫！

日本 Homestay 回來後的 NU，拾回中斷一年的熱情～他最愛的樂高機器人。
一向在比賽中擔任程式手的他，這回在教練為他臨時安排加入的隊伍中首度擔任組裝手。
雖然他心裡明白，一場比賽的勝出，需要一個團隊全部隊員的同心努力，
既要有程式手清晰的邏輯思考能力，沉著應對比賽場中各種突發狀況的程式修改能力，
還要有組裝手一個零件都不能出錯的迅速完美組裝能力，
更要全隊有很順的氣場！
但第一次沒有擔任他覺得挑戰性較高的程式手，有幾天的時間，感覺的出來他的熱情像漏了氣的皮球。
但沒有幾天，他告訴我，他覺得這回他的隊長確實程式修的很棒，他看到了隊長身上有一些他不及，而他也想學習的地方。
這是 NU 個性上一個非常可取的地方！
因為團隊的比賽，絕不只是看到自己的重要，
懂得看別人的優點、懂得團隊合作的重要性、懂得檢討自省，
這是比參賽更難能可貴的學習。

第四次參加北區競賽，第三度晉級全國賽，
下個星期六即將南下彰化參加全國賽的三個孩子，
志願宏大的將目標放在打進十一月的印度國際賽！
希望這回媽媽的好孕，能如同 2012 懷妹妹時陪他在台南的打的那場全國賽，能帶給三個孩子好運氣，順利晉級國家代表隊。
但 NU，別忘了前年得失心太大造成的手誤，

希望你和隊友們，記得學習的初衷，同心協力、沈著應戰！

8/29，NU 上內湖高工的第一天，
興趣潛能鮮明，很清楚知道自己要什麼的 NU 開始了一條他想要的學習路。
我想給那個從無法接受兒子念職校，到後來一路陪著 NU 研究每一個高工科別的差異、
協助他更理清真正的興趣所在，甚至在通過機率明知很低的優先免試撕榜，也陪著他一路等到最後的老爹爹最大的掌聲！
今天帶回實習課用的工具袋，開心的說他今天學的焊接真的好有趣，
覺得連著好幾堂的實習課怎麼一下子時間就過了……
我想，沒錯了！這就是他的熱情所在，
做自己有興趣有熱情的事，再久也不覺得累！
我想，我那個創意無限、熱情爆表、開心愛笑的 NU 慢慢要回來囉～～

2016/9/3

交換生涯的正式結束

從去年的八月二十九號開始到今年的六月三十號，我經歷了長達十個月的交換生活。從一開始的懵懂無知，到後來的就熟駕輕，也在熟悉德國這一片大環境以後學到的是更多。

歸國也有兩個多月了，離開了熟悉的德國回到了這突然感覺有點陌生的台灣，我在一開始是有點轉不太過來的，炎熱潮濕的氣候就夠讓我喝一壺的，再加上家庭之間、語言之間完全都變了一個樣子，我雖然說嘴巴上一直說沒有反文化衝擊這一回事，但實際上還是有的，真的跟扶輪社講的一樣，歸國是另一個交換。

但還是先回味一下我在這一年所經歷的點點滴滴吧。

我認識了好多好多的新朋友，我的台灣朋友甚至開玩笑說我現在在 FB 的外國好友數量已經要超過台灣好友數了，不光在學校的一些班上同學，交換學生之間一定都會互相加好友的，運動俱樂部認識的也一定會，課後德文老師，教會認識的人，家裡的成員，甚至這些人延伸出去的親友關係我都有稍微認識，我認識了好多人啊。

直到現在我還有在用 Whatsapp 跟他們聯繫，有的用德文，有的用英文，有的是當地的華僑，所以用中文。聊起來的東西也是天南地北，有課業有現況有交友圈，甚至會回味一下當初一起做的事情。

雖說在一開始要寫這一年來的日記的很大一個原因是要出書用，但還是難免有意外的情況，我在第一個月就被建議說一個月一篇就可以了，是來交換的不是來寫日記的。於是在兩方的討論過後就嘗試性的開始書寫德文日記，可能對於以後的讀者不大友善，畢竟是德文不是簡單的中文，但德文日記確實是在以前那一段時間對我來說最好的語言鍛鍊方式，一邊能訓練德文，一邊寫出記錄下當下的文章。

照第一轟媽的建議，我沒有每篇都拿給他們改，那樣太費工再加上他們工作時間長，最晚都要到九點才回到家真的沒有辦法這樣幫我改：「都不改的話你事後看你當初寫的文章，也會是一件有趣的事情。」剛剛才做完校稿的工作，事後去看那些文章真的是挺有趣的，一些有趣的文法和常常連我自己都看不懂得跳段時機。

當然不只是為了練習，我現在看到我的日記也會同時感嘆當初的一切，也不知道為什麼，我的文筆沒有太好，但當我看到這篇文章的時候那個畫面就會非常清晰的重現在我眼前，不管有沒有照片都是一樣，那種感覺……說不出來，我可以回想起第一次見到其他交換生的生疏感覺，我甚至記得在那一天我一直記不住其中一位長頭髮男生的名字，伊果，現在記得了，但我要說的是，日記真的是非常值得寫的東西。

但當事務繁多的時候就會沒有那麼多時間去寫日記，最大遺憾就是環歐的部分只寫了第一篇，其他也有像是扶輪社周末沒有寫太多出來，到 Jenny 家玩，有參加當地的派對和互相給了一些帶來的台灣食物坐在客廳吃的經驗都沒有寫出來，當然是遺憾的，但如果要全部都寫到的話也是不大可能的事情。

我轟爸媽曾經認真地跟我說過如果我日記減少到每一個月的頻率，那我會多出來非常非常多的時間來體驗這個交換，但我也有我的考慮，當然不是盲目的遵從在台灣的父母的話語，我也覺得寫日記是件有意義的事情，在做月報告的時候也是可以減輕一點微微的負擔，所以我選擇要繼續寫下去。

日記的部分寫得有點多了。

那剛剛就在說的反文化衝擊呢？我覺得我在這一方面沒又遇到太激烈的狀況。在德國遇到的都是非常好的家庭，又或著是這是非常常見的情況，青少年都會分配的自己的空間也可以掌控自己的時間，這跟我在台灣的家庭是完全不一樣的，他們會很好心的給我安排很多對我有益的活動，但常常我所需要的只是那一點點的個人空間跟時間，歸國後跟他們說以後是非常明顯有看到改善的，會用 google 日曆通知我；餐桌上也是一樣，當他們停止說：「給我一根叉子。」開始說：「能幫我拿一根叉子嗎？謝謝。」的時候我沒有明顯的表示出來但心中真的是非常非常的高興。

在德國一切的一切都帶著平等與尊重，我真的非常高興我回到台灣以後依舊可以待在這樣的環境之中。

我會繼續尋求德文的學習機會，畢竟花了一年的時間在這上面學習，再怎麼說也不能荒廢掉，目前聽說在中央大學有很多學過德文的人，可以多多和他們交流，在大學二年級可以看到很多人會嘗試去申請出國交換的機會，應該是大三出去，我也期望我可以加入相關社團並增加錄取的機會，怎麼說呢，交換生涯結束了，但更重要的一部分才正要開始。

2016/9/7

上大學囉！

09/04，大一正式報到，Yoyo 的求學路又邁入一個新階段，捧著相機跑前跑後要幫兒子照相紀念的老爹爹忍不住感性的說：「老婆，我們兒子上大學了耶！」

第一個孩子，Yoyo 的每一個第一次，都是我們的第一次。
過去這一年，打從學測前陪著他看考場、陪著他填志願、陪著他面試，到第一次在機場送他遠行……這共同的每一個第一次，心裡都是小小的悸動伴隨著小小的失落。既有「吾家有兒初長成」的甜蜜感動，更有從小牽著的嫩嫩小手已經長大到總在看他瀟灑的揮手再見的小小落寞……

大一先修班結束到正式報到前，猷回家兩個星期。
德國回來後第三天就住校，再來就是週末短短的回家一天，
這兩個星期，是從他去年離開家後，回家時間最長的一次了。
隔了這麼一整年的時間再回到朝夕相處的生活，
其實，我們很有感的感受到了他經歷一年外放後的反文化衝擊。

從小，我的生活是嚴謹的。
有個對生活常規要求高標準的老爸，
打從有記憶以來，即使不用上班上課的星期天，最晚七點整，兄弟姐妹四個一定全部被老爸叫起床。而且，只要嚴厲的他一出聲，所有小孩一定立即清醒離開床鋪，即使小我六歲的小弟，我都沒印象會有賴床的現象發生過。
生活作息規律、三餐時間正常，這是我們從小被要求的生活規矩。

等我結了婚，有了自己的家庭和孩子，
我的生活習慣依舊沒有改變，對猷和 Nu 的生活要求也是如此。
不過，我還是自覺已經比老爸人性許多，而我自認的人性，就是看心情的放寬到八點 or 八點半。
超過這個時間還不起床用早餐，通常毫無例外的，我會很不想像老爸，卻難逃老爸的影響，完全跟老爸翻版一樣的，忍不住就開罵了……
當然，我的觀念想法完全就是老爸的翻版，睡覺吃飯時間規律，才是正常健康的生活常規。

從小被我要求嚴謹的生活習慣，
在他回家的這兩個星期，熬夜晚起成了每天和我們發生擦槍走火的序曲。
忍不住一長串的砲轟：「你在德國三個家庭住，也是這樣不正常的作息嗎？每天睡到這麼晚起床，你是要轟爸媽準備哪一餐給你吃？？」
他回：「沒，我在德國最晚九點起床，就跟他們的作息一樣。」
這聽的脾氣很差的媽又火了：「既然在外面沒有這樣，為什麼回來生活過這麼不正

常？照你這種作息，開學後每天估計都爬不起來，然後就用各種理由不去上課了，這樣對嗎？……」

不想和老媽對衝的他，寫了 line 給老爸，開始覺得他和德國三個家庭相處都沒問題，為什麼回來我們就這樣？覺得德國三個爸媽都如何溝通，我們為什麼這樣？覺得在德國如何又如何，

為什麼我們又這樣？

可憐的他，不止有個嚴謹的媽，他忘了他還有一個跟老媽比龜毛的爸，對於他的一長篇為什麼，只回了他短短一句：「你現在是在德國還在台灣？」

一年分隔，從他的日記、他的月報告，和 line 裡的對話回應，其實感覺到他很多的改變：

他的心變的比較細、比較懂表達得關懷；

他開始懂得自省，碰到問題會主動面對溝通，

感覺變得心比較開，願意嘗試新的事物；

對於受到的照顧關心，也懂得表達感謝……

從台灣遙遠的感受在德國的他，確實一點點一點點的，不經意的在蛻變成長。

回家的兩個星期，在生活摩擦中，其實老爸老媽突然又回到了習慣一個口令一個動作的互動模式，放大了每一個從小不允許

LIVE
LIFE
LOVED

LIVE
LIFE

LIVE
LIFE

他們做的事：不喜歡看他上網玩 game，不喜歡他晚睡，不喜歡他晚起，不喜歡他不照我的標準，把該做的要事做完再玩的要求……
放大了不喜歡的點，不自覺的就否定了這一年看到他的長大。
忘了問題癥結在於其實他不管長多大，自己終究是個老媽，還是時時覺得他是個需要照顧和提醒的孩子一樣。
忘了其實～他真的已經長大，已經有自己的想法過自己的生活。

其實提醒我的是：從小父親對我們四個兄弟姐妹生活作息的要求，在我們各自成家、也有了自己的孩子後，其實只有我的觀念、我的脾氣和我的個性，完完全全是老爸的拷貝版，完全延續了老爸的嚴謹。
我希望教給孩子們的價值觀、是非觀和生活觀，在他們長大成熟時，哪些會刻印存留在他們心中？哪些習慣他們會保留成為他們的生活一部分，我該相信他們有取捨的能力，也該尊重他們的取捨決定了。

跟懷孕的老媽和四歲不到的妹妹站在一起，連他都說：「別人看我們的關係一定覺得很錯亂。」
德國三家的轟爸媽聽他提到媽媽懷孕的消息，不約而同的都睜大眼睛的說：「可是你已經 19 歲 ?!」
他納悶覺得不相干的答：「對啊，我十九歲，然後我媽媽懷孕啊！」
轟爸媽還是不解的說：「可是你十九歲了……」
他說二轟媽更直白的問他：「這是你真的媽媽嗎？」
不解轟媽疑問的他，疑惑的回：「沒錯啊，是我媽媽！」
但確實，挺個七個月的孕肚，跟他一起走在校園，跟他走進他的宿舍，
好像，真的有那麼一點奇怪的感覺咧……

在地科學院前拍張照做紀念，四年後等你畢業的那一天，
肚子裡的小弟弟差不多就像妹妹現在這麼大，妹妹會長大成一年級的小姊姊，Nu 算算也大一了，

四年後，我們再來一張浩浩蕩蕩的全家福畢業照！

猷，恭喜你，開始是個大學生了，
祝福你未來的四年，用你的成熟，將大學生活過得充實，過得精彩，過得燦爛！！！
最重要的，一個人在外，一定要過得健康，過的平安！

（唉～～說再見時永遠忍不住重複 N 次的叮嚀：三餐要注意營養，記得要買水果吃，不要熬夜，要注意自己健康……
一旁的老爹爹忍不住說：「好了好了，又來了，老媽魂又上身了……0.0）」

2016/9/20

大肚婆日記：《29 週》肥～肥～肥

這一個月，我的體重失控了。

29 週，超音波的估算，弟弟不過是個 1330 公克 baby，而我，卻已經多了 12 公斤的肥肉在身上。
儘管堅持善待自己，毫不忌口的想吃就吃。但看到體重計的數字飆破 6 字頭的瞬間，心情依舊憂鬱了一下下。
離預定的剖腹日期 11/25 還有 67 天，我再怎麼勒緊腰帶、管好我的嘴巴，
看來這回肥個 17 ～ 20 公斤是跑不掉了。

今天，老爹爹說：「老婆，你好肉感，身上的肉 QQ 軟軟的真像果凍一樣……」
狠狠的瞪了他說：「等我生完，你敢再說類似的話，你就完蛋了！」
想想，又問他：「你說，我這 12 公斤肥在哪？」
他看了看回：「全身均勻肥……」
雖是實話，雖然懷猷時胖得更多，雖然這樣的胖已經第四回了，雖然意料中的肥還不都自己吃出來的，
可身體真的變的肥嘟嘟了，還是覺得心情真不好。
轉過身背對他，一整個早上，莫名的憂鬱，莫名的心裡不平衡，對這個讓我四度變肥的男人，今天真的一句話都不想再跟他說了……

▌二十九週的我。

▌四年前 38 週的我。

兩圖相較，這回 29 週身上的肉感已經完全和懷妹妹 38 週時不相上下。
昨晚產檢的護士說話也真直白，才站上體重計，脫口就說：「妳胖太多了吧 ?!」
這回真的很有感，當個女人真可憐，懷胎十個月的所有辛苦和不便自己一個人扛，
生產後，餵奶的壓力和身形改變的壓力也在自己身上。
若沒有對另一半濃烈無悔的愛支撐，會有多少女人願意讓自己身體劇烈改變四回？

但，儘管高齡懷孕有著別人沒辦法體會的不容易，
我們一直用感恩的心告訴自己，擁有四個孩子是老天爺給我們最大的福氣。
多少人求子不能，多少人懷孕的過程更是超乎我們想像的辛苦，
能四次懷孕生產順利，這輩子能有四個孩子相伴，這樣的福氣，不是人人都有。
每一回到民生東路的黎明產檢，很不容易停車的區域，
卻幾乎沒有例外的在離婦產科很近的距離，就有個路邊停車格好像特別留給走不遠的我一樣。
每一回，對這巧合，我們打從心裡感恩，這每一個每一個小幸運，都是值得感謝的福氣！

而在猷和 Nu 國高中、甚至大學的年紀，懷妹妹和弟弟的過程，
對他們兩兄弟而言，更是給了他們同齡孩子沒機會體驗的生命教育。
老爹爹在妹妹和弟弟這兩次的懷孕過程，把大肚婆捧在手掌心呵護的每一個細微舉動，
很有感的，猷和 Nu 完全複製著爸爸對媽媽的貼心。
Nu 天性細膩，懷妹妹時，小六的他走在我旁邊，會一手扶著我的腰，一手抓緊我的手，
就怕媽媽沒踩穩腳步跌倒了。
現在上了高一，比我高一個頭的他貼心依舊，看我過馬路，只要爸爸不在旁邊，他一定緊緊跟著拉著我的手臂。
而粗線條的猷這回也很不同，遠遠看我想彎腰拿個東西，馬上說：「媽你別動，妳要什麼用說的就好，我拿給妳！」
兩兄弟細膩暖心的舉動，無疑的，老爹爹給了他們最直接的身教示範。
我敢肯定，猷和 Nu，在他們步入婚姻之際，他們一定是個貼心、尊重另一半的好老公！

妹妹真是生來和我較勁的小老三。
爸爸相機拿起，她不允許爸爸的鏡頭裡沒有她，爭著要爸爸拍她，就是不能只拍媽媽。
每天對老爸又摟又抱也罷，邪惡的是摟著老爸時那挑釁的眼神。
有回從房間跑出來示威般的說：「媽媽，我剛才親你的老公。」
故意回她：「妳也知道那是我老公，不可以再親了。」
小娃娃反應迅速的說：「妳要分享啊！妳不是說東西要分享，妳的老公就要跟我分享啊！」
瞠目結舌的看著她，這……妳這哪門子的歪理啊？！

二十九週，弟弟在肚子裡的動作越來越大，橫向的胎位讓我每天怎麼睡都不舒服，
往左側，他的兩隻腳猛踢，轉身側右向，換成雙手揮不停。

好像越夜活動力越旺盛的他，搞得我每晚翻轉難眠。
再者，大大的肚子，只能無奈的告別優雅，坐著腳開開，蹲下也腳開開。
一天兩腳開開坐在沙發折衣服，那個老爹爹走過來，猜想他大概看得眼睛很不舒服，一蹲下就把我的兩腳併攏。
不舒服大叫一聲：「夾到肚子了啦！」
吼～～～真想破口大罵了，我也不想坐的這麼醜，這麼大一顆肚子卡在那，就合不起來嘛！

不再只有中秋是團圓夜，現在，Yoyo 回家的時間就覺得是一家團圓的日子。
去年一整年不在家，回來後接著住校，Nu 老是早早就問:「哥哥這禮拜會回來嗎？」每個禮拜就巴望著哥哥回家。
而妹妹，只要哥哥回家，在車上就一定要和猷窩在後座，和她的大哥哥玩得不亦樂乎。

好愛每一個三兄妹湊在一起的畫面，不管從後面看他們的背影，
還是看兩個哥哥或牽或抱妹妹的模樣，都是我覺得最有成就感、幸福感最濃的時候。
這個階段的 Nu 和妹妹，兩個一碰到就鬥嘴，明明相差 12 歲，但他們的對話常常像 4 歲和 6 歲的孩子，妳一句我一句的爭得互不相讓。
愛極了三個排排坐著的樣子，小小的妹很愛擠在兩個哥哥中間，
我說：「老公，我覺得我們需要換一個更長的茶几了，不然以後弟弟沒地方可擠耶……」

啃著讓我肥嘟嘟的麵包，坐在他們後面的我，想像……過兩年，兩大兩小湊在一塊的畫面，
四個孩子的媽～嘴角已經忍不住上揚 ^_^

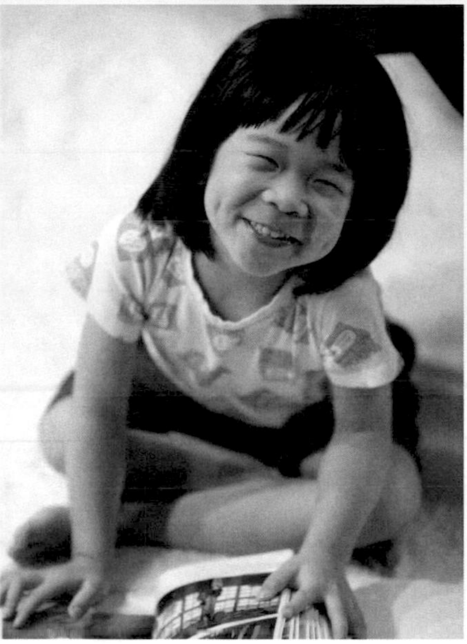

BATTLE
NO. 26

2016/10/11

大肚婆日記：《第 33 週》踏實……

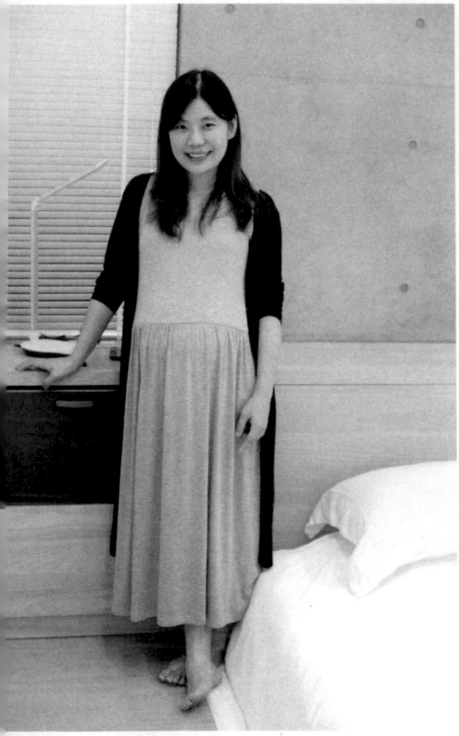

邁入第三十三週了。

以往老爹爹拍的照片，我都很貪心的恨不得把每一張全放進日記裡，
總覺得這樣以後把日記列印給孩子們做紀念時，
他們除了看到媽媽為他們成長生活做的文字記錄，也會看到爸爸為他們拍下的每一個畫面。
但這回，三十一週拍的近百張照片，挑了又挑，
開始覺得很不容易挑上自己能接受的照片了。
原想為最後一次的大肚婆生活拍下每一個月肚子變化的紀念照，
但八個月已經重了 15 公斤的我，自己都看不下去變得肉感十足的手臂和大腿。
明明還是熱得讓我直冒汗的天氣，每天出門硬是換上稍稍顯瘦的長裙和罩衫，
寧願把自己包得密密猛流汗，也不願露出我胖的跟小豬一樣的蹄膀和豬腳了。

前面三次老是瀟灑的任體重直線往上飆也不在意的我，
這回體重一破六十公斤的關卡後，很多次的負面情緒都因為覺得自己體重暴增、身形巨變而來。

在意自己一下子變胖很多，卻又不想為了控制體重，讓高齡懷孕的辛苦變得更壓抑更不開心，小鼻子小眼睛很難伺候的情緒，這回的大肚婆，心情實在不怎麼美麗……

剖腹的日子排在十一月二十五。
倒數 46 天，終於開始張羅我的待產包和弟弟需要的用品。

因為高齡，懷孕初期的高流產率、羊膜穿刺的超高不正常機率、卵子精子易因高齡品質不佳造成的基因異常，再加上年紀較大存在較高的早產率，
再怎麼正向樂觀，總感覺這回整個孕期充滿了不確定性。
懷妹妹時，早在懷孕不過二十周就已經迫不及待的大肆採購小娃娃粉嫩嫩的小衣服，
誇張的從剛出生的小兔裝買到一歲大穿的蓬蓬裙洋裝，
從粉粉的小玫瑰包巾到奢華風的毛毛包巾一連買了好多條，
每天最大的樂趣就是上網，什麼都逛、什麼都買。

這次卻很不同，幾個月來，一個檢查一個檢查幸運的過，
但我的心裡依舊存在著極大的不安全感。
渡過前三個月的不確定，開始擔心唐氏症的檢查，順利過了一個檢查，又偷偷掛念著下一個關卡……老爹爹總說：擔心什麼呢？不管怎麼樣，一定以妳的健康為最大考量。
只不過小孩在我肚子裡，順利是一刀，有狀況也是一刀，
橫豎都是一刀的時候，其實這回真的頗難灑脫……

上個星期產檢和醫生訂好剖腹的時間後，
開始把心思花在採買待產的雜物和弟弟的小衣服，
包裹一件一件拆，弟弟的衣服包巾一件一件洗，

打包好我的待產包，發現我的心情終於真正開始感覺安心和踏實了……

三歲十個月的妹妹，似乎也準備好變成小姐姐了。
猷和 Nu 從 baby 階段就未和我們同房過。
隔了很久有了妹妹，在各個方面，我們帶她的方式和帶兩個哥哥真的很不同。
她一直是膩在爸媽中間的小老三，雖有一間屬於她的房間，我們卻未曾設定過訓練她回自己房間睡的時間表。
她每晚愛黏在老爹爹身上翻滾撒嬌的時間能有多長呢？
她喜歡嘟著嘴狂吻老爸的時間能有多久呢？
她能和老爹爹一邊洗澡玩耍一邊唱歌的時間又有幾年呢？
儘管老是睡得東倒西歪，這邊擠那邊踹的，
實在被她擠得睡不好時，我寧願半夜爬起到小房間睡去，還是願意她每晚和老爸親密的撒嬌互動，看著她依在老爸懷裡入眠。
因為，這是這輩子我和嚴肅的老爸間從未有過的互動。
我愛妹妹和爸爸的親暱，我愛聽他們說不停的嬉笑拌嘴，更愛妹妹黏著爸爸的依賴。

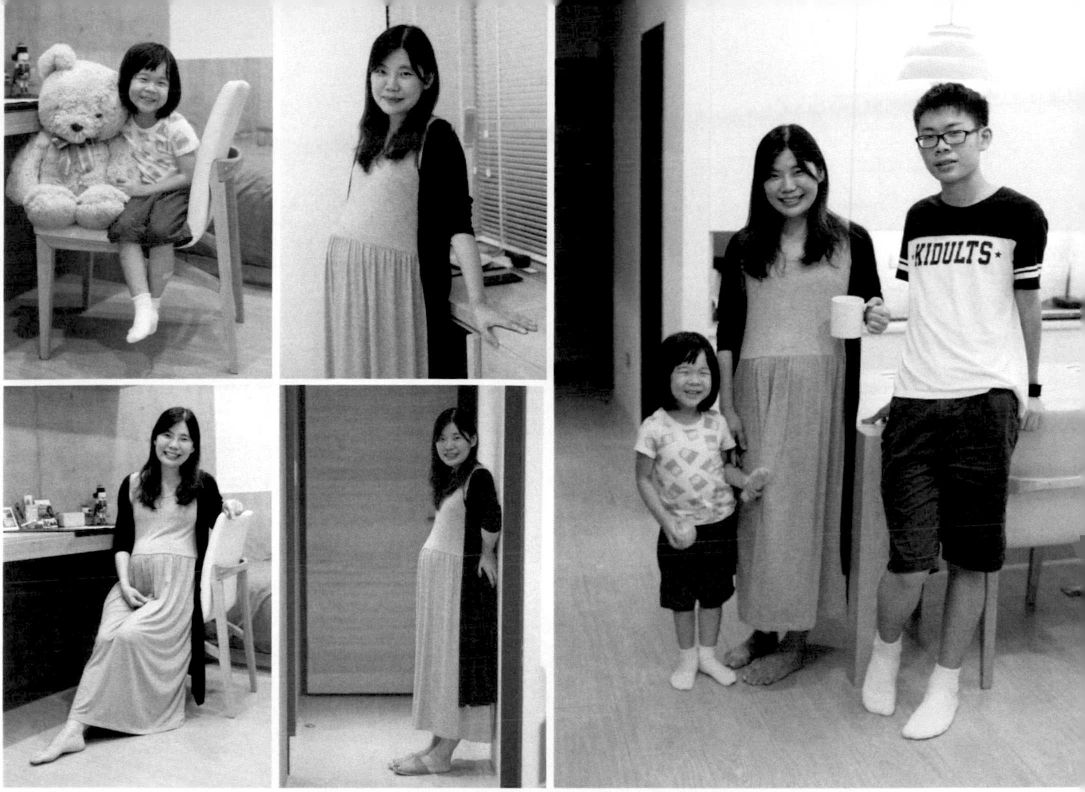

這樣的畫面，未曾在我的人生中出現過，這樣的畫面，對我而言，真的好美，真的好幸福！！！

只不過，就在今天，老爹爹失落了……
中午的午睡，她跑回她從未睡過的房間，拉上窗簾後， 她說她已經長大是姊姊了，她要開始自己睡覺了。
不要爸爸陪，也要媽媽回自己房間去，第一次，就這麼自己睡著了。
晚上，拿著一本書，坐到自己床上，自言自語說著故事，一會兒自己關了燈，一樣告訴爸爸她要睡自己房間了……
老爹爹嗚嗚嗚的說：「我以為這一天要等到她 13 歲才會發生，怎麼會這樣？怎麼會這麼快？？？」

原想陪著明後天段考的 Nu，他複習功課，我慢慢寫我的日記的，
看來，今天的首要任務，該先去安慰下失落寂寞的中年老爹去囉～～

寫於太多事想記錄，卻被一個大肚卡的怎麼坐都不對的第 33 週～

2016/11/3

大肚婆日記：《36 週》倒數 21 天的碎碎念

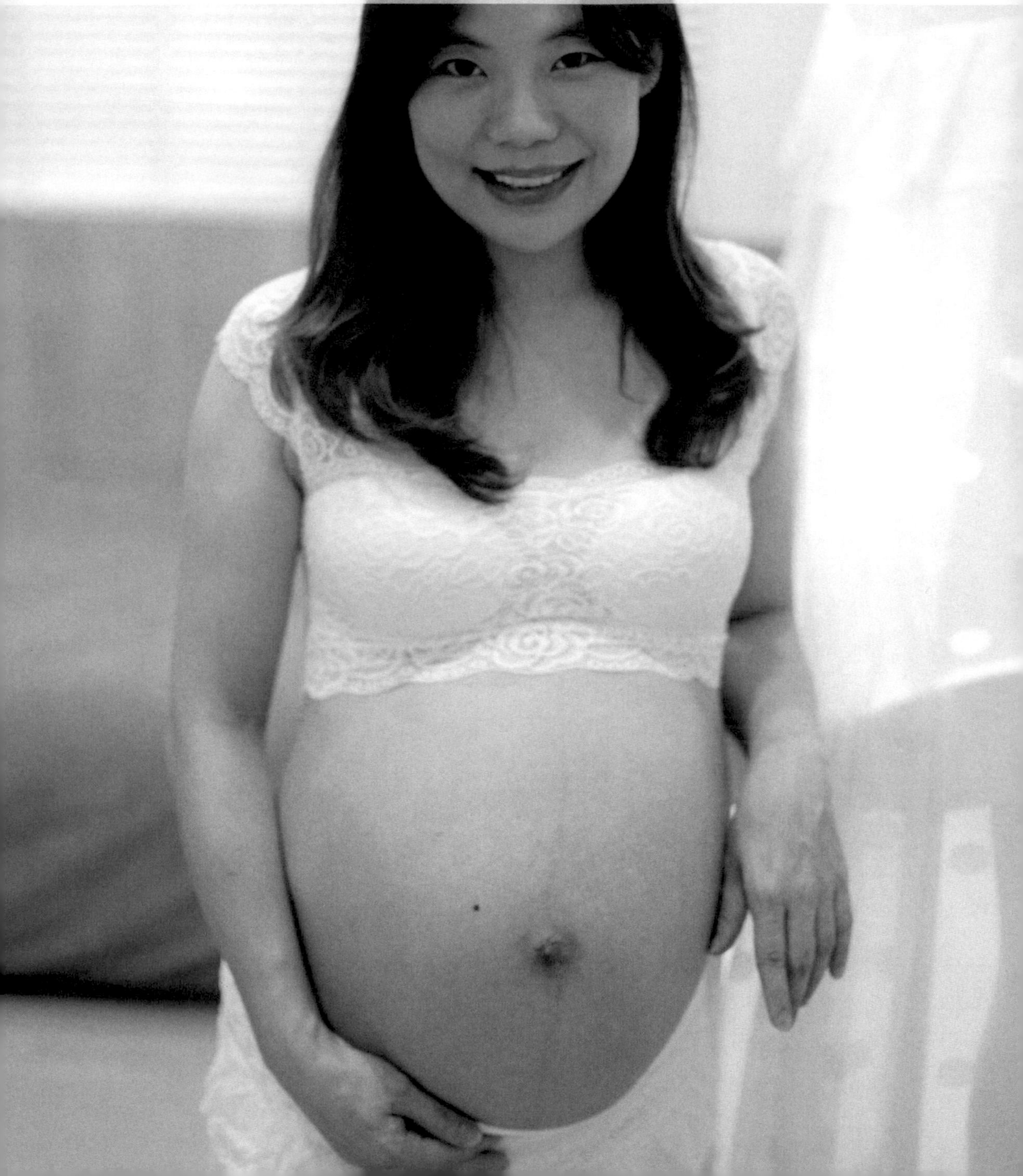

終於，我的大肚婆日記第四回，一路平安的又即將進入完結篇了。

終於，漫漫倒數的日子即將過去，今天開始，我可以大聲的說：「我這個月要生咧～～～」
佩服老爹爹的照相技術，明明身上多了 15 公斤的肥肉，還能讓我挑出下巴尖尖，看起來不是腫的太難看的照片。
36 週，照超音波的預估，事實上，肚子裡的小王子不過 2.7 公斤，
這顆肚子，硬能推給它的責任頂多五公斤。其他的 10 公斤，其實照片再怎麼掩人耳目，我得面對的現實是它們是扎扎實實的全在我自己身上了……
生到第四胎的最後階段，才開始對體重計上的數字錙銖必較，
昨天下午產檢，上午硬是把自己嘴巴上緊鏈條，上一次廁所就量一次體重，整個早上不知站上體重計量了幾回，
搞不清這次自己怎麼這麼小鼻子小眼睛的在意上上下下浮動的零點幾公斤 ?!

坐在候診間，看看旁邊的孕媽媽們，也真是感嘆歲月的不饒人……
肚子跟我一般大的，人家坐著也沒像我這樣，跟過動兒一樣坐不住的一會兒站起來揉揉屁股，一會兒換搓搓我的腰。
人家走起路來動作敏捷的，感覺跟路人甲、路人乙不同的，就不過大一顆肚子而已。
哪像我坐著動不停，站起來腳沒力，躺下去檢查一會兒就要人家幫忙費力的拉起來。
而且第一次發現，屁股居然也會像手腳一樣，一個姿勢太久，也會有痲痺發麻的感覺。
一個肚子的重量，居然只不過坐在板凳上一會會兒，就會壓迫的屁股發麻，真是太妙了！
然後呢，坐再久了一點，小腿只不過有快抽筋的感覺，這一站起來走路立即像剛抽筋過一樣跛腳了……
和診間這些待診的孕媽媽們一對比之下，覺得自己看起來身形動作笨重到了極點，說都不用說，人家一眼就知這位媽媽肯定是孕婦界的人瑞了。囧！

這次懷孕，我數次想到了身邊好多只生一個孩了的朋友們：
想到她們說因為懷孕過程碰到各式不一樣的問題，或是孩子如何的不好帶，

鮮明難忘的記憶，共同結論就是一個就夠了，打死不再生！
或是幾個生了兩個孩子，隔了許久不小心有了第三個，理智的考量後，最後拿掉的朋友們。
亦或是有朋友跟我說，如果我老公像妳老公一樣，把妳當寶一樣照顧，叫我生我就考慮……

其實，每次聽到這些，我都很想分享我的心路歷程～

我的前三次懷孕生產過程都順利嗎？沒。
猷、Nu、妹妹都很好帶嗎？沒。
現在把我照顧的無微不至的老公每一次都把懷孕的我伺候的跟皇后一樣嗎？還是沒！

懷猷的時候，生產過程並不順利，陣痛整整忍了三天，催生、刺破羊水、所有能刺激產程加速的方法都做了。
一邊陣痛，一邊應醫生要求重複的爬樓梯，希望能刺激子宮頸的擴張。
明明陣痛一來痛到趴在扶手上，硬是一個人忍著痛乖乖的爬了又爬。
旁邊有一個心疼我的老公陪著我嗎？沒！他在哪呢？他就坐在頂樓的樓梯上悠哉無感的等著我。
生產後他心疼我的辛苦，坐月子照顧我或分擔照顧 baby 了嗎？哈，也沒！
印象中，除了 Polly 送來幾次魚湯給我，那大概是整個月，又累又餓的狀態下，唯一有過的幾餐月子餐了。
印象中，他甚至沒想過坐月子的我，中午有沒有食物可煮。
晚上，打著上班很累最無法駁斥的理由，一個人睡到不被打擾的房間。
我呢，還是只能孤單疲憊的和好像一整個月都不睡覺的猷抗戰到天明。
baby 的用品沒了請他出門採買，他一臉不耐的表情，事隔二十年，偶爾畫面閃過腦海，還是記憶猶新的心酸 。
還有許許多多的點點滴滴，雖都早已是二十年前的往事了，
但其實再回想，我的第一次生產、坐月子、帶孩子的經驗，

每一個場景都歷歷在目，卻每一幕都是難過受傷的畫面……

只不過，隨著年紀慢慢增長，早已釋懷如同他說的，當年的他，就是一個年輕不懂事的大男孩。
如同很多的文章說的，從 baby 在肚子裡一天一天長大，女人天生的母性早已準備好當一個媽媽。而很高比例的男人，到了孩子出生，他還只是男孩。
並非他不願意或不能，只是他不懂也沒人告訴過他，該怎麼當一個先生和一個爸爸。

經歷過一次，這個不知怎麼當一個爸爸的男生就長大了嗎？
其實也沒，生 Nu 時，他在大陸的校園巡迴招聘活動，重要順序依舊排在我的剖腹生產前。
婆婆挑的剖腹產時間硬生生的和他的工作衝突，事業心強的他，工作的重要性是他的第一考量。
我怨嗎？儘管有娘家一家子人的支援和照顧，前面的那些年，我對他是怨懟的。
八年外派的日子，午夜夢迴，常出神的呆望窗外……
除了第一年的蜜月期，常覺孤單又無助……

但我也常想，那些年，在他眼裏的我，又是怎麼樣的一個老婆呢？
一定也早早不是那個新婚時，會讓他下班前就不停看著錶，帶著強烈幸福感急著回家擁抱的妻子。
當我讓自己忙的跟陀螺一樣時，也許我一樣讓他感覺孤單又寂寞……

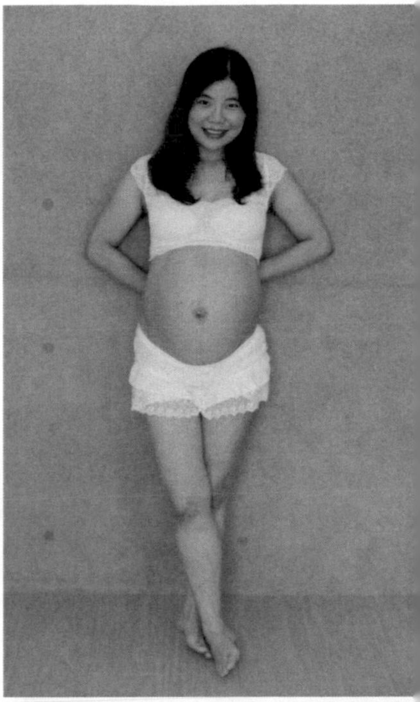

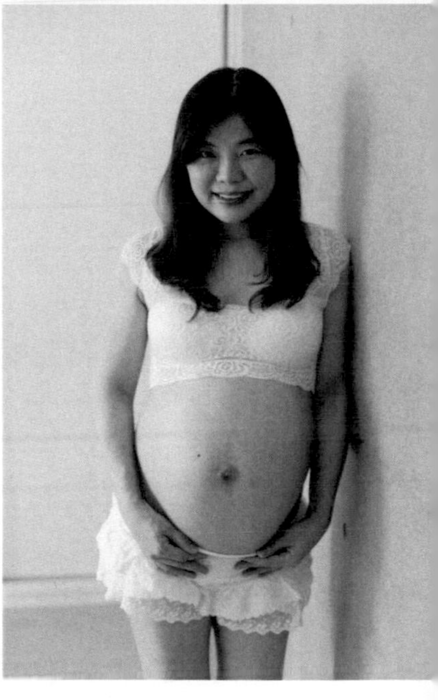

猷和 Nu 是計劃中來的孩子，很多朋友好奇：妹妹和弟弟也是嗎？嚴格來說～也不是！

既然感覺前面帶兩個小孩的那些年也不是那麼的愉快，

為什麼好不容易帶大了兩個對傳宗接代也做了交代的兒子，或是世俗眼光起碼生兩個孩子後，

還願意再生兩個呢？

曾經有人說：妳一定很愛小孩！

哈，這一聽就是初初認識我不久的人會說的話！

我的個性急沒耐心，受不了餵奶、餵副食品或小孩吃飯慢吞吞的耗時，

愛整齊無法忍受小孩散落一地的玩具，喜歡安靜超怕小孩哭鬧。

前不久閒聊，我說：「老公，我們以前好像從來沒想過要四個小孩吼？我們有聊過嗎？還是我忘了？」

他說：「對啊，從來沒聊過要幾個小孩，結婚前連談都沒談過……」

其實呢？對於這個問題，偷偷說，我也百思不得其解，唯一解釋的過去的就是我比別人傻，比別人健忘！

雖不像那些打死不再生的朋友那般堅定，但我們不排斥，孩子願意來跟我們，那就生。

沒有也不強求、不失落，

第三胎時，因沒女兒，所以抱著很大的希望，期待妹妹的到來。

到了這次，很多朋友更好奇，弟弟是不是不小心的產物？

其實整個心態跟懷上妹妹時相去不遠，以我自己而言，雖沒懷上妹妹時的驚訝和雀躍，

三次懷孕的經驗，我清楚明白接下來十個月要經歷的孕程發展，

更心知肚明再來一次奶瓶尿布的日子會是多麼的疲憊，

但不要他的念頭一次都未曾在我的腦海出現過！

相反的，我有更強烈的母性希望這個小娃兒平安的到來。

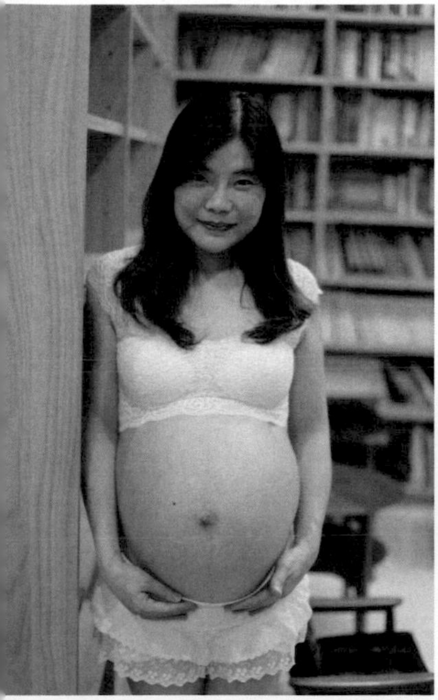
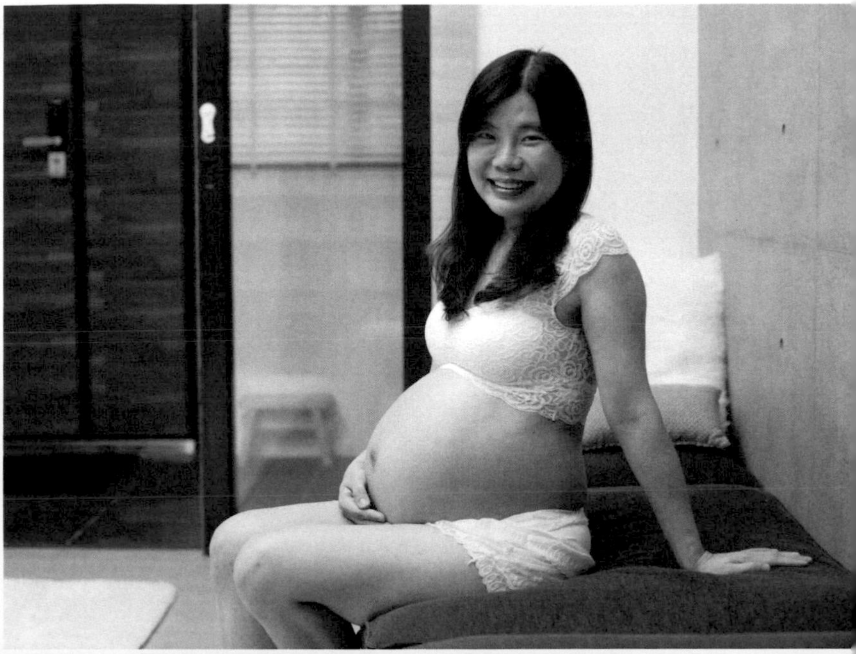
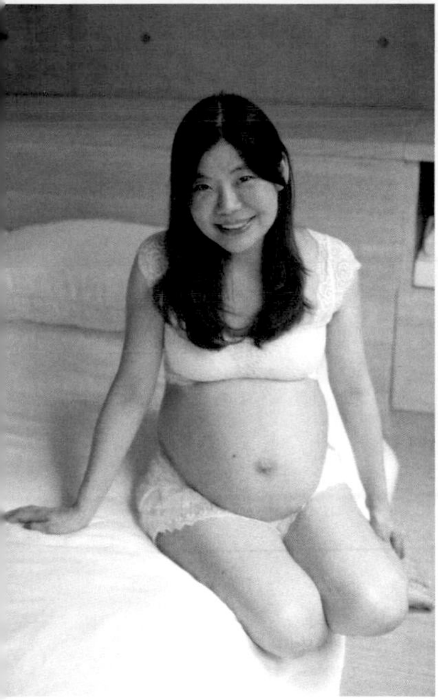
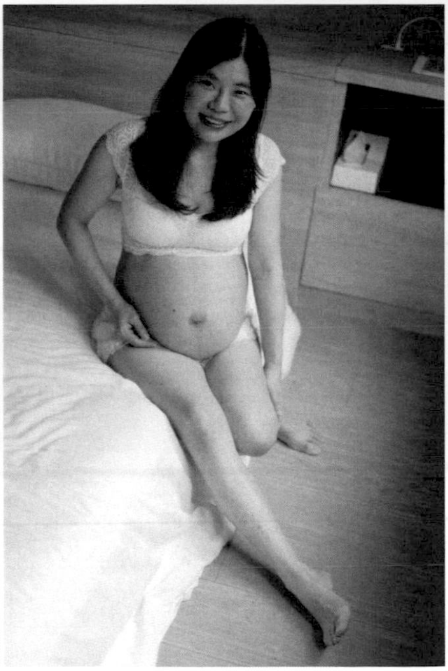
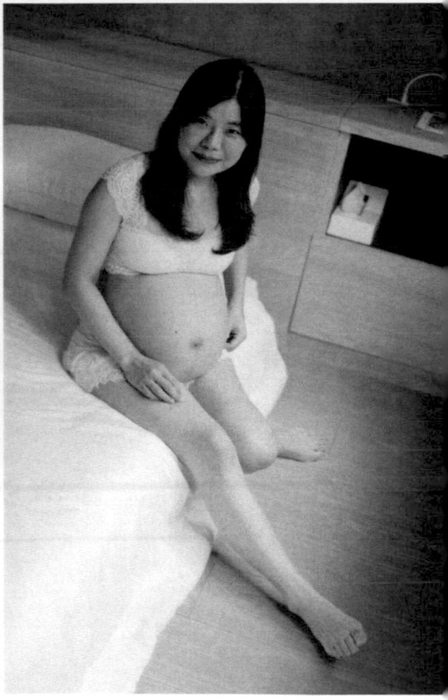

我想，經過這麼些年相處磨合的我們，更深刻懂得彼此對家庭的期望，
更懂得對彼此在婚姻不同階段做的付出和努力表達肯定和感謝，
對人生下半場的藍圖有更一致的價值觀和遠景。

幾乎和我們年紀相仿的朋友們都進入了孩子長大離家的空巢期，
自由自在的呼朋引伴、遊山玩水。
而我們兩個，好像回到年輕夫妻的年紀，很快的又要過著一個推著娃娃車，一個牽著妹妹的生活。
我想，不管人家說我們真有勇氣？還是私底下笑我們想不開？或是我們自認為的老天給的福氣，
這是我們的選擇，選擇在我們人生的下一個階段，圓我們雖未談過，其實卻是彼此心底最深處，對一個幸福、熱鬧大家庭的共同定義。
這是我們的選擇，選擇在這個年紀，用不一樣的心情成為四個孩子的父母！
其實，我很慶幸我們有自省改變的能力，
很慶幸我們兩個都不是會把過去的不開心死握在手裡不放的個性。
感恩、知足、珍惜的能力，確實是走過帶前面兩個孩子的苦辣，在這個年紀還樂意再扛後面兩個孩子的甜蜜負擔的主因。

我不知道我四個孩子未來的人生會是如何？
人生的成功是許多的面向的組合，對觀念傳統的我而言，
希望他們長大後各自擁有幸福的婚姻和圓滿的家庭是我期待他們最大的成功。
關於婚姻和幸福，新聞媒體的價值觀一直是讓我嗤之以鼻的。
嫁了身家多少億的叫幸福，鑽戒多少克拉、婚禮耗資數千萬的叫幸福，
男長得帥、女長得美叫幸福又美滿。
孩子啊孩子，媽媽上面看似翻舊帳的說了很多，其實只是想告訴你們，
真正的婚姻，是酸甜苦辣的組合，
真正的婚姻，需要彼此的包容和共同的努力，
真正的婚姻，需要有能同甘也能共苦的能力。

在這個年代，媽媽也相信，長大以後你們會很有感：擁有四個手足是很少人能有的福氣，
孩子們，希望你們珍惜！

儘管撐了第四回，雖然也沒比較過別人的孕肚，但我真有信心的想說：「我的肚子真美啊！」
不用塗塗抹抹貴鬆鬆的乳霜，還是白皙乾淨的沒有瑕疵，全身上上下下的皮膚最美的就這顆肚子了。
雖然每晚睡不好，照片再多看幾回， 還是忍不住臭屁的想說，這次，我還是氣色看來很不賴，被照顧的容光煥發的漂亮孕婦咧！

從懷孕的一開始，每到一個週數，想到就去翻翻妹妹時的懷孕日記。
赫然發現，四年前的日記，一樣覺得自己因為高齡，其實整個孕程也滿滿生理的辛苦和心理的壓力。
但事隔四年再看，又覺得 41 歲懷妹妹，其實也還好嘛……
用現在 45 歲的年紀看當年，41 歲懷妹妹還年輕的咧，哪算什麼高齡！
當時每個階段的不舒服和擔心，用這回的感覺相較，也還是覺得還好嘛……
我開始相信，現在苦哈哈唉唉叫的，再過一年，若你再問我 45 歲懷孕辛苦嗎？
我幾乎肯定會告訴你：其實還好啦，沒什麼啦～～～

不管這十個月有什麼不舒服的經歷，不管這十個月曾經有過多少的擔憂，
我的小兒子，見面的那天，跟媽媽擊個掌，咱們兩個都很棒！
倒數 21 天，你的小姊姊每天念著不知道弟弟長什麼樣，
每天念著她想要你的嬰兒床放在她的床邊陪你睡，
每天念著她想餵你喝牛奶、她想教你玩積木……
Nu 哥哥也幫你把嬰兒床都組好了，
爸爸說他倒數的心情，就像等待猷哥哥出生時那般的期待，
你要乖乖跟著我們倒數，11/25 見喔！

欢迎
WELCOME
Herzlich willkommen!
CHRIS
ROTARY CLUB OF TAIPAK KENGFOK
ROTARY
INTERNATIONAL
台北景福扶輪社

WELCOME

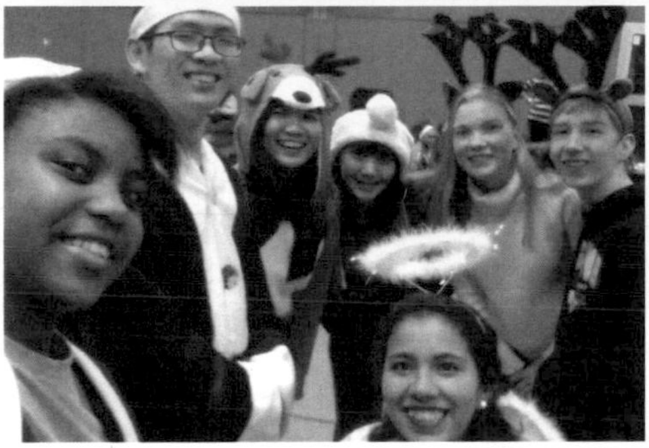

Rotarier verkaufen Weihnachtsbäume für eigene Jugendarbeit

Wolfenbüttel Der Rotary-Club Wolfenbüttel-Salzgitter-Vorharz hat eine eigene Jugendgruppe.

Von Karl-Ernst Hueske

Unterstützung von ihrer neuen Jugendgruppe bekamen die Mitglieder des Rotary-Clubs Salzgitter-Wolfenbüttel-Vorharz beim schon traditionellen Weihnachtsbaumverkauf auf dem Wolfenbütteler Weihnachtsmarkt.

60 Bäume hatten die Rotarier zuvor auf einer Plantage in der Nähe von Soltau selbst geschlagen und nach Wolfenbüttel transportiert, berichtete der Jugendienstbeauftragte Franz Hüsing.

Der Erlös des Weihnachts-aumverkaufs, etwa 2000 Euro, oll in diesem Jahr für die eigene ugendarbeit verwendet werden. edes Jahr bietet der Rotary-Club rei Jugendlichen die Möglichkeiten, für ein Jahr im Ausland Erfahrungen zu sammeln. Im Gegenzug sind auch Schüler aus dem Ausland in Wolfenbüttel und Salzgitter zu Gast.

Johanna Grüne, Friederike Schubert und Christina Brinkmeier haben an einem derartigen Austausch schon einmal teilgenommen. Sie gründeten nach ihrer Rückkehr in die Lessingstadt die Jugendgruppe „Inter-Act-Club" des Rotary-Clubs. Diesem Club gehören inzwischen schon 18 Jugendliche an, berichtete Brinkmeier.

Die Jugendlichen beteiligten sich mit dem Verkauf von selbst gebackenen Keksen und selbst gebastelterer Weihnachtsdeko am Rotarier-Verkaufsstand.

Lustig ging es zu: Die Rotarier verkauften am Samstag Weihnachtsbä dem Weihnachtsmarkt. Foto: Karl-E

Tour Phone +49 1575

Lacoste
SINCE 1927

The Racists

The Racists